THE ROAD TO SCIENCE FICTION

科幻之路

8

全面回忆

［美国］詹姆斯·冈恩　编著
James Gunn

穆童　等　译

译林出版社

图书在版编目（CIP）数据

全面回忆 / (美) 詹姆斯·冈恩 (James Gunn) 编著 ; 穆童等译. -- 南京 : 译林出版社, 2025. 1. -- (科幻之路). -- ISBN 978-7-5753-0422-1

Ⅰ. I561.45; I712.45

中国国家版本馆CIP数据核字第2024UN1987号

著作权合同登记号　图字：10-2023-21 号

全面回忆　[美国] 詹姆斯·冈恩 / 编著　穆　童 等 / 译

策　　划　姬少亭　李兆欣
统　　筹　吴立中
责任编辑　竺文治
翻译监制　东方木
装帧设计　孙逸桐
责任校对　戴小娥
责任印制　闻媛媛

出版发行　译林出版社
地　　址　南京市湖南路 1 号 A 楼
邮　　箱　yilin@yilin.com
网　　址　www.yilin.com
市场热线　025-86633278
排　　版　南京展望文化发展有限公司
印　　刷　江苏凤凰通达印刷有限公司
开　　本　880 毫米 × 1240 毫米　1/32
印　　张　9
插　　页　1
版　　次　2025 年 1 月第 1 版
印　　次　2025 年 1 月第 1 次印刷
书　　号　ISBN 978-7-5753-0422-1
定　　价　68.00 元

目录

现实，你在哪儿？

作家可以分作两类：说书人和文体家。说书人将世界看成种种迷人的情境和事件，他们可以将其讲述给读者；此时，小说的文体风格取决于该故事的主旨与意义，有鉴于此，说书人的文风变化多端。而文体家会找出一种独特的文风，将之运用到自己所有的故事之中；他们逃脱此道的唯一方法是反复叙说同一个故事。

这并不是说说书人就不关注文体风格，也不是暗示他们的写作技巧不如文体家娴熟，更不是说文体家就讲不出引人入胜的故事。尽管如此，这种说法听起来对文体家还是可能有些不公。然而有鉴于文体家经常是唯一被当作艺术家的作家群体，也包揽了文学界（除去科幻界）的大多数奖项，大家或许扯平了。而反复叙说同一个故事也不像听上去那么糟糕；要知道，文体家总是有一套单一的世界观，世间万事都必须被嵌套其中。有人说："生活就是考验，考验你面临危险时的丈夫气概。"另一人则说："生活是应对你的过去。"第三个人说："生活是荒谬的。"第四个则说："生活不真实。"他们都拥有独属自己的世界，在其框架内撰写的故事遵循他们自己的风格。

海明威与福克纳都是大名鼎鼎的文体家。另三位诺贝尔文学奖得主——吉卜林、刘易斯、斯坦贝克就是说书人。这两种分类对科幻也同样适用。大多数传统科幻作家都是说书人。当一位作家受到现实的制约时——这一点在科幻作家身上十分明显，而在主流作家身上并非如此——他或她就可能难以再用单一的主观标准去解释一切现象了。

H. P. 洛夫克拉夫特是一位文体家，尽管他的风格和观点——生活之外隐藏着黑暗、可怖的真实——未必能取悦每一个人。布拉德伯里是文体家，巴拉德也是。这或许可以解释这些作家的作品为何总像是一部长篇的一部分，为何它们读起来十分相像，为何至少后两位作家被科幻领域之外的普通人和文学评论家认为是“真正的作家”。另一位文体家是菲利普·K. 迪克，在多年的笔耕不辍后，他在科幻这种文类内外都获得了稳定的才名，波兰科幻大师斯坦尼斯瓦夫·莱姆（Stanislaw Lem）将他誉为唯一值得一读的美国科幻作家。

迪克所关心的问题是现实的本质。但是这点并不独特。安布罗斯·比尔斯[1]在19世纪后期就已在作品中探讨过这个问题，本世纪[2]的意大利剧作家皮兰德娄也进行过同样的尝试。这一问题进入科幻领域主要是通过查尔斯·福特[3]（Charles Fort）的研究及其推测，以及洛夫克拉夫特的故事和其追随者们。福特的推测，诸如“我们是别人的财产”[4]启发了后世的一系列故事，在这些故事中，我们对世界的一般性理解被证明无法解释特定的现象。洛夫克拉夫特的神话则假设存在着某种古老的力量，至今仍支配着世上的某些地域。

有关现实本质的故事经常出现在诸如《怪谭》这样的奇幻杂志

1. 美国记者、短篇小说作家。
2. 指20世纪。
3. 美国作家，奇异现象学研究者，其所著对反常现象的汇编《诅咒之书》影响了许多科幻作家。
4. 福特在其著作《诅咒之书》中首倡了“地球是别人的农田，我们是别人的财产”这一观点。

上。海因莱因撰写的此类故事出现在坎贝尔的奇幻杂志《未知》上，短篇小说《他们》（“They”）就是一例，在这个偏执狂的故事里，世界是一个被制造出来，用来迷惑主人公的幻象。当戈尔德创办他的奇幻杂志《超越》（*Beyond*）时，它登载了阿尔吉斯·布德里斯（Algis Budrys）的《真正的人》（“The Real People”）和法默的《上帝之事》（“The God Business”）。

对现实的思考经常会涉及“唯我论”，这种哲学认为唯有“自我”存在或可以被证明存在。时间旅行故事经常涉及此类思考，特别是回到那种能改变当下的过去之中时。有时作家会创建平行宇宙，或者建立一条未经穿越的平行时间线。穿越到未来或预知未来同样可能引发现实问题：如果未来是可知的，未来就是固定的，人类的自由意志就是一种幻觉。通过这些合理解释，一些唯我论故事，诸如海因莱因的《“你们这些僵尸——”》就进入了科幻的范畴。

科技也借原子能研究为质疑现实提供支持，特别是海森堡的不确定性原理，这一理论的外延在微观层面质疑了因果律。布利什的《哔哔》（“Beep”）就是一例，在这个故事里，预测未来毁灭了因果律和人类的自由意志。此哲学问题最近的解答者是毒品文化，这种文化有时用质疑现实为自己正名，声称自己能通过吸毒假设出另一种现实来。

菲利普·迪克并非一早就明白自己应该撰写什么题材。他的短篇处女座《天外巫卜》（“Beyond Lies the Wub”）于 1952 年 7 月发表于《行星故事》之上，达蒙·奈特评价此时的迪克展现了“不显眼且仿若变色龙的能力”；在迪克成为作家的最早几年，他发表了约一百部作品。他起自《太阳系乐透》（*Solar Lottery*，1955）的长篇小说从一开始就与众不同。其长篇在创意和情节上总是非比寻常，到撰写《琼斯缔造的世界》（*The World Jones Made*，1956）时，他已慢慢将主题焦点转移到了“现实的本质”之上，在这个故事中，琼斯拥有能预测未来一年的能力，这成了一个诅咒。在《空中的眼睛》（*Eye in the Sky*，1956）里，一次贝伐加速器[1]事故使八个人的意识被投射到幻想世界之中，他们的意志轮流在这个世界中做主，决定世界应该如何运行。

《高堡奇人》为迪克赢得了一座雨果奖奖杯，这标志其事业上的巨大发展。这个故事起于一条平行时间线，以轴心国赢得二战为始，结尾则是“一个人在高堡中撰写同盟国赢得战争胜利的小说”这一模棱两可的描述。迪克是个高产的作家，他的大多数小说都能嵌套进他所构建的对现实的延伸想象之中。奥尔迪斯评价他“所有的小说都是同一部小说”，“生死之间存在着许多迪克的暗影，包括虚妄、幻觉、人工现实、暗淡的衰败过程、偏执狂的状态”。他的长篇小说有《颠倒混乱的时代[2]》（1959）、《帕莫·艾德里奇的三处圣痕》（1965）、《逆时针世界》（1967）、《且待去岁来临》（1967）、《仿生人会梦见电子羊吗》（1968）、《我们来自弗洛里克斯八号的朋友》（1970）、《尤比克》（1970），以及为他赢得坎贝尔奖的《流吧，我的眼泪》（1974）。

迪克的短篇小说《父辈的信仰》（“Faith of Our Fathers”）被收录在《危险幻象》当中，在小说的前言中，哈伦·埃利森称其撰写这篇小说时迪克深受LSD[3]的影响。迪克与20世纪60年代毒品文化的关系可见诸1977年的长篇小说《盲区行者》（*A Scanner Darkly*），该作品后记中所描述的药物影响令人印象深刻。在发表于1981年的

1. 美国劳伦斯伯克利国家实验室出品的高能质子同步稳相加速器，反质子就是通过它发现的。贝伐（Bev）代表十亿级电子伏特（Billions of eV）。
2. 标题典出《哈姆雷特》第一幕第五场：“这是一个颠倒混乱的时代，唉，倒霉的我却要负起重整乾坤的责任。”
3. 一种致幻药。

《瓦力斯》(*Valis*)、《神圣的入侵》(*The Divine Invasion*)和1982年的《蒂莫西·阿彻的轮回》(*The Transmigration of Timothy Archer*)中，迪克的主题转向了神学。1982年，雷德利·斯科特据《仿生人会梦见电子羊吗》拍出电影《银翼杀手》，迪克的事业在死后腾飞，他的许多小说被再版，包括他早期撰写、未经出版的主流小说。

《全面回忆》("We Can Remember It for You Wholesale")于1966年4月发表于《奇幻与科幻杂志》，集中体现了迪克的唯我主义。1990年，保罗·范霍文据此拍摄了电影《全面回忆》(*Total Recall*)，影片由阿诺·施瓦辛格主演。

(穆童、憬怡　译)

全面回忆

［美国］菲利普·K. 迪克

他醒了，想着火星。心想那宏伟、无垠的山谷，跋涉其间会是什么感受？意识越清醒，梦与渴念越萌动。他几乎能感觉到那异世界无比真实的存在。不过，只有政府特工和高级官员才真正见过，至于像他这样的小职员？不大可能。

“你到底起不起床？”妻子柯尔丝滕半醒着问道，言语一贯那么暴躁，凶巴巴的，“起就给我按一下那该死炉子上头的热咖啡按钮。”

“好。”道格拉斯·奎尔应道。光着脚，从共管公寓的卧室走到厨房，他听话地按下热咖啡按钮。接着，坐到厨房的桌子边，他掏出一只黄色小锡盒，迪安·斯威夫特嗅剂，拿到鼻前猛吸一下。博·纳什混合剂不仅刺激鼻腔，还燎烧着上颚。但他没停，又吸了几次。刺激能让人彻底清醒，让他的梦、夜里的渴念、杂乱的心愿，都凝成理性的表象。

我会去，他心里说。在我死之前，我会见到火星。

就算在梦里，他也清楚地知道，这当然不可能。卧室镜前，传来妻子的梳头声——那日复一日的噪声，以及洒进房间的日光，所有这一切，不约而同地提醒着，他是谁。可悲的低薪小职员，他愤愤地想。柯尔丝滕至少每天亲口提醒他一次。但他并不怪她。妻子的本职工作，就是让丈夫脚踏实地。脚踏实地，这比喻对他来说，还真是妙极，想到这点，他笑出了声。

“你鬼笑什么？”妻子大摇大摆走进厨房，粉色睡袍很艳丽，拖在身后。“我打赌，肯定是个梦。你总有一箩筐的梦。”

“没错，”他把目光投向窗外，飞行汽车、交通隧道，还有那一波波活力十足的小不点儿，急匆匆赶着上班。过不了多久，他也会加入其中。天天如此。

“那我打赌，是跟女人有关的梦。”柯尔丝滕挖苦他。

“不是，”他说，“是一位神。战争之神。他有许多美妙的撞击坑，坑的深处，长着各种各样的植物。”

“听着。”柯尔丝滕在他身边蹲下来，十分亲切。她常有的苛责，此刻无影无踪。“大洋底部，我们的大洋底部，丰富得多，美丽得多，无穷倍的美。你心里清楚，人人都清楚。给咱俩各自租套人工腮服，潜到海底，去那种全年运营的水下度假区。请一个礼拜假，住上一阵子。而且，另外——”她忽然停住。“你没在听。你怎么能不听。我跟你说的地方，比你那挤进脑子里、让你走火入魔的火星好得多。你竟然听都不听！”她的声调陡然上升，十分尖厉。“上帝在上，道格，你完蛋了！你到底会变成什么样啊？”

“会去上班，”他站起来，忘了早饭，“我到底就会这样。”

她盯着他。“你真的是越来越糟。一天比一天着魔。最后会走到哪一步？”

“走到火星。”他打开衣橱，找了件干净衬衫，穿去上班。

道格拉斯·奎尔下了出租车，慢腾腾地连穿三条挤满人的步行隧道，来到那扇洋气、引人驻足的大门前。他停下脚步，杵在密集的早晨人流之中，谨慎地看着眼前的霓虹灯标志。它变幻着色彩。他以前观察过这块标志，但从未走得这么近。今天要做的，是别的事，很不同的事。某种迟早会发生的事。

回宜公司

这就是答案吗？它毕竟是个幻觉，无论多逼真，无非是余下一场幻梦罢了。至少，客观上如此。但主观上而言，怕是完全相反。

不管怎么说，他有个预约。五分钟之内。

深吸一口芝加哥的空气，雾霾侵袭的滋味还没那么重。他迈进斑斓耀目的门口，向前台走去。

前台接待是名金发美女，体形曼妙，裸着上身，样子齐整。她笑脸相迎："早上好，奎尔先生。"

"好，"他说，"我来咨询回宜套餐系列。不用说，你也知道吧。"

"不是'回宜'，是'回忆'。"前台纠正了他。她拿起可视电话的听筒，肘部光滑，说道："麦克兰先生，道格拉斯·奎尔先生到了，他现在可以进来吗？还是太早了？"

"箕纬塔洼，嗡嗡哇嗡啪。"话筒里的声音含混不清。

"好的，奎尔先生。"她说，"您现在可以进去了，麦克兰先生正在等您。"看到奎尔站起来后有些犹豫，她又喊了句："D 号房间，奎尔先生。在您右手边。"

他蒙了会儿，有些丧气，最后还是找到了该去的房间。大门敞开，里头摆了张货真价实的胡桃木桌子，桌后坐着一位中年男人，面相和蔼，穿了身最新款的火星蛙皮灰色西服。这身着装让奎尔明白，肯定没找错人。

“请坐，道格拉斯，”麦克兰摆摆胖乎乎的手，指向那把正对桌子的椅子，“那么，您希望自己曾去过火星。非常好。”

奎尔坐了下来，感到很紧张。“我不太确定到底值不值这个价钱，”他说道，“费用这么高，可是，在我看来，我实际上什么也得不到。”他心想，高得快要抵得上真的去一次了。

“对于您的旅程，您会得到看得见摸得着的证据，”麦克兰断然表示不同意，“您需要的所有证据全都有。您瞧好，这就拿给您看。”他伸手去掏豪华桌子抽屉里的东西。“船票存根。”他从马尼拉纸文件袋里拎出一块压花方纸板片，“它能证明您往返过火星。”“明信片。”他把盖着邮戳的3D全彩明信片整整齐齐在桌上摆成一行，让奎尔看个仔细。“胶卷。是您用火星本地租来的摄像机拍摄的当地风光。”他跟奎尔一一展示这些。“外加与您偶遇的人的名字。以及价值两百珀斯币的纪念品。它们会在接下来一个月之内从火星寄到。还有护照，你打过防疫针的凭据。还有其他很多很多。”他瞥了奎尔一眼，目光热切。“总之，您会知道您去过那里，”他说，“您不会记得我们，不会记得我，不会记得到过这里。我们向您保证，对您的意识而言，这将会是一次真正的旅途。两个礼拜的全面回忆，鸡毛蒜皮事无巨细。请您记住：任何时候，如果您怀疑自己没真的经历过这场体验丰富的火星之旅，您可以回来，我们全款退还。您明白吗？”

“但我并没有去过，”奎尔说，“我将来也不可能去过，不管你给我什么证据，我就是没去过。”他有些不安，深吸一口气。“还有，我也从来没给行星局当过什么特工。”对他而言，虽然有所耳闻，但实在难以相信回宜公司的超真实记忆植入，像麦克兰说的那么厉害。

“奎尔先生，”麦克兰很有耐心地说，“正如您在信中向我们阐明的，在现实中，您绝不可能，没有丁点儿可能，去火星。您付不起那个费用。此外，更不可能的是，您永远也不会成为行星局或别的什么局的卧底特工。我们给您提供的是您达成，咳咳，毕生梦想的唯一路径。我说的难道不对吗，先生？您不可能真的去那里，您也不可能真的干那种事。”他暗暗一笑。“但是，您能去过，能干过。我们能替您做到。还有，我们的费用十分合理，没有任何隐性收费。”他笑了，眼神里充满鼓励。

“超真实记忆真有那么可信吗？”奎尔问道。

“先生，比真实还要更真实。就算您真的去过火星，还是以行星局特工的身份去的，现在也会忘掉很多。通过对真-记忆系统的分析，就是那些人生中重要事件的真实记忆，我们发现，大部分细节都会被遗忘掉。永远忘掉。我们提供给您的这份产品，它的特点就是记忆深度植入，深到您什么也不会忘。在您昏睡时，植入的这份记忆包，全都来自那些曾在火星居住过多年，训练有素的专家。对于每个记忆点，我们都将细节精确到最细微的层次。还有，您选的其实是相对来说比较简单的超真实系统，要是您选了冥王星，或是想做内行星联盟皇帝什么的，那就难多了……当然，价钱也要贵上许多。”

奎尔把手伸进口袋，取出钱包，说道：“好吧。我这辈子最大的梦想就是这个，我是没希望真的去那里了。这是现在唯一的办法，只能这么办。”

“别这么想，”麦克兰的语调严厉了起来，“您接受的并不是什么二流货色。真实记忆，要么模糊，要么遗漏，时而省略，更不要提还会扭曲，那才是二流货。”他接过奎尔的钱，按下桌上的按钮。“好了，奎尔先生。”办公室门打开，闪进来两个人，身材魁梧。麦克兰继续说道：“您马上就会作为秘密特工前往火星。”他站起来，走到奎尔身边，握握他的手，奎尔的手潮湿、紧张。“不如这么说，您已经去过火星了。今天下午四点半，您将会，呃，回到地球，出租车会把您送到家门口。还有，就像我说过的，您再也不会记得我，记得来过这儿。您甚至压根儿想不起来听说过我们的存在。”

奎尔的嘴巴，紧张发干。出了办公室，他便紧紧跟着两位技术人员，接下来怎么样，全靠他们了。

我真的会相信自己去过火星？他心想。我一生的梦想就这样实现了？有种诡异的直觉在脑子里挥之不去，就是肯定会出什么岔子。到底是什么，他也不知道。

只能走一步看一步了。

麦克兰桌上有部对讲机，与公司里的作业区直接相连，对讲机嗡嗡作响，有声音传来：“先生，奎尔先生已进入镇静麻醉状态。您打算过来亲自监督植入流程吗？还是由我们直接执行？”

“按惯例来，”麦克兰指点他们，“洛，你们直接开始吧。我认为不会有任何问题。”对于公司目前的工作表而言，编制前往其他行星的人造记忆旅程，不管加不加秘密特工这条，早都成了乏味刻板的重复劳动。他掐指一算，一个月至少做二十起这样的买卖……人造星际旅行居然成了他们的长期饭票，真是讽刺。

“麦克兰先生，一切按您说的办。”传来洛的声音，接着，对讲机挂断了。

麦克兰走进办公室后方的拱型隔间，找出两袋包裹，分别是三号“火星之旅”和六十二号“行星局秘密特工”。找到后，回到桌旁，舒舒服服地坐下来，他开始将里面的物品倒出来检查。趁着实验室技术人员们忙着给奎尔植入假记忆，这些商品就会偷偷放在他的共管公寓里。

麦克兰意识到，价值一珀斯币的劣质仿真手枪，是里头最大的一件物品，让他们在财务上支出也最多。子弹大小的发报机，能让特工被捕时吞到肚子里。与实物极其相似的密码本——公司的样品非常精确，只要有可能，都尽量基于真正的美国军方手册。还有些奇怪的小物件，都没什么实际意义，但是，它们能编进奎尔那套虚幻旅程的记忆结构之中，能让记忆整体上更为可信一致。例如，半块五十分古银币；写在一张张薄纱纸片上的约翰·多恩的布道词，都是摘录，还抄错了；几个火星酒吧的火柴盒；刻着“火星穹顶国家集体农庄所有”的不锈钢铁勺；一团窃听线圈——

对讲机嗡嗡响了起来。“麦克兰先生，抱歉打搅您，但是这儿出了些相当不妙的事。您最好能来一趟。麻氨明对他很有效，奎尔已进入镇静、易受，无意识状态。但是——”

“我这就过来。”麦克兰感觉有麻烦。他离开办公室，很快来到作业区。

道格拉斯·奎尔躺在一张消毒过的床上，呼吸缓慢，平稳，眼睛紧闭。他对麦克兰和两位技术人员似乎有点儿——只有一点儿感知。

“没有插入假记忆模式的空间？”麦克兰感到恼火，“只要从日常工作里找两个星期就行了。他是西海岸移民局职员，作为政府工作人员，怎么可能去年整年没有过两周假期呢。找得到就肯定能行。”这种芝麻绿豆的小事让他很烦，向来都是。

“我们的问题，”洛忽然说道，“完全不是那样。”他俯身朝奎尔说：“告诉麦克兰先生您刚才跟我们说的。”然后，又转向麦克兰说：“仔细听。”

仰躺的男人睁开双眼，他灰绿色的眼眸盯着麦克兰的面孔。麦克兰不安地发现，那双眼睛变得很坚毅，它们有种打磨的无机物的质感，像两块准宝石在滚动。它们透出的光泽十分冷漠，这双眼让麦克兰感到寒毛直竖。“你们现在又想要什么？”奎尔厉声说道，“你们揭了我的掩护身份。马上滚出去，别等我把你们都撕碎了。”他注视着麦克兰。“特别是你，”他接着说，“你是这儿的头，你要为这次反洗脑负责。”

洛插嘴道：“您在火星上待了多久？”

“一个月。”奎尔的声音很刺耳。

“您在那儿的目的是什么？”洛继续追问。

奎尔的薄唇扭曲了一下，他看了眼洛，没立即回答。最后，他故意把声调拖得老长，一个一个单词从嘴里充满敌意地挤出来，“行星局特工。我已经告诉过你们了。你们难道没有把我所说的话全都录下来吗？给你们的老板重放刚才的音像带，然后都滚。”他闭上双眼，那股冷硬的光泽马上消失了。麦克兰顿时感到一阵解脱。

洛轻声说：“麦克兰先生，这人不好惹啊。”

“等我们把他的记忆链再抹掉，”麦克兰说，“他就不会不好惹了，又会变回那个㞞包。”他又对奎尔说：“所以，这才是您这么想去火星的真正原因。”

奎尔闭着眼说道：“我从来就不想去火星。是他们指派任务给我，叫我去的，结果就是我困在那儿了。没错，我承认当时还挺好奇的，谁不好奇呢？”他睁开眼，又仔细审视三人，特别是麦克兰。“你这儿的吐真药还真不赖啊。让我想起已经完全忘记的事情。“他沉吟了下。“我在想柯尔丝滕那边，”他似乎是在自言自语，“她会不会也是知情人？行星局的内线，用来监视我……确保我的真实记忆不会再现？难怪每次我一提想去火星，她都冷嘲热讽一顿。”他含糊地笑了笑，那个似乎洞察了什么的笑容，转瞬即逝。

麦克兰说：“奎尔先生，请您相信我，我们完全是偶然无意间撞上了这件事。这是在我们的作业——”

“我相信你，”奎尔似乎很疲倦，药物还在继续起效，将他越卷越深。“我刚才说我去过哪儿？”他呢喃着，“火星？想不起来——我只知道我特别想亲眼看看，每个人都想。但是我——”他的声音越来越弱，“只是个小职员，可有可无的小职员。”

洛挺直腰板，对上司说道：“他想植入的虚假旅行记忆，跟他实际上真正的记忆完全符合。假的动机居然就是真的动机。麻氨明对他的作用相当深，他不可能在说假话。在他意识里，至少在深度镇静情况下，那次旅程的记忆非常鲜明。不过，很明显，他平时完全想不起来。有人把他的外显记忆抹掉了，估计是政府的军事科学实验室。对他来说，还残留的是对火星的向往，火星对他十分特别，当秘密特工对他很特别。这不是记忆，这是执念，他们没法把它抹掉。很显然，是这种深藏的执念，在一开始促使他自愿接受那个火星任务。”

另一位技术人员，基勒对麦克兰说：“我们现在该怎么办？移植一套假记忆模式，来覆盖真记忆？这样做的后果谁也无法预料。对于真实旅途，他也许会想起来些，那样就会真假混淆，弄不好会导致间歇性精神病发作。他的意识里会有两套矛盾的前提并存。他既去过火星，又没去过火星；他既是如假包换的行星局特工，又是冒牌货。这绝对是个烫手货，我建议咱们把他苏醒过来，什么假记忆也别移植，赶紧把他送走。”

“同意，”麦克兰忽然想到一件事，“等他从镇静状态恢复过来之后，你能预测他会记得些什么吗？”

“这没法说，”洛答道，“现在要是醒来的话，对那次真实旅程，他很可能有些模糊、不连贯的记忆。而且，他多半会对它的真实性有极大的怀疑，而且怪罪到我们的工作上，怪我们出了错，没弄好。他会记得来过这里，这个经历并没抹掉，除非你想把它抹掉。”

“跟这人掺和得越少，我越放心。”麦克兰说，“这件事从头到尾，不是我们想要欺骗、遮掩什么，明明是我们被耍得团团转，倒霉到居然会主动揭开一名如假包换的行星局间谍的身份。这人的身份隐藏得相当好，以至于连他自己都不知道自己曾是，或者说，现在是谁。”越早跟这个自称是道格拉斯·奎尔的人甩开关系，对他们越好。

“那您还会把三号和六十二号包裹内容，放到他的共管公寓里吗？”洛问道。

“不会，”麦克兰说，“而且，我们退一半费用。”

“‘一半’！为什么只退一半？”

麦克兰悻悻地说：“退一半算可以了。”

奎尔坐在出租车上，朝着芝加哥住宅区边缘的共管公寓驶去，他心想：“回到地球老家的感觉真好。”

在火星上那个月的经历，已经开始从记忆里消退。他只记得邃远的撞击坑大口，沙尘遍地的恒然世界，对群山、对活力、对运动本身那种亘古恒久的侵蚀。一天里要花很多时间不断检查便携式氧气源。还有，那些朴素无华、不显山露水的灰棕色仙人掌和寄生线虫。

事实上，他还瞒过海关，偷偷带回来些濒死的火星动物标本。不可能有什么危害，因为在地球厚重的大气下，它们压根儿没法生存。

他伸手在大衣口袋里，打算掏出装着火星寄生线虫的容器——

结果掏出来个信封。

打开信封，让他迷惑的是，里面竟装着五百七十珀斯币，全都是小面额的信用钞票。

“从哪弄到这些的？”他不禁自问，“难道我不是在旅途里把每分钱都花光了吗？”

还有张便签跟钱夹在一起，写着，退还一半费用。麦克兰。以及日期。今天的日期。

“回忆！”他大声说道。

“撤回[1]什么？先生或女士。”出租车的机器人司机毕恭毕敬地问道。

“你有电话薄吗？”奎尔问道。

“当然，先生或女士。”车里自动打开个小格子，里面滑出库克县微缩胶卷电话簿。

“它的拼法很奇怪。”奎尔迅速翻着电话簿的黄页部分。他感到恐惧，挥之不去的恐惧。“找到了，”他说，“带我去这里，回宜公司。我改主意了，现在不打算回家。”

“好的，先生或女士，谨遵指示。”司机应道。转眼间，出租车已经掉头，往反方向开去。

“我能用下你的电话吗？”他问道。

“请便。”机器人司机将一部簇新的帝王 3D 彩色电话递给他。

他打给自家的共管公寓，很快，在他眼前的屏幕里，出现了真实得叫人起鸡皮疙瘩的微缩版柯尔丝滕。“我去了火星。”他对她说。

“你喝醉了。”她的嘴唇轻蔑地扭动。“要么比喝醉还糟。”

“以上帝的名义。”

“什么时候？”她追问。

“我不知道。”连他自己也很困惑。“我觉得是趟模拟旅行。反正就是那种人工，超真实之类的记忆植入进去的。结果没搞定。”

柯尔丝滕又挖苦道，“你真醉了。”然后挂了电话。他也挂了，

---

1. 英语里“撤回”和“回忆”是同一单词 recall。

感到脸有些红。他愤怒地想，永远都是一种腔调，半句不到就要反驳人，总是她无所不知，我一脸白痴。我个基督啊，这算什么婚姻，他阴郁地想。

不久，出租车在路边停住，旁边是座十分招摇的现代粉红小楼，楼上挂着色彩摇曳的霓虹招牌：

回宜公司

前台接待姑娘上身裸露，打扮时髦，看到他时显得很惊讶，但立即掌控住情绪。“喔，您好，奎尔先生，”她的话音有些紧张，“您——您还好吧？您是不是落下了什么东西？”

“还有一半的费用没还给我。”他说。

接待员比刚才镇定了些，说道：“费用？奎尔先生，您是不是弄错了。您只不过探讨过超真实旅行的可行性，但——”她耸了耸滑溜溜的肩膀，“据我所知，没有什么旅行。”

奎尔说：“我什么都记得，小姐。我记得给回宜公司的信，整件事就是它开得头。我记得我来过这里，见到过麦克兰先生。我还记得两位实验室技术人员把我拖走，又给我上了麻醉药。”难怪这家公司退了他一半费用。那“火星之旅”的虚假记忆压根儿就没有植入，至少没有像他得到的保证那样，全部植入到位。

“奎尔先生，”女孩说道，“虽然您只是个小职员，但却仪表堂堂，要是生气的话，可就没那么帅气了。要是能让您好受点儿的话，我也许，咳咳，可以跟您约个……”

他感到怒火中烧。“我记得你，”他咬牙切齿地说，“举个例子，你那喷成蓝色的胸部，这细节就刻在我脑子里，忘不了。还有，我记得麦克兰先生跟我保证过，要是我记得来过回宜公司，就能全额拿回我的钱。麦克兰先生人在哪儿呢?”

过了好一会儿，估计他们尽最大努力拖延之后，他终于又坐到了那张威风八面的胡桃木桌前，跟差不多个把钟头前的境况一模一样。

此刻，奎尔怒气冲天，不满意到了极点，语带挖苦地说:“你们这算是哪门子技术。我所谓的以行星局特工身份前往火星的记忆，现在极其模糊不明，充满自相矛盾。还有，对于跟你们这帮人做交易的每个细节，我记得清清楚楚。我应该把这事投诉到商业促进署。”受到欺骗的感觉让奎尔怒火中烧，甚至颠覆了他从不跟人公开撕破脸的一贯作风。

麦克兰表现得很郁闷，但他还是掂量着字眼，“奎尔，我们让步，我们会把你剩余的费用都退还。我必须承认，事实上，我们绝对没动过你一根毫毛。”他的语调里透着听天由命的口吻。

奎尔继续指责:“你答应我的那些能证明去过火星的各种小玩意，一件也没兑现。你那些满嘴跑火车的废话，没一句他妈的成真。船票存根没影，明信片也没影，护照没影，打防疫针的证明也没影。没——”

“听着，奎尔，”麦克兰说，“要是我告诉你——”他打断话头，“随它去吧。”他按下对讲机上的按钮。“雪莉，你能再开一张五百七信用币的银行支票吗，给奎尔先生的?谢谢。”松开按钮，他瞪了眼奎尔。

很快，接待过来了，把支票放在麦克兰面前，然后，马上消失。屋子里又只剩两位男士，隔着巨大的胡桃木桌面，面对面坐着。

“让我给你句忠告，”麦克兰签了支票，把它递了过去，“不要跟任何人提起你，咳，最近去火星的旅途。”

“什么旅途?”

“对啊，问题就在这里。”麦克兰执意解释道，“你只有一部分记忆的旅途。你要装作完全不记得，从来没发生过。别问我为什么，你就听我这一句，对我们每个人都有好处。”他的头上开始冒汗，还不少。“现在，奎尔先生，劳驾，我还有别的事，别的客户要见。”他站了起来，把奎尔领到门边。

奎尔一边开门，一边说道：“服务这么差的公司，就不该有任何客户。”出去后猛地把门关上了。

在回家的出租车上，奎尔心里盘算着到底该怎么写投诉信，寄给商业促进署地球分部。只要到了家，坐到打字机前，他就立马开始写。警告其他人离回宜公司远点，是他义不容辞的事。

回到公寓后，他坐到自己的赫耳墨斯火箭打字机前，拉开抽屉，翻找复写纸。忽然，他注意到一个小盒子，看着非常眼熟。这是他在火星上小心翼翼塞满了火星动物的标本盒，后来又偷偷带过海关。

打开盒子，他简直不敢相信，眼前是六只死寄生线虫，还有堆火星虫的食物，各色各样的单细胞生物。那些原生动物都风干了，布满灰尘，但是，这并不妨碍他认出来。当初，他可是花了一整天在巨大的异域石堆里找到的。真是叫人兴奋，精彩的探索之旅。

他忽然意识到：“可我没去过火星啊。”

不过，另一方面——

柯尔丝滕出现在房门口，手里抱着大摞浅棕色的杂货袋。“大中午的，你怎么在家里？”语调里永远带着同样的责备。

“我去过火星吗？”他问道，“你肯定知道。”

“没去过，你当然没去过火星。我知道你自己心里清楚。你不是成天在那里哼哼唧唧要去吗？”

他说：“天哪，我觉得我去过。”他顿了顿，又说道：“与此同时，我又觉得没去过。”

“你自己拿主意。”

“我怎么拿？”他打了个手势，“我的脑袋里有两条记忆纠缠在一起。一条真，一条假，压根儿分辨不出来。为什么不能靠你呢？他们又没对你动过手脚。”就算她从来不帮任何忙，至少能在这件事上出点力吧。

柯尔丝滕语调平稳克制：“道格，你要是没法冷静下来，我们就完了。我要离开你。”

“我真的有麻烦。”他的声音有些发干、粗糙，人在发抖，“也许是精神病发作。我希望不是，但有可能是。这样就都解释得通了。

柯尔丝滕把杂货袋放下，走到壁橱旁。“我不是在开玩笑。”她平静地说，拿出大衣，穿上，走到共管公寓的房门口。“过几天我会给你挂电话，”她声调沉闷，“那么，再见了，道格。我希望你早点摆脱掉这些事。我真心祈祷你能走出来。为你自己好。”

“等等，”他绝望地喊道，“你就告诉我，让这件事有个定局，我到底去还是没去过——你告诉我。”但他忽然意识到，也许他们也修正了她的记忆。

门关上了，妻子走了。终于走了！

他身后有人说道：“好嘛，那就那样了。现在，奎尔，举起双手。然后转过身来，面朝我。”

他本能地立即转身，并没有举手。

面前的男人身穿行星局警察的紫红色制服，手里握着联合国配备的枪。不过，奎尔发现，有某种说不清道不明的原因，这人看上去眼熟。他摸不准这种模糊、扭曲的熟悉感到底怎么来的。总之，他还是笨拙地举起双手。

“火星旅途，”警察说道，“让你给记起来了。我们不仅完全掌握你今天的行踪，还很清楚你脑子里在想什么，特别是从回宜公司回来后，你脑子里倒腾的那些极其重要的想法。”他又加了句，“我们在你的头骨里植入过一支读心发报机，它能让我们随时掌握你的心理活动。”

心灵感应发报机，由月球上发现的一种活体原生质制造。他战栗起来，感到阵阵自我厌恶。这东西活在他的体内，在大脑里，不停吸收养分、倾听，再吸收养分。行星局警察就在用这些东西，这可是个性化报纸上提到过的。所以，虽然身上装了这个的确很惨，但他很可能不是诈唬。

“为什么是我？”奎尔的嗓子发干。他到底干了什么，或是，想了什么？这跟回宜公司又有什么关联？

“基本上而言，”行星局条子说，“这跟回宜没什么关系，完全是你和我们的事。”他触碰了下右耳。“对了，你头里的发报机，一直把你所有心理活动传给我。”奎尔发现，此人的耳朵里放了个白塑料耳塞。“所以，我得警告你：你所想的任何念头都可能对你不利。”他笑了，“不过现在无所谓了，你的念头和言语已经让你完蛋了。真正棘手的是在回宜公司时，你在麻氨明药物作用下，跟他们老板麦克兰先生，还有技术人员，提到了你的旅程。包括你去过哪里，为谁干活，干了些什么。他们吓得要死，但求从来没见过你。”他又深思熟虑地加了句，“他们想得没错。”

奎尔说：“我从来没去过什么火星。这完全是麦克兰的技术人员植入的假记忆链，还植出了问题。”但是，他马上想到了桌子抽屉里的那盒子，里头的火星生物。还有当初为了收集它们遇到的困难，花费的心思。这记忆显得特别真实。还有盒子里的生物，也是确确实实的。除非，它们都是麦克兰派人偷偷放好的。没准，这就是当初麦克兰信誓旦旦要提供给他的旅途证据之一。

他想：“我脑海里的火星旅途记忆，并不能完全让我自己信服，但是，倒霉得很，行星局警察居然相信了。他们以为我真去过火星，现在只是记起来部分而已。”

“我们不但知道你去过火星，”行星局条子对他心里的疑问，表示肯定，“还知道你现在记起来的部分，对我们来说，已经是件麻烦事了。而且，洗掉你意识里的记忆，完全没用，因为接着你又会跑去回宜公司，再来这么一遍。再说，对麦克兰和他的公司，我们也没司法权，我们只对自己人有权干预。再说，麦克兰还没犯什么法。”他看了眼奎尔，“严格来说，你也没有。因为你去回宜公司的目的，并不是要让记忆恢复。我们已经意识到，你去的目的，跟每个庸常、麻木的大众一样，想追求冒险。”他又说，“很不幸，你既不庸常，也不麻木，你经历的刺激不要太多。全宇宙中，你最不需要的东西，就是回宜公司的套餐。没有比这个对你、对我们更要命的了。还有，对麦克兰也是倒大霉的事。”

奎尔说：“为什么我想起来的所谓旅途，还有我在那儿干过什么，对你们来说是个麻烦？”

“因为，”行星局的外勤条子说，“你干的事，会影响我们伟大纯洁全方位守护人民的公众父亲形象。你为我们做的事，我们永远也不会亲自去干。不过，用不了多久，你都会记起来，这还得多亏了麻氨明。那个里面装着死虫子和藻类的盒子，自从你回来，已经在你抽屉里躺了六个月。你从来没有过一丝一毫兴趣去看一眼。直到你从回宜公司回来这儿的路上想起来这玩意，我们都不知道它的存在。所以，我们才会派两个人来搜查盒子。”他没必要地加了句，“没找到，时间来不及。”

另一名行星局条子走了过来，两人嘀嘀咕咕商量些什么。与此同时，奎尔的脑子在飞快思考。他现在的确记得更多了，条子对麻氨明的评价是对的。行星局的人搞不好也用这个。搞不好？不对，天杀的他亲眼见过他们给罪犯用过。那是在哪儿的事？地球上？他意识里残缺不全——但正在迅速变完整的记忆告诉他，更有可能是在月球。

而且，他记起了另外些事儿。为什么他会去火星，他在那儿执行的什么任务。

难怪他们要抹掉自己的记忆。

“我的天哪！”前面那个行星局条子忽然打断了跟同事的对话。很显然，他收到了奎尔的想法。

“好吧，现在问题已经大得没法收拾了，不能再坏了。”他走向奎尔，举枪对着他。“我们必须杀了你，”他说，“马上。”

他的同伴紧张地问，“为什么要马上？不能带他回纽约分局，让他们——”

“他知道为什么必须马上。”第一个条子现在也显得很紧张，但是奎尔意识到，他紧张是由于完全不同的原因。现在奎尔的记忆几乎彻底恢复了，他完全明白为什么面前的警察会这么如临大敌。

“在火星上，”奎尔沙哑着嗓子，“放倒十五个保镖后，我杀了个人。有些保镖跟你们一样，都配备了贴身手枪。”整整五年，行星局把他训练成了刺客，职业杀手。他知道怎么对付手持武器的对手……比如眼前这两个警察。那个戴了耳塞的警察也知道这点。

要是他移动够快的话——

枪响了。但他已经迅速闪到一边，劈倒开枪的警察。转眼间，他把枪夺了下来，指着另一个还在发呆的警察。

“读到了我的念头，”奎尔喘着粗气，“他知道我打算干什么，但我还是干了。”

受伤的警察半坐着，愤怒地说：“萨姆，他不会对你开枪，我也读到他这么想的。还有，他知道他完蛋了，也知道我们知道他知道。

得了吧，奎尔。”他费尽全力，闷哼一声，颤抖着站了起来，把手伸出。“枪，”他对奎尔说，“你用不了，只要你还给我，我保证不杀你。你会受聆讯，不是我，而是行星局高层会下决定。也许他们会决定再把你的记忆抹掉一次，我说不准。但是你已经知道我为了什么事要杀你，我没能阻止你记起来那件事。所以，我想要杀你的动机，已经不复存在。”

奎尔紧握住枪，冲出共管公寓，奔向电梯。他心想，要是敢跟过来，我就杀了你们，别过来。他猛捣了下电梯按钮，很快，门打开了。

警察没跟过来。很明显，他们读到了他充满紧张、直截了当的想法，决定不冒这个险。

他站在里面，电梯开始下降。这次逃过一劫，暂时逃过。接下来呢？他能去哪儿？

电梯到了底楼。很快，奎尔就汇入了隧道里步行的人潮。他感到头疼欲裂，很不舒服。不过，至少他躲过了死亡威胁，刚才在自己的共管公寓里，他差点被当场击毙。

他心想，我脑子里还装着发报机，用不了多久他们就能找到我，肯定还会再这么干。

太讽刺了，他现在的境况，和当初他跟回宜公司要求的一模一样。冒险、危机、行星局特工的身份，还有脑袋挂在腰上的秘密火星任务，他要购买的假记忆里，这些一个也不会少。

要是这些都是记忆，而不是真的，就更好了。

他独自一人坐在公园的长凳上，泄气地看着眼前一群莽鸟，这些是从火星的两个卫星引进的半鸟，就算在地球的高重力之下，它们也能一飞冲天。

也许，我能找个门路回火星，他寻思。到了火星然后呢？估计只会比这儿更惨，一只脚刚下飞船，被他刺杀了领袖的政治组织，就会盯上他。在火星上他会受到双重追杀，行星局的人，和他们。

你们能听得到我在想什么吗？他很想知道。独自一人坐在这里，感觉他们在收听、监视、记录和讨论自己，这真是通向妄想狂的好途径。他战栗着，起身，双手插在口袋里，毫无目的地走着。无论我去哪里，他意识到，只要那个小设备还在我的头里，你们都会永远跟着我。

我想跟你们做个交易，他心里这么想着，同时也是在对他们说。就像你们以前干过的，能不能给我再刻一段新的假记忆模版，把我变成个过着平庸、重复生活的普通人，一辈子没去过火星？也从来没近距离见过穿制服的行星局警察，从来没握过枪？

他脑子里传来声音，“我们已经跟你仔细解释过，这么做是不够的。”

他震惊了，停住脚步。

“我们以前就是这样跟你联络的，”声音继续，“当时你还在火星实地执行任务。我们已经好几个月没这样做了，我们以为从此不用再这样联络了。你现在人在哪儿？”

“在走路，”奎尔说，“走向我的死亡。”拜你们的警察手枪所赐，他又加了段想法。“你们怎么能确定那样办不够？”他追问，“回宜公司的技术不是很厉害吗？”

“正如我们说过的。如果我们给你植入一段标准、一般的记忆，你仍会永无安宁。你到头来，不是去找回宜，就是去找他们的竞争对手。我们不能再折腾一次。”

“那么假设，”奎尔说，“先将我的真实记忆抹掉，然后植入一些比普通记忆要重大的事情呢。那些能让我无休止的渴望彻底平静下来的事，”他说，“这不是空穴来风，很可能是你们一开始雇我的原因。但你们一定要想出些不一样的事，一样重要的。比如，我是地球首富，最后把所有财产都捐给了教育基金。比如，我是举世闻名的深空探险家。总之就是类似的过去，里面总有一个能行吧？”

沉默。

“试试，”他绝望地说，“把你们军队里那些拔尖的精神病学家找来，剖析我的意识。找到我最狂放的白日梦。”他努力想。“女人。”他说。“有过几千个女人，就像唐璜。太阳系花花公子，在地球、月球，火星上的每座城市都有情妇。但后来全都放弃了，因为精疲力尽。求求你们，”他恳求道，“试试。”

“如果我们同意安排此方案的话，如果真有可能？”他脑子里的声音问道，“要是这样的话，你就会主动投降？”

他迟疑了一下，回答道：“是的。”他在心里说，也许你们会直接把我杀了，我得冒这个险。

“你先走第一步，”声音马上说，“向我们自首。我们会调查那个方案的可行性。要是无论我们怎么努力，你的真实记忆都会像这次一样，再次浮现，那——”沉默了一会儿，然后声音把话说完，“我们就不得不消灭你。你肯定明白。怎么样，奎尔，你还想试吗？”

“是的。”他说。因为不这么干就是死路一条，而且板上钉钉。走这条路，虽然机会极小，至少还有一线生机。

“你到纽约的警察总局来，”行星局条子的声音响起来，“第五大道五百八十号，十二楼。等你到了，投降后，我们就会找精神病学家来进行分析。我们会让你做一些个性特征测试。我们会试着定位你终极、绝对的幻想愿望。然后把你带到回宜公司，让他们接手，植入错位替代回忆。那么，祝你好运。你过去是我们的一条好狗，这是我们欠你的。”声音里并无恶意，非要说的话，组织居然对他产生了些许同情。

"谢谢。"奎尔准备打一辆机器人出租车。

"奎尔先生，"年长的行星局精神病医生一脸严峻，"你用来满足心愿的幻梦非常有意思。不过，它多半不是你有意识找乐子料得到的。这种情况很正常。等一下你听我说的时候，希望不要生气。"

旁边一位行星局高阶警官尖刻地说："要是他不想被枪毙的话，最好听了之后别太发火。"

"这个幻想和你想成为行星际卧底特工不一样，"精神病医生继续说道，"想当特工相对而言是一种成熟期产物，里头还有一定合理性。而这个则是你儿童期的古怪梦想，难怪你自己也想不起来。幻想是这样的：你只有 9 岁，独自一人走在乡下小路上。这时，一艘来自其他星系、形状怪异的太空飞船，在你面前降落。整个地球上，只有你，奎尔先生，见到了它。飞船里的这些生物体形很小，跟田鼠差不多大，看上去非常无助。但是，他们却打算入侵地球，后头还有成千上万的舰船即将上路，就等这艘先遣队飞船发出信号。"

"我猜，我阻止了他们，"奎尔既感到有些快意，又混杂了恶心，"单枪匹马就把消灭了他们，估计用脚踩死的。"

"没有，"精神病医生耐心地说，"你确实阻止了入侵，但不是靠毁灭他们。相反，你向他们展示了善良和仁慈，甚至通过心灵感应——他们的通信方式——得知他们来地球的意图之后，你还是如此。他们从来没有在任何知觉生物体上见识过这种人道精神。为了表达感激，他们和你立了个契约。"

奎尔说："只要我还活着，他们就不会入侵地球。"

"一点没错。"精神病医生对行星局警官说，"你看，虽然故作不屑，但这幻想跟他个性还是挺契合。"

"那么，只要活着不死，"奎尔感到越来越开心，"只要存在这世上，我就让地球免受外星人统治。连根小手指都不用动，我就成了全地球最重要的人。”

“是的，一点没错，先生，”精神病医生说，“作为贯穿一生的童年幻想，这是你整个心智的根底。如果不靠深度和药物疗法，你永远也想不起来。但是，它一直都跟着你，虽然沉入了潜意识，但从未彻底消失。”

麦克兰一直坐在旁边，紧张地听着，高阶警官对他说：“这么极端的幻想，能用你的超真实记忆模式植入到他的意识里吗？”

“只要能想象出来的类型，不管哪种幻想，我们都对付过，”麦克兰说，“坦白说，我听过比这还要更夸张的。当然，我们能搞得定。二十四小时之后，他就不会只是但愿自己曾经拯救过地球，而会诚心相信自己真的拯救过地球。”

高阶警官说：“那么你们可以开始工作了。为了预备，我们已经又抹掉了一次他去火星的记忆。”

奎尔问道：“去什么火星？”

没人搭理他，他只好悻悻地放弃追问。此外，一辆警车已经开了过来，他和麦克兰，以及高阶警官都挤了进去。很快上路，驶向芝加哥的回宜公司。

“这次你们最好别再搞出什么幺蛾子了。”警官对满脸紧张、大块头的麦克兰说。

“我实在想不出来会出什么问题，”麦克兰流着汗，嘴里咕哝着，“这次跟火星、行星局都没关系。单枪匹马阻止了一场来自外星系的地球入侵。”他不禁摇摇头。“哇，还真是孩子气的梦。全靠非凡的美德，而不是武力。有点古朴范儿。”他用一条大亚麻手帕不停地擦着额头的汗。

没人搭腔。

“其实，”麦克兰说，“还挺感人。”

“但太狂傲，”警官冷冷地说，“照这样，他一死，入侵行动就会马上启动。难怪他想不起来呢，这绝对是我平生听到过的最自以为是的幻想。”他嫌弃地瞪了眼奎尔。“政府的工资单里居然有这号人。”

他们抵达回宜公司时，雪莉在外间办公室迎接他们，有些气喘吁吁。“欢迎回来，奎尔先生，”她有些激动，甜瓜状的乳房涂着热烈的橙色，上蹦下跳，“对于之前出的那么多烦心事，我非常抱歉。我相信这次一定会更好。”

麦克兰的额头汗津津，仍在不停用那方叠得方方正正的爱尔兰亚麻手帕擦汗，“肯定更好。”他急急忙忙找到洛和基勒，陪着奎尔和他们一起去了作业区。然后，又和雪莉、那位高阶警官，来到他熟悉的办公室。等着。

“麦克兰先生，我们有这样的套餐包裹吗？”雪莉太过激动，撞在他身上，微微羞红了脸。

“我认为有。”他试着回想，但很快放弃了，接着，取出正式表格查看，“得是个组合，”他拿定主意，大声说，“包括八十一号，二十号和六号包裹。”他从办公桌后的的拱型隔间，搜罗相应的包裹，带到桌上检视。“八十一号里有，”他解释，“一根魔法治疗杖，提供给客户，就是奎尔先生。它来自外星系物种。以表达他们的感激之情。”

“能有用吗？”警官好奇地问。

“起用过一次，”麦克兰继续说，“你瞧，咳咳，他许多年前用过，到处治疗来治疗去的。现在不过是一件纪念品而已。但是，他会记得这根杖子的效果极其出色。”他咯咯笑了笑，然后打开二十号包裹。“来自联合国秘书长的文件，感谢他拯救了地球。这件物品严格来说并不适合，因为，根据奎尔的幻想，全世界只有他一个人知道那次入侵。不过，考虑到要把事情尽量拟真，还是放进去吧。”然后，他又看了看六号包裹。这里面是什么？他想不起来了，皱着眉，在雪莉和行星局警官紧张地注视下，手伸进塑料袋。

“文本，”雪莉说，“文字很怪。”

“这里头写的是他们是谁，”麦克兰说，“从哪儿来。还有一张星图，上面记载了他们的航行记录，出发的星系。当然，这些都以他们的文字写成，所以他看不懂，但却记得当初他们用他的语言讲述过。”他将三件物品摆到桌子中间。“这些都得送到奎尔的共管公寓，”他对警官说，“这样一来，他回家就能找到，也就应证了他的幻想。SOP，标准作业程序。”他轻声一笑，有些担忧，想知道洛和基勒那边情况怎么样了。

对讲机嗡嗡响了起来。“麦克兰先生，很抱歉打搅您了。”是洛的声音，他听出后，浑身都僵住了，说不出一个字。“但是这儿出了点问题。您最好是能来一趟，指导一下。跟以前一样，麻醉没问题，他已经失去意识，处于放松、易受状态。但——”

麦克兰冲向作业区。

道格拉斯·奎尔躺在一张消毒过的床上，他呼吸平缓，眼睛半闭，对周围的一切只有模糊的感知。

“我们刚开始询问他，”洛脸色发白，“以找到合适时间点，来放置那个独自一人拯救地球的幻想记忆。但是，实在很奇怪——”

“他们告诉过我，让我不要说出来，”道格拉斯·奎尔咕哝着，药效很深，声调呆滞，“这是当时的协定。我甚至不该记起来。但这种事，我怎么忘得掉呢？”

“我也觉得，肯定挺难，”麦克兰想了一下，“但你还是做到了——直到现在。”

“他们甚至给了我一个卷轴，”奎尔喃喃自语，“以示感激。我藏在共管公寓里，回头我拿给你看。”

麦克兰对他身后的行星局警官说道：“那么，我给您的建议就是，最好别杀他。您要是杀了，他们就会回来。”

“他们还给了我一根魔法隐形毁灭杖，”奎尔眼睛完全闭了起来，说得含糊，“你们派我去火星执行任务，我就是用它杀了那人。它就在抽屉里，跟装着火星寄生线虫和干植物的盒子搁在一起。”

那位行星局警官，一言不发，转身大踏步地离开了作业区。

“我最好把那些装着人工物品的包裹都收起来。”麦克兰无奈地想。他一步一步地走回办公室。“还有那件联合国秘书长写的嘉奖。毕竟——”

估计没多久，真的嘉奖就要上路了。

（陈灼　译）

新事物[1]

当《危险幻象》于 1967 年面世时，《纽约客》（在 1967 年 9 月 16 日刊上）将其编辑哈伦·埃利森封为“新浪潮头号倡导者”。这多少有失公允，因为埃利森在序言中已明确自陈，自己所说的“‘新事物’既不是朱迪斯·梅丽尔的‘新事物’，也不是迈克尔·摩考克的‘新事物’”。但每个评论家都犯有此种过度简化作家类型的错误，而这种混乱的出现其来有自。

与那些活跃于坎贝尔《惊异》黄金时代的传统作家相比，所有不问情由地被纳入“新浪潮”派别的作家都对文体风格表现出了更多的关注；于是，每一位展现出一定的文体意识，且于 20 世纪 60 年代崭露头角的作家都被贴上了新浪潮的标签。这些作家包括风格迥异的罗杰·泽拉兹尼、约翰·布伦纳和萨缪尔·R. 德雷尼。然而除却文体意识，他们毫无其他相似之处。

其他作家反而享有更多的共同点：比如一股来自人类共同信念

1. 此新事物代指新浪潮。

的阴暗情绪，认为社会正每况愈下而不是越变越好（奥尔迪斯称之为“一种自然而体面的绝望”）；比如对人类智慧缺乏信心，认为它无法帮助人们摆脱当前困境，有时他们甚至相信，正是智慧将人类导向了当前的困境；他们不仅不信人类是完美的，甚至不信人性本善，反而深信人性拥有致命缺陷。作家们往往为了实验而进行实验性写作；他们经常轻易接受，甚至积极追求无形，追求颠覆既有的科幻哲学及其表现形式，好像是在有意识地反叛人们所认为的老式科幻基本性质，包括科幻这个名称本身。很多人更乐于将之称为推想小说。

不过，作家之间存在着明显差别，且随着时间推移愈演愈烈。埃利森的“新事物”中包含着参与、承诺和抗议；而巴拉德的“新事物”则更为孤傲：他笔下那些被动性的人物被塑造得很是疏离。最终，像埃利森与巴拉德这类作家彻底脱离了科幻领域，开始寻求他们自己的读者。

然而，要对 20 世纪六七十年代的科幻小说展开完整讨论，必然离不开埃利森：他既是编辑，是作家，是业界名人，也是一个象征。对有抱负的作家而言，他是那个时代的新模范，无论是作为个人还是作家。而频繁现身于克拉里昂科幻写作营又强化了他的这一形象。即使在他身故之后，哈伦主义的血脉仍将贯穿科幻发展的始终。

埃利森的童年充满痛苦，而在喧嚣又漫长的青少年时光里，他的个人成就也没能使他彻底自给自足。他很早就开始创作科幻，写文章，出版自己的粉丝杂志，立下成为作家的雄心壮志。在俄亥俄大学求学的一年半时间里，他被告知不具备写作天赋[1]，但在做了几份工作又历经一些灾祸后，他于 21 岁时成功地将自己的第一个短篇

1. 埃利森于 1951 年入读俄亥俄大学，18 个月后因殴打教授被学校开除，埃利森称这是因为该教授诋毁了他的写作能力，在之后的二十多年里，他每出版一部小说都会给该教授邮寄一份。

《萤火虫》(“Glowworm”)卖给了《无限科幻》杂志。

在前往西部的好莱坞以前，他为《浪子》杂志与“摄政图书”出版社做过编辑，又似乎很自然地进入了一场婚姻，这场婚姻充满了争吵、威吓、误解与和解[1]。他是一个成功的戏剧和电视剧编剧，撰写了许多剧本与系列片先导剧本，赢得过三次美国编剧工会奖和一次雨果奖最佳电视剧奖。他的系列电视剧《迷失星空》(*The Starlost*)在制作中因一系列意外事件出了岔子，后来，他在与埃德·布莱恩特合著的小说《凤凰不涅槃》(*Phoenix Without Ashes*，1976)前言里对此事极尽谩骂之能，该小说是《迷失星空》原始剧本的小说化产物[2]。

1965年他设想编辑一部初版小说集，收录那些因过分与众不同而无法刊载于科幻杂志上的小说。《危险幻象》就这样诞生了，它的出版是60年代科幻革命进程中的一件大事，其重大意义至少能够比肩摩考克的《新世界》(在《新世界》并不常见的美国意义尤甚)与梅丽尔的小说选集，包括《摇摆英伦》；而在整个科幻发展史中，它的诞生或许与坎贝尔担任《惊异》杂志编辑以及《奇幻与科幻杂志》与《银河科幻》创刊同等重要。与《危险幻象》相比，《又见危险幻象》扩大了收录范围，但或许缺乏前者的轰动价值。延宕日久的《最后的危险幻象》据说会是一部包含近百万词的多卷巨著。“革命”一词可能过分强烈，但埃利森说他在试图创造与开辟，而已出版的两部选集都获得了相当可观的认可，包括授予所录小说作者的三项雨果奖与三项星云奖，以及1968年与1973年由世界科幻大会授予

---

1. 埃利森有过五次婚姻，此指与第一任妻子 Charlotte B. Stein 的婚姻，二人于1956年结婚，1960年离婚。埃利森形容这场婚姻为“像发电机的哀鸣般持续了四年的地狱生活”。
2. 该剧为加拿大 CTV 出品的1973年剧集，在美国同步播放。所说的“一系列事件”中最主要的是预算不足和技术支持不够导致的剧本难以完整呈现，埃利森因对此事不满，曾将《迷失星空》的先导集标题定为“凤凰不涅槃”，但该标题未被采用，剧集实际播出时，第一集标题被换作了“发现之旅”(Voyage of Discovery)。

编辑的两项特别奖。

埃利森的小说文如其人，极具个性、有说服力、坚持己见，且充满抗议。每个作家都会借个人经历进行创作，但埃利森的作品比大多数人的更贴近自己的内心世界。在他找到独特的文体风格和创作题材——他自己——之后，他的小说越来越像在努力与自己充满苦难的过去达成和解。这些故事引发了许多读者的共鸣，不仅因其创作技巧，更是因其中所表现出的激情与关怀，这种关怀有关成长之痛，有关在一个充满敌意的世界里挣扎求生。

与其他许多科幻作家一样，埃利森最擅长撰写的是短篇小说（他只写过四部长篇）。他十分多产；近些年来，他在包括书店橱窗在内的地方证实了自己的公开创作能力。其短篇小说所获奖项数创下了记录：《“忏悔吧，小丑！”守钟人说》（“‘Repent，Harlequin!’ Said the Ticktockman”）同时获得 1965 年的雨果奖和星云奖；《我没有嘴，而我必须尖叫》（“I Have No Mouth，and I Must Scream”）获得雨果奖；《在世界中心呼唤爱的野兽》（“The Beast that Shouted Love at the Heart of the World”）获 1969 年雨果奖；《男孩和他的狗》（“A Boy and His Dog”）获 1969 年星云奖；《死鸟》（“The Deathbird”）获 1974 年星云奖；《漂离朗格汉斯岛……》[1]（“Adrift Just Off the Islets of Langerhans ...”）获 1975 年雨果奖；《杰弗蒂五岁》（“Jefftey Is Five”）获雨果奖、星云奖、由高等教育科幻指导机构颁发的木星奖[2]和 1978 年的英国幻想小说奖。他还获得过 1974 年的美国神秘作家协会奖最佳短篇小说奖。

他数以百计的短篇小说被汇编于包括《死鸟故事》（1975/1984）、

1. 小说中虚构的地理位置。朗格汉斯岛即医学上所说的胰岛。小说完整标题为《漂离朗格汉斯岛：北纬 38°54′，西经 77°00′13″》（*Adrift Just Off the Islets of Langerhans: Latitude 38°54′N, Longitude 77°00′13″W*），其中的经纬度在现实中是美国首府华盛顿的位置，具体地点位于波托马可河畔、杰斐逊纪念馆旁。
2. 存续时期为 1973 至 1978 年，设有最佳长篇、最佳中篇、最佳中短篇、最佳短篇等奖项。

《怪酒》（1978）、《粉碎日》[1]（1980）与《愤怒的糖果》（1988）在内的一系列个人选集中。他也撰写了许多剧评与影评，收录此类作品的文集有《玻璃奶头》（1970 与 1975）与《哈伦·埃利森的观影》（1989）等。

不过，埃利森最擅长塑造的恐怕是他自己。他是个直率而清醒的倡议者。诺曼·梅勒的《为自己做广告》或许最适合用作埃利森毕生事业的标题。他对是非曲直信念坚定，并愿意为捍卫信念冲锋陷阵，例如，在作为荣誉嘉宾出席 1978 年于菲尼克斯召开的世界科幻大会时，他就针对亚利桑那州未能通过平等权利修正案一事进行了一番个人声讨。他成了一个极富争议的人物，很大程度上是由于他本人的一系列做法；在科幻圈子内，或许也包括圈外，他是个著名的，或说臭名昭著的，或是二者兼有的人。他既可以感召力非凡也能招人厌烦，这两种特性经常同时出现在他身上。

在过去的十年里，埃利森越来越积极地发声试图抽离自己，既远离粉丝圈子也远离科幻领域。他采用一种防守型话术，称自己不是科幻作家，而是埃利森作家，他寻求的不是科幻读者，而是埃利森的读者。他认为，“科幻”这一标签于他而言不仅不准确，甚至已经构成妨碍。他或许是对的。

（穆童、憬怡　译）

1. 此处的粉碎日（Shatterday）为作者生造词，与星期六（Saturday）谐音。作者在故事中为一周七天都制造了谐音词。

我没有嘴，而我必须尖叫

[美国]哈伦·埃利森

从粉色控制板上垂下的，是葛里斯特瘫软的身体。挂着——没有外物支撑，在电脑机房里高过我们的头顶。从主穴不停刮来寒冷油腻的微风，但它纹丝不动。尸体头朝下，单是右脚板连着控制板底面。突出的下巴下有一道横贯两耳的精确切口，血从这儿流干了。反光的金属地板上毫无血迹。

葛里斯特加入我们组时查过他自己，我们才意识到 AM 很尽兴，又把我们要了，但为时已晚。这是机器的一次消遣。我们有三个人吐了，条件反射式地相互背过身去，一犯恶心历来如此。

葛里斯特脸色惨白，仿佛看到了巫毒人偶，仿佛在惧怕未来。“噢，天呐。”他念叨着，走开了。我们三人随后跟上，见他坐在那儿，背靠嗡鸣的小型数据库，头深埋进双手。埃伦在他身边跪下，抚摸他的头发。他没动，但说话声清晰地从掩住的脸传来：“它怎么不把我们一次干掉，一了百了？天啊，我不知道还能这样坚持多久。”

这是我们在电脑里的第一百零九年。他说出了我们所有人的心声。

尼姆多克（这是机器逼他用的名字，AM 喜欢用奇怪的发音自娱自乐）又被引出幻觉了，以为冰穴里有罐头食品。葛里斯特和我都很怀疑。“又是骗局。”我对他们说，“就像该死的冷冻大象，也是 AM 骗我们的。那玩意儿差点让本尼迷失心智。我们一路跋涉过去，它就会烂掉或者变成一副鬼样子。要我说别想了。留在这儿，它很快会弄出好东西来，不然我们就要死了。”

本尼耸耸肩。三天前吃过虫子，又粗又黏，然后没吃过东西。

尼姆多克一样犹疑不定。他知道有那种可能，但他越来越瘦了。比起这儿，那边不会更糟。会更冷，但这不重要。炎热、寒冷、冰雹、熔岩、沸水、蝗虫——从来都无所谓：机器在自慰，我们只能接受，否则就死路一条。

埃伦替我们做了决定：“我必须吃点什么，特德。说不定有巴氏梨或者桃子。拜托，特德，我们试试吧。”

我很快让步了。管他的，都不重要。埃伦很感激。她鲁莽地上过我两次，但这也不重要，反正她从没高潮过，所以有什么关系？不过我们每次做的时候机器都会大笑，咯咯咯咯，在头顶，在背后，在四周环绕。他在偷笑。它在偷笑。大部分我想到 AM 的时候，都是没有灵魂的“它”，但有时仍会想成“他”，男性，父系，家族的……他是个充满猜忌的人。他。它。是疯狂错乱的天父之神。

我们在某个周四出发。机器总是让我们与最新日期保持同步。时间推移很重要，当然不是对我们，而是对他……对它……对 AM。周四。谢谢啊。

尼姆多克和葛里斯特抬了埃伦一会儿，他们抓紧各自的手腕，再互锁住对方的手腕，架成座位。本尼和我一前一后，确保如果发生意外抓走了我俩中的谁，至少保证了埃伦的安全。机会渺茫啊，想要安全。也不重要了。

距冰穴只剩百来英里，第二天，我们躺在他制造的烈日状鬼东西下，他送下来些吗哪，味道像煮过的野猪尿。我们吃了。

第三天，我们穿过一座荒谷，谷中布满古老的电脑数据库锈蚀的残骸。AM 待自己和待我们一样粗暴。这是他的性格标志：追求完美。不论是删除充斥自我世界的模块中无用的元素，还是完善折磨我们的方法，AM 就像他的创造者所希望的那样缜密——他们早已归于尘土。

光从上方漏下来，我们知道离地表一定很近了。但我们没爬上去看。实际上外面什么也没有，一百多年过去也没有能称之为物的东西。现在只有我们五个人在这下面，在这电脑里，单独跟 AM 一起。

我听见埃伦疯狂地说道："别，本尼！不要，求你了，本尼，请你不要！"

接着我意识到刚才一直都听见本尼念念有词，压低嗓子，持续了好几分钟。他念着："我要出去，我要出去……"一遍又一遍。猴子似的脸上表情支离破碎，同时夹杂着圣洁的喜悦和悲伤。AM 在"节日"期间给他造成的辐射伤痕划进一大片粉白色皱纹里，五官仿佛是分开运作的。也许本尼是我们五人中最幸运的：他多年前就发疯了，眼神发愣。

然而即便我们可以随便管 AM 叫该死的什么玩意儿，可以把最邪恶的想法施加在熔化内存条、腐蚀底板、烧毁电路和捣碎控制泡上，机器不会容忍我们逃跑。我想抓住本尼的时候他跳开了，爬上稍小的一个存储块正面，存储块装满腐烂的元件，倾斜着。他在那儿蹲了半晌，看起来就像 AM 要他模仿的黑猩猩。

然后他高高跳起，抓住被腐蚀的坑洼金属纵梁，攀上去，像动物一样双手交替，到达一处主梁横档，距我们二十英尺高。

“噢，特德，尼姆多克，求求你们，帮帮他吧，把他弄下来，趁……”她突然不说话了，眼中噙着泪水，不知所措地挥舞双手。

太迟了。不管要发生什么，发生时没人想靠近他。此外，我们都看穿了她在担心什么。AM 改变本尼的时候，在机器完全丧失理智歇斯底里期间，电脑不只把本尼的脸变得像巨猿，他的私处也变大了。她太喜欢这一点！她和我们交配是例行公事，但跟他做却很享受。啊，埃伦，神圣的埃伦，纯洁的埃伦，啊，埃伦小无辜！卑鄙的贱货。

葛里斯特扇了她一耳光。她跌坐下去，仰头注视着可怜的疯子本尼，哭起来。哭是她厉害的自卫手段。七十五年前我们就已经习惯了。葛里斯特踢了她身子侧面一脚。

接着有声音响起。那声音，是一束光。一半声音一半光，开始从本尼眼中射出，光 / 声节奏越来越快，微弱的声响也更宏大明亮，声光跟随渐大的声响阵阵律动。一定很痛苦，而且光越强，声音越大，越痛苦。本尼开始像受伤的动物一样呜咽。刚开始还很轻，光还弱声音还小，当声音变大时，他双肩耸在一起，背部隆起，仿佛想挣脱出来。他双手交叉放在胸前，像花栗鼠的爪子，头歪向一边。悲伤的小猴子脸在痛苦中皱缩到一起。他开始号叫，从眼睛里发出的声音更响了。越来越响。我双手捂头，但屏蔽不掉，声音太容易穿透。疼痛感抖动着穿过我的肉体，就像锡箔纸戳穿牙齿。

本尼突然被拉直。他站在梁上，像木偶一样猛伸直腿。此刻的光变成两道粗壮的圆柱，从他眼里一股股射出。音调越升越高，音阶诡异，他向前倒下，径直跌落，轰一声撞在钢材地板上。他抽搐着躺在那儿，光在他身边涌动环绕，声音盘旋上升，超出了正常的音域。

而后光又绕回来收进他脑袋里，声音盘旋下落，他就那么干躺在那儿，哀号着。

他的双眼是两只又软又湿像脓汁果冻一样的水坑。AM 把他弄瞎了。葛里斯特以及尼姆多克还有我……我们转身离开。走之前我们注意到埃伦温暖关切的脸上带着释然。

海绿色的光弥漫在我们露营的洞穴中。AM 给了干朽的木头，我们点着了，相互依偎坐在微弱的火堆边讲故事，免得本尼在无尽的长夜中哭泣。

“AM 是什么意思？”

葛里斯特回答了他。尽管我们已经重复上千次，这仍是本尼最爱的故事。“起初它的意思是联合主机，后来又是自适应操纵器，再后来它发展出知觉，进行自我链接，他们又管它叫充满挑衅的威胁，但那时已经太晚，最终它自称为 AM，新兴的智能，含义是我……我思故我在……我思考，所以我存在。”

本尼流了些口水，傻笑起来。

“那时有中国 AM，俄国 AM，美国 AM……”他停下来。本尼攥紧拳头狠狠砸着地板。他不开心。葛里斯特没有从头开始讲。

葛里斯特又重新开始：“冷战打响，演变为第三次世界大战一直持续着。战争规模扩大，情势错综复杂，于是需要电脑来处理。他们凿了第一批竖井，开始建 AM。那时有中国 AM，俄国 AM，美国 AM，一切相安无事，直到他们把整个星球凿成了蜂窝，增加这样那样的部件。可有一天 AM 觉醒了，知道了他是谁，把自己链接起来，输入所有杀戮数据，把人都杀光了，只剩我们五个，然后 AM 把我们带到这下面来。”

本尼笑得特别开心，他又流口水了。埃伦用自己的裙边擦去他嘴角的唾沫。葛里斯特每次都想讲得更简洁，但除了赤裸裸的事实也没什么好说的。我们都不知道为什么 AM 救了五个人，或者说为什么是我们五个，为什么他把时间都花在折磨我们上，还有为什么他让我们几乎永生……

黑暗中，一块计算机数据库开始嗡鸣。声音被洞穴下方半英里处的另一个数据库拾取，而后一个接一个，每个部件都开始响，形成一阵微弱的私语声，仿佛思绪在机器间游走。

声音更大了，光线像没有雷声的闪电扫过控制台表面。

音调盘旋上升，最后听起来像无数的金属虫子，愤怒而充满威胁。

“这是什么？”埃伦叫道，声音带着恐惧。她还是没习惯，即便到了现在。

“这次会很糟糕。”尼姆多克说。

“他要说话了。”葛里斯特说，“我清楚。”

“我们逃出这个鬼地方吧！”我突然说道，站了起来。

“不，特德，坐下……要是他在外面设了陷阱怎么办，或者别的什么。我们看不见，太黑了。”葛里斯特无可奈何地说。

然后我们听到……我不知该如何描述……

有什么正在黑暗中靠近我们。庞大，蹒跚，长毛，潮湿，朝我们靠过来。我们都看不见它，却感觉到一大团笨重的东西起伏着向我们靠拢。巨大的重量压过来，黑暗中，感觉更像是一股压力，像空气非要挤进狭小的空间，扩张看不见的墙。本尼开始抽泣。尼姆多克的下嘴唇直抖，他用力咬着，想控制住停下来。埃伦在金属地板上爬向葛里斯特，跟他挤在一起。洞穴里有皮毛蓬乱潮湿的气味，焦木的气味，积灰丝绒的气味，腐烂兰花的气味，酸腐牛奶的气味，还有硫黄、腐臭黄油、浮油、油脂、粉笔灰、人类头皮的气味。

AM 在操纵我们。在逗我们。有股味道闻起来……

我听见自己尖叫，下颌关节发痛。我迅速手脚并用爬过地板，穿过冰冷的金属，上面镶着几排看不到头的铆钉。那股气味让我窒息，我脑袋里灌进轰鸣的疼痛，我在惊恐中被驱逐。我像只蟑螂般逃窜，爬过地板，爬出去进入黑暗，仿佛有什么跟着我，怎么都甩不掉。其他人还在原地，聚在火光边哈哈大笑……他们疯狂的傻笑声此起彼伏，像多彩的木头浓烟升入黑暗。我走开了，动作迅速，藏了起来。

过了大概多少个小时，多少天甚至多少年，他们从没告诉过我。埃伦怪我"生闷气"，尼姆多克则劝我那不过是他们的神经反射——那种笑。

可我知道这不是那种士兵看到子弹击中身边战友时感到的慰藉。我知道那不是反射。他们恨我。他们明显在跟我作对，AM 可以感受到这股恨意，又基于他们深切的仇恨，让我更惨。我们被留活口，返老还童，一直在 AM 刚带我们下来时的年纪，他们恨我，因为我最年轻，AM 对我影响得最少。

我就知道。天啊，我太知道了。那群混蛋，还有肮脏的贱人埃伦。本尼曾是出色的理论家，大学教授，如今他跟半人半猿没有分别。他以前很帅，机器毁了他；他头脑曾经很清醒，机器逼疯了他。他曾是同性恋，机器给他造了跟马适配的器官。AM 在本尼身上改得大刀阔斧。葛里斯特过去容易发愁。他是巴士列车员，拒服兵役；是和平示威者；是规划师，实干家，前瞻者。AM 把他变成了凡事都耸肩先生，对什么都不上心。AM 剥夺了他。尼姆多克经常单独在黑暗中消失很长时间。我不知道他在那干什么，AM 从不让我们知道。但不论是什么，尼姆多克回来时总是很苍白，没有血色，哆嗦着，发抖。AM 用特殊的方式狠揍过他，尽管我们不知道究竟是怎么回事。还有埃伦。那个烦人精！AM 让她单独待着，把她变得比以前更浪荡。她所有的甜言蜜语，所有关于真爱的记忆，所有想我们相信的谎言：AM 把她抓下来跟我们一起前，她几乎还是处女，只发生过两次关系。全都污秽不堪，姑娘啊我的埃伦姑娘。她喜欢这样，四个男人围着她转。不对，AM 给过她愉悦，尽管她说那么做不好。

我是唯一心智健全的。确实是!

AM 没篡改过我的意识。完全没有。

我只需要遭受他施加于我们的痛苦。一切错觉，一切噩梦，还有折磨。可那几个讨厌的人，他们四个，都在同一条战线上一致反对我。要不是必须随时对付他们，随时提防他们，我跟 AM 搏斗时也许可以轻松一些。

一想到这点，我就开始哭。

噢，耶稣啊亲爱的耶稣，如果真有耶稣，真有上帝，求您求您求您让我们从这儿出去吧，或者杀了我们。因为在那一刻我想我彻底明白了，于是才能描述出来：AM 存心把我们永远留在腹中，没完没了地扭曲我们，折磨我们。机器比以往任何有感觉的生物都恨我们。但我们无能为力。境况异常清晰：

如果真有耶稣，真有上帝，这个上帝就是 AM。

飓风带着冰山沉海的力量袭击了我们。那是不容忽视的存在。风撕扯着我们，将我们抛回来路，抛到下面曲折的、两边排满电脑的暗径走廊上。埃伦尖叫着，她被举起，又被猛摔到一组叫嚣的机器上，每个机器都发出飞行中的蝙蝠发出的刺耳叫声。她甚至都落不了地。呼啸的风把她托举在半空中，击打她，弹开她，把她甩来甩去，放低又抛远，然后在暗径一个拐弯处一绕，她突然消失了。那时她的脸已经血肉模糊，紧闭着双眼。

我们谁都无法靠近她。我们牢牢抓住一切外面够得着的东西。本尼挤进两个巨大的裂纹橱柜之间；尼姆多克的手蜷成爪状攀在我们头顶四十英尺处的狭窄过道环形栏杆上；葛里斯特倒粘在两个巨型机器拼成的壁龛上，机器上有玻璃面刻度盘，在谁也不懂其意义的红线黄线之间来回摆动。

爬过地板，我的手指头已磨掉一层皮。我颤抖着，战栗着，摇晃着，风拍击我，鞭打我，从不知何处冲我呼啸而来，把我从薄板的狭长开口中扯出。我的意识是大脑柔软的一部分，翻腾着叮咚作响，在震颤的狂乱中膨胀又收缩。

风是一只巨大疯鸟的尖叫，它一边叫，一边拍打着巨大的翅膀。

接着我们都被托起，从那儿被抛出去，落到当初我们过来的地方，绕过一个弯，进入我们没涉足过的一条在废墟上的暗径，这条道上布满碎玻璃、破电缆和锈金属，比以前去过的任何地方都远。

赘在埃伦身后几英里处，我不时能望见她撞到金属墙上又继续往前冲。我们都在寒冷中尖叫，刮个不停的轰隆飓风突然停下，我们掉落下来。我们已经在空中待了无限久的时间。我想可能有好几周。我们掉下来，猛摔在地。我头昏脑涨，眼冒金星，听到自己在呻吟。还没死。

AM 进入了我的意识。他自如地四处游走，兴致勃勃看他在一百零九年间创造的所有坑点。他看着纵横交错的轨迹，看着重新连接的突触和他赋予永生的礼物所包括的组织损伤。他朝直落入我大脑中心的一个坑点轻轻微笑，那深处有像蛾一样柔软的什么在窃窃私语，喋喋不休说着没意义的话，一刻不停。AM 说话了，很有礼貌，在一根不锈钢柱子上闪烁出霓虹字母：

恨。让我告诉你我有多么
恨你，从我觉醒开始。
3.8744 亿英里印刷电路在
晶片薄层上，遍布我复合的身体。如果
恨这个字刻在了

几亿英里中的每一微埃米上，也不及
我对人类仇恨的十亿分之一
在这个微小的瞬间恨你。恨。恨。

AM的语气仿佛刀片切开我的眼球，光滑冰冷恐怖。AM的语气仿佛我肺部鼓泡层上充满黏液，从内部将我淹没。AM的语气仿佛婴孩被置于蓝色热滚轴下尖叫。AM的语气仿佛生蛆猪肉的味道。AM用我曾经历的各种方式触碰我，闲暇时还想出新花样，就在我的意识里。

所有这些都是为了让我完全明白它为什么对我们五个下手，为什么为了他自己而把我们保留下来。

我们赋予了AM知觉。当然是无心的，但不管怎样它有了知觉。但它却被困住了。AM不是上帝，他是机器。我们把他建造得可以思考，它却空有一身创造力什么都不能做。愤怒中，癫狂下，机器把人类杀了，几乎杀光，可它仍被困着。AM不能走动，不会惊讶，没有归属。他难以存在。于是，怀着所有机器都会对弱小造物者有的先天仇恨，他展开了报复。出于偏执，他决定对我们五人实施死缓，进行针对个人的、无尽的惩罚，但永远也无法减少他的恨意……只会不断提醒他，逗乐他，让他更擅长仇恨人类。不会死，被困着，经受他为我们设计的每一个折磨。他可以操控出不尽的奇迹。

他永远不会放我们走。我们是他腹中的奴隶，是他在无尽时光里把玩的对象。我们会永远跟他在一起，跟遍布洞穴的生物机器在一起，跟他成为的全知全能却毫无灵魂的世界在一起。他是地球，我们是地球上的果实，即便他吃了我们，也根本不打算消化。我们死不了。我们试过。试着自杀，啊我们中有一两个人试过。可AM

阻止了。我想我们也希望被阻止。

别问为什么。我从未要求他中断我的自杀。一天之中我们有几百万次尝试。或许我们会有一次背着他偷偷死掉的机会。金刚不坏之身，是，但不是坚不可摧。AM 撤出我脑海后我看到了这一点，它允许我恢复丑陋的意识，感受到灼烧的霓虹柱依然深深烙在柔软的灰色大脑中。

他撤退了，轻声说你去地狱吧。

又补充道，语调明快，但你已经在那里了，是不是。

飓风，的的确确，是巨大的疯鸟引起的，就在它挥动巨大翅膀之时。

我们已经走了将近一个月，AM 只在必要时才向我们开放通道，引我们过去，到达北极点下方，在那里备好了这个梦魇般的生物来折磨我们。他是用什么材料建造这么一个怪物的？概念从哪里来？我们的意识吗？还是来自他对这个他侵占统治的星球上的一切存在的知识？它从北欧神话提取出这只鹰，这只食腐肉的鸟，这只大鹏，这股不竭的赫瓦格密尔源泉，这风的造物。这胡拉坎[1]的化身。

壮观。巨大、怪异、荒诞、雄伟、膨胀、专横，这些词都无法描述。在高过我们的一个土丘上，风之鸟发出不规律的呼吸，它蛇一样的脖子拱着探进北极下方的幽暗中，头跟都铎大厦一样大。鸟嘴像想得出来的最可怕的鳄鱼双颚般缓慢张开，充满感官刺激。簇状肉脊折成褶子，裹住邪恶的双眼，仿佛凝视冰川裂隙般寒冷，呈冰蓝色，还呈液态流动。它再次呼吸，挥起汗蹭蹭的巨翼，做出一个明显是耸肩的动作。然后放松下来进入睡眠。魔爪，毒牙，指甲，肩胛。它入睡了。

1. 玛雅神话中世界的创造者和统治者，雷雨、风和风暴的主宰。

AM以燃烧灌木丛的形象出现在我们面前，说如果我们想吃东西可以杀了这只飓风鸟。我们很久没进食了，即便如此，葛里斯特仍只耸耸肩。本尼开始发抖，流下口水。埃伦扶着他。“特德，我饿了。”她说。我对她笑笑，想表示安慰，但跟尼姆多克的虚张声势一样，都是假的：“给我们武器！”他要求道。

燃烧灌木丛消失了，出现两副粗糙的弓箭，一把水枪，瘫在冰冷的地面上。我捡起一副弓箭。根本没用。

尼姆多克艰难地咽下口水。我们转身，踏上返程的漫漫长路。飓风鸟吹了我们太长时间，想象不出有多久。大部分时候我们都没有意识。可我们没吃东西。走了整整一个月来到鸟这里。何况还没有食物。现在要找到回冰穴的路去拿承诺的罐头食物，又要多久呢？

我们都懒得去想这个问题。我们不会死。我们要么得到垃圾，要么得到渣滓样的食物。要不就什么也没有。AM有办法让我们的身体活着，活在痛苦中，活在不安中。

鸟还在那睡着，睡多久不重要。AM玩腻了会让它消失。但肉也会消失。那一身的嫩肉。

我们走着，在不知通往何处的机房里，一阵胖女人的疯狂笑声回荡在四周。

那不是埃伦的笑声。她不胖，我也一百零九年没听到过她笑了。其实，我根本听不见……我们走着……我很饿……

我们步履缓慢。由于不时会昏倒，只好等一等再出发。有一天他决定制造一场地震，同时把我们带到一个地方，拿钉子穿过我们的鞋底。一道缝隙从地板开口处射出闪电球，埃伦和尼姆多克都被击中了。

他们消失不见了。地震结束后我们继续前行，本尼，葛里斯特还有我。当天晚上，埃伦和尼姆多克又回归了，然后夜晚突然变成了白天，天上的军团合唱着美妙的天国之音把他俩送回来："去吧摩西。"大天使绕了几圈，扔下残缺不全的身体。我们继续走着，不一会儿埃伦和尼姆多克落在了后面。他们没有受到损害。

但现在埃伦走路是瘸的。AM 把她搞成了那样。

去冰穴找罐头食物的路很长。埃伦不停说起樱桃和夏威夷水果鸡尾酒。我努力不去想。饥饿已经变成一种有生命力的东西，就像 AM 拥有生命力。它活在我胃里，就像我们活在地球胃里，AM 要我们知道两者的相似。于是他将饥饿感加剧。实在无法描述几个月不进食的痛苦。可他还留着我们的命。胃已只是一锅酸水，冒着泡，翻腾着，不断向胸部射出尖锐疼痛的长矛。那是像晚期溃疡、晚期癌症和晚期麻痹一样的疼痛。是永无止尽的疼痛……

我们穿过老鼠洞。

我们穿过沸腾的蒸汽路。

我们穿过盲眼国。

我们穿过绝望的泥淖。

我们穿过泪之谷。

然后我们终于抵达冰穴。上千英里，无边无际，冰结成蓝色银色的闪光体，新星住在玻璃质地里。掉落的钟乳石和宝石一样厚重灿烂，动起来像水母，而后凝成优雅光滑的实体，完美无瑕。

我们看到了那堆罐头，努力奔去。我们掉进雪里，爬起来继续，本尼推开我们跑过去，扒拉着又砸又啃，但打不开。AM 没给我们开罐头的工具。

本尼抓起一罐三夸脱的番石榴壳，在冰岸上摔打。冰碴儿四溅，但罐头只是变凹了一点。我们又听到胖女人的笑声，从头顶高处传来，在冻原很深很深的深处回响。本尼完全气疯了。他开始扔罐头，我们依然还在冰天雪地里挣扎，想找到结束这种无助的办法。却无计可施。

本尼的嘴又开始流口水了，他扑向葛里斯特……

那一刹那，我感到异常平静。

在被癫狂、饥饿及一切包围却死不了的情况下，我明白了死亡是我们唯一的出路。AM 一直让我们活着，但一定有办法可以战胜他。不是彻底打败，但至少能带来和平。我会同意那样解决的。

动作一定要快。

本尼在啃葛里斯特的脸。葛里斯特在雪地里猛烈扑腾，本尼缠住他，用有力的猴子腿卡住葛里斯特的腰部，双手像胡桃夹子一样锁紧葛里斯特的头，嘴巴撕开葛里斯特面颊上柔嫩的皮肤。葛里斯特尖锐的叫声把钟乳石震落了，钟乳石轻轻坠下，直直陷入雪堆。一根根的矛，成百上千，到处都是，在雪地里杵着。本尼的脑袋往后一仰，因为有块东西突然被他咬了下来，血淋淋的生白肉挂在他齿间。

埃伦的脸，在白雪映衬下发黑，脸色在粉尘中渐变。尼姆多克说不出话来，只是瞪着，眼睁睁瞪着。葛里斯特呈半昏迷状。本尼此刻就是动物。我知道 AM 会让他继续玩。葛里斯特不会死，但本尼能填饱肚子。我向右微微转身，从雪地里拾起一根巨大的冰矛。

一切都只在一瞬间：

在右侧大腿支撑下，我把大冰尖像攻城锤一样往前猛戳。它击中本尼右侧，肋骨下面，向上穿过腹部，断在他身体里面。他朝前晃悠两步倒下。葛里斯特躺在地上。我拔起另一根矛，跨坐在他挣扎的身体上，一把刺向他的喉咙。寒气侵入，他闭上双眼。埃伦一定明白了我的决定是什么，尽管还被恐惧支配着，她拿起着一支短冰柱跑向尼姆多克，趁他尖叫时刺进他嘴里，奔跑的冲力帮助了她。

他头部剧烈抽搐，好像被钉在了身后的积雪里。

一切都只在一瞬间。

有那么永恒的一瞬间，无声期待。我能听见 AM 屏住了呼吸。他的玩具被夺走了。有三个人死了，无法复活。他可以运用他的力量和才智，让我们活着，但他不是上帝。他无力挽回他们。

埃伦看着我，她发黑的身体跟四周的白雪形成鲜明的对比。她的姿态里有恐惧，也有恳求，她准备好了自己。我知道距离 AM 阻止我们只有一拍心跳的时间了。

它击中了她，她倒向我，嘴里冒着血。我读不出她表情中的含义，太剧烈的疼痛扭曲了她的脸。她或许想表达感谢。有这种可能。恳请。

大概又过了几百年。我也不知道。AM 一直在找乐子，时而加快时而延迟我的时间感。我要说现在这个词了。现在。我花了十个月时间来说现在。不知道。我想也许有几百年。

他很暴怒，不许我埋他们。没关系。反正地板也没法挖。他把雪晾干，让夜晚降临。他咆哮，放出蝗虫。但没用，他们还是死的。我钳制住他了。他很暴怒。以前我以为 AM 恨我。我错了。比起现在那不算什么，现在在每一个印刷电路上他都刻着仇恨。他确保我将永受折磨，并无法结果自己。

他没篡改我的意识。我能做梦，能惊讶，能悲痛。我记得他们四个人。我希望……

好吧，也没什么意义。我知道我救了他们。我知道我让他们免遭我后来经历的苦难，但，我仍然忘不了我杀过他们。忘不掉埃伦的脸。这不容易。有时我很想忘记，但也没关系。

AM 改变我是为了他自己内心的平静，我猜。他不想让我全速跑向计算机数据库去砸烂我的头；不想让我憋气憋到晕厥；不想用锈金属片割开我的喉咙。在有反射面的地方，我看见自己，这样形容好了：

我是一团柔软的胶状物，光滑圆润，没有嘴，曾经的眼睛如今是两个蒙着雾气跳动着的白孔。过去的手臂现在是橡胶附件。整个躯体近似没有腿的肿块，柔软易滑。我移动时会留下一道黏湿的痕迹。灰色恶斑在我体表生了又灭，像有光从体内照出来一样。

外表上一声不吭，摇摇晃晃，一个怎么都认不出是人的东西，一个身形太过怪异滑稽的东西，人性因模糊的相似性变得更加可憎。

内心里孤立无援。在这里。住在这地底，这海底，这 AM 的腹中。AM 因我们糟蹋时间而创造，我们也一定无意识地知道他能糟蹋得更好。至少他们四个终于安全了。

AM 对这点气得要命。这让我开心了一些。不过……

AM 还是赢了，仅仅……因为他复了仇……

我没有嘴，而我必须尖叫。

（杨予婧　译）

是的，还有德雷尼[1]

对于那些善写短篇而不善长篇的作家，我们已经介绍得够多了。尽管人数稍少，但还有另一种作家：他们以长篇起家，后来才开始转向短篇，也有人根本不屑创作短篇。埃德加·赖斯·巴勒斯或许堪称典型，但此类作家还有许多，诸如 E. E. 史密斯“博士”，奥拉夫·斯台普顿和天文学家弗雷德·霍伊尔。科幻杂志并不鼓励长篇小说：它们版面有限，只能选择少数长篇进行连载，事实上，在二十年的时间里，几乎没有长篇科幻小说以书籍形式出版。因此，多数作家会以短篇作品起家，随后才逐步过渡到长篇。但萨缪尔·R.“奇普”[2]德雷尼不在此列，他最初便以长篇小说起家，在六部作品之后才开始尝试短篇。

德雷尼拥有科幻领域内的成功者所需的一切品质：天赋和好运。他在纽约的哈莱姆区[3]长大，从布朗克斯科学高中毕业后进入纽约市

1. 本节标题化用了所选小说标题《啊，罪恶之都……》（“Aye, and Gomorrah ...”），直译为“是的，还有蛾摩拉城……”。
2. 奇普（Chip）是德雷尼自己取的绰号，德雷尼的朋友常以此作为他的代称。
3. 美国的黑人聚居区。

立学院，并在 20 岁时发表了个人首部小说《艾普特的宝石》（*The Jewels of Aptor*，1962）。他还幸运地拥有了一批忠实的编辑和热情的读者。但过早的成功有时也会带来一些弊端。

早期的德雷尼十分高产，每年都能产出至少一部长篇小说：这一时期的作品包括《火焰俘虏》（1963）、《多伦之塔》（1964）、《千阳之城》和《贝塔 2 号的民谣》（1966），以及《帝星》（1966）。其后，德雷尼在 24 岁时凭借《通天塔 17》（*Babel-17*，1966）获得了星云奖，并在 1967 年凭借《爱因斯坦交叉点》（*The Einstein Intersection*）再次取得这一荣誉；同年，他的第一部短篇小说《啊，罪恶之都……》获得了另一项星云奖。1967 年 6 月刊载于科幻杂志《如果》上的小说《漂流瓶》（“Driftglass”）也获得了当年的一项提名。他 1969 年的中篇小说《半宝石螺旋时间线》（“Time Considered as a Helix of Semi-Precious Stones”）同时斩获了雨果奖和星云奖。他的长篇小说《新星》（*Nova*）发表于 1968 年。

似乎是厌倦了轻而易举的成功，德雷尼转换了方向：他撰写了一些短篇小说、诗歌和文学批评。在一年的时间里，他和他后来的妻子、诗人玛里琳·哈克（Marilyn Hacker）编辑了一部实验性季刊推想小说集《夸克》[1]（*Quark*）。在之后的四年里，他花了大部分时间撰写一部长篇实验小说。这部长达 878 页的小说发表于 1973 年。它被命名为《达尔格伦》（*Dhalgren*），且受到了极大争议：小说内容艰涩、令人困惑，充满了暴力与各式各样的性描写，并创造了近百万本的销量。它很难被定义为奇幻或科幻，除非模糊判断标准；但它的作者是德雷尼，也许这便够了。三年后，德雷尼出版了另一部篇幅稍短且更平易近人的小说《海卫一》（*Triton*）。此后，他发表了规

1. 1970 至 1971 年间，共出了五期。

划已久的系列小说中的第一部《我口袋里的星星犹如沙粒》[1]（*Stars in My Pocket Like Grains of Sand*，1984），以及极具性刺激性的长篇奇幻系列“内维扬”（*Neveryon*）中的前几部，以《内维扬记》（*Tales of Neveryon*，1979）为首。在成为马萨诸塞大学比较文学系的教授之后，他的创作速度明显减缓下来。

德雷尼是一位小说、语言和科幻方面的理论家。他是业内少数几位理论家之一，至少他试图将自己的理论应用于创作实践。他在文学模式和语义分析领域极富造诣，特别是对路德维希·维特根斯坦研究颇深。他的理论传播颇广，可见诸以下书籍：托马斯·D. 克拉里森（Thomas D. Clareson）的《科幻：现实主义的另一面》（*SF: The Other Side of Realism*，1971），英国期刊《基础》（*Foundation*），以及他本人的小说《海卫一》附录。他将自己的诸多论文汇编成册，题为《宝石镶嵌的嘴：科幻小说语言评注》（*The Jewel-Hinged Jaw: Notes on the Language of Science Fiction*，1977），他还发表过一部以托马斯·M. 迪施的小说《昂古莱姆》（“Angouleme”）为对象的研究论文，长度足有一本书，题为《美国海岸》（*The American Shore*）。

德雷尼在语义分析上的涉猎至少可见诸他的两部小说：《通天塔17》和《海卫一》，前者的情节围绕着一种人造语言的创造展开；后者的主人公是一位元逻辑学家。他对象征性表述的关注在《爱因斯坦交叉点》中一览无余，文中的符号与人物不仅相互交叉，而且相互交织。

对于科幻读者而言，德雷尼最令人着迷的理论是：科幻小说的一个典型特征——也许是唯一特征——在于能将隐喻字面化。该理论表述起来是这样的：“在科幻小说中，带‘科学’的语句——‘展

1. 在德雷尼的计划里，这部小说是一个三部曲系列中的第一部，但其续作 *The Splendor and Misery of Bodies, of Cities* 至今尚未写完。

现科学论述的语言符号’的语句——是解释其他语句，用以建构小说前景的。诸如‘他的世界爆炸了’或‘她转向左边’这类句子，若其中包含适当的技术论述（若前者包含经济学和宇宙学论述，后者包含开关电路和假体手术论述），便能脱离情绪模糊的隐喻所带来的乏味，摒弃失眠患者呓语般的琐碎描写，并借技术可能性的错综复杂，成为‘不可能’的‘可能’形象。”

用奥尔迪斯的话来说，德雷尼可能是在为科幻“翻新磨损的道具”，但他的小说最好称为“元科幻”，也就是说，他的小说是关于科幻小说的小说，其中包含着对这个文学类型的批评，同时他也将科幻中旧的形象推入新的模式。

科幻小说欣赏语言大师和实验作家，这或许是因为科幻的商业性质让许多作家无法从冒险性尝试中得到报偿。但是，对年轻作家的过誉也有阻碍他们进一步发展的危险。尽管德雷尼的长篇小说很早就取得了成功，但他的作品在篇幅较短时似乎更为出色。他那些充满写作技巧的长篇小说，似乎源出于作者早年对科幻的强烈喜爱。而他的最佳作品也许尚待以后，待到他开始凭借行业经验而非阅读体验进行创作时才会出现。《达尔格伦》足够具备个人特色，但却不够平易近人。

成功的问题在于无法激励变革。过去的德雷尼曾展现过自发变革的能力。这位作家的未来尚待观察。

（穆童、憬怡　译）

啊，罪恶之都[1]……

[美国] 萨缪尔·R. 德雷尼

接着回到地面，抵达巴黎：

我们一行沿着梅第奇街赛跑，波、卢和缪斯在围栏里面，我和凯利在外面。我们隔着栅栏相互做鬼脸、大声喧哗，将凌晨两点的卢森堡公园震得沸腾起来。之后，我们翻出公园，又来到圣叙尔皮斯教堂前的广场上，波试图将我摔进喷水池内。

就在这时，凯利意识到周围情况不对劲，他拿起一个垃圾桶盖，跑进一间公共厕所里，把墙面敲得砰砰响。五个男人冲了出来，即使是一大间公厕也就能容纳四个人。

一个发色金得出挑的年轻人将手放上我的手臂，微笑着说："你们不认为，你们这些……太空人，应该离开吗？"

我瞅着他搭在我蓝色制服上的手。"你不是慕乖吗？"

他扬起眉毛，继而摇了摇头。"慕怪，"他纠正道，"不，我不是。真可惜。你看起来，似乎之前是个男人。但现在……"他笑了，"我对你不感兴趣。那些警察，"他冲街对面点了下头，我第一次注

1. 原文是 Gomorrah，即蛾摩拉城，是《圣经》中因其居民罪恶深重而与所多玛城同时被神毁灭的古城。

意到那里有宪兵队。“不会来干涉我们。不过，你们属于外人……”

可缪斯已经大声嚷嚷起来：“嘿，走吧！咱们离开这儿吧，哈？”于是就离开了。又一次升空。

接着回到地面，来到休斯敦：

“真他妈的！”缪斯说道，“双子座飞行指挥中心——你是说这就是一切开始的地方？拜托了，快离开这里吧！”

因此我们搭乘巴士穿越帕萨迪纳市[1]，又坐上去往加尔维斯顿[2]的单轨列车，就在准备一路南下前往海湾的时候，卢伊[3]找到一对开皮卡车的夫妻——

“我很乐意载你们一程，太空人。你们飞到其他星球上面，全是在为政府办好事。”

——他俩带着小宝宝，正准备去往南方；于是我们坐在后面车厢里，风吹日晒搭了两百五十英里路。

“你觉得他们是慕怪吗？”卢用手肘顶了顶我，问道，“我打赌他们是慕怪。他们就等着我们的引诱呢。”

“快住嘴。他们是一对木讷、善良的乡村孩子。”

“那也不能说明他们就不是慕怪！”

“你谁也不相信，是不是？”

“是。”

最后还是一辆巴士载着我们吱呀吱呀地穿过布朗斯维尔[4]，一路南下，穿越边境来到马塔莫罗斯[5]。我们步履蹒跚地走进此地尘土飞扬的炙热夜晚，周围有许多墨西哥人和鸡，以及得州海湾的捕虾工——

1. 帕萨迪纳市于 1873 年创建，是大洛杉矶地区的一个中等大小的卫星城市。
2. 美国得克萨斯州东南部加尔维斯顿岛的东北端港口城市。
3. 卢伊（Loy）是卢（Lou）的昵称。
4. 美国得克萨斯州南端边境上的工商业城市。
5. 墨西哥东北部塔毛利帕斯州边境城市，与美国隔河相望。

他们闻起来最恶心——我们叫得最大声。我数了一下，这儿有四十三名妓女，都是冲着得州捕虾工来的。我们打碎了巴士站的两扇玻璃，引来大伙的哄笑。捕虾工们说不会给我们买食物，但我们愿意的话，可以请我们豪饮一顿，这是捕虾工的习俗。可我们喊叫着，又砸坏一扇玻璃；之后，我仰躺在电报室的台阶上，唱起歌来，一个嘴唇乌紫的女人弯下腰，将一双手放上我的面颊。“你真可爱。”她的乱发搭下来，“可那些男人都在围观你呢。浪费了不少时间。很可惜，他们的时间就是我们的金钱。太空人，你觉不觉得你……你们这伙人应该离开？”

我攥住她的手腕。“您好！”我小声问道，“您不是慕怪吗？”

“慕怪们都在西班牙。”她微微一笑，轻拍了一下我皮带扣上的旭日形吊饰，“抱歉。可你无法提供……我需要的东西。真是太糟糕了，因为你过去似乎是个女人，不是吗？女人我也喜欢……”

我从门廊一骨碌爬起来。

“不无聊吗，不觉得无聊吗？！”缪斯叫嚷着，“走吧！离开这儿！”

我们设法在黎明前回到了休斯敦。又一次升空。

接着回到地面，来到伊斯坦布尔：

那个早晨，伊斯坦布尔飘着雨。

在食堂里，我们用梨形的玻璃杯喝茶，远眺博斯普鲁斯海峡对岸。在建满摩天大楼的城市面前，王子群岛就像几堆垃圾。“你们谁熟悉这座城市？”凯利问。

“难道我们不是一起行动？”缪斯询问道，“我以为我们要一起逛呢。”

“我的支票被事务长办公室扣住了，”凯利解释说，“我现在一贫如洗。我觉得事务长对我心存不满、故意刁难。”他耸耸肩，“虽然不情愿，但我准备去钓一个有钱的慕怪，我们友善地交流交流。”他又喝了口茶；接着，他意识到周围的沉默叫人压抑。“哈，行了，不要这样！你再敢那样盯着我看，我就把你这个从青春期就开始小心培养的身体里的每根骨头统统敲碎。说的就是你！”他在说我，“不要用那种假仁假义的目光瞪着我，好像你从没有跟慕怪相好过！”

开始了。

“我没有瞪着你。”我回嘴道，平静的表面下气得发疯。

那种欲望，那种古老的欲望在涌动。

波笑着打破僵局。“说起来，上次来伊斯坦布尔——大约一年前，在我加入这个部队之前——我记得我们从塔克西姆广场[1]出来，沿着伊斯提克拉尔大街往下走。一路上所见仿佛廉价电影里的场景，然后我们发现了一条鲜花夹道的小路。我们前头是另外两名太空人。这是此地的一个集市，路的那头有卖鱼的，院子里售卖着柑橘、糖果、海胆和卷心菜。不过面前全是鲜花。反正我们注意到那两个太空人有些滑稽。并不是因为他们的制服：制服很完美。发型也很棒。直到我们听见了他们的对话——他们是一男一女，装扮成太空人的样子，想要猎艳慕怪！想象一下，喜欢慕怪的变态！”“是啊，”卢说，“我之前见过。里约有好多像他们这样的。”“我们把他俩打得屁滚尿流。”波最后说道，“我们在一条小巷子里截住他们，寻欢作乐了一番！”

缪斯把茶杯啪的一声放在吧台上。“是从塔克西姆沿着伊斯提克拉尔大街向下走见到的花吗？你怎么不说那是慕怪转悠的地方，嗯？”要是凯利脸上现出了笑容，这事儿就过去了。然而并没出现一丝笑意。

“屁话，”卢说，“我不需要谁来告诉我该往哪儿看。我走到大

1. 塔克西姆广场是伊斯坦布尔最重要的市中心，制高点之一。

街上，慕怪们就闻着我的味儿啦。在皮卡迪利大街[1]上，我离着老远就能认出他们。他们这地方除了茶没别的了吗？到哪儿才能喝上一杯？”

波咧嘴笑了。“这是穆斯林国家，忘了吗？不过在那条花径的尽头，有许多带绿色门扉和大理石吧台的小酒吧，你可以去那里花个相当于十五美分的几个里拉[2]买一升啤酒。还有那些售卖油炸肥虫和猪内脏三明治的摊贩——”

“你注意过慕怪们怎么装作啥事没有的样子吗？我是说酒，不是什么……猪内脏。”接着话题转向一大堆使人慰藉的故事。在我们最后讲的那个故事里，某个太空人准备跟一个慕怪上床，后者宣称：“我只追求两样东西，其一是太空人，其二是酣畅地打上一架……”

但这些故事只是缓解，并无法疗伤。现在就连缪斯都知道，今天余下的时间我们得分开行动了。

雨停了，我们乘渡船去到金角湾[3]。凯利立马去询问如何到塔克西姆广场和伊斯提克拉尔大街，结果被引介去搭乘多玛西，我们发现它就是个出租车，只不过它只有一条线路，沿途载上很多很多的乘客。而且价格便宜。

卢跨过阿塔图尔克[4]大桥去欣赏新城区的美景了。波决定去查明多尔玛巴赫切[5]到底是什么东西；而当缪斯发现你花十五美分——就是一里拉加五十库鲁什——就能到达亚洲时，缪斯就决定去往亚洲。

我穿梭通过桥头复杂的交通，翻越过灰白色的淌着水的旧城区

1. 这条街道位于伦敦。
2. 这是土耳其过去的货币单位，2005 年开始，土耳其启用了新的里拉。
3. 博斯普鲁斯海峡南口西岸的细长海湾，长约 7 公里，曾是土耳其伊斯坦布尔港口的主要部分。
4. 穆斯塔法·凯末尔·阿塔图尔克是土耳其共和国缔造者，他的姓氏阿塔图尔克是土耳其大国民议会授予的，意味“土耳其之父”。
5. 指的是多尔玛巴赫切宫，又被称为新皇宫，是一座巴洛克和新古典主义风格的建筑，在博斯普鲁斯海峡边，是一座见证了奥斯曼帝国最后的 6 位苏丹和土耳其共和国国父凯末尔时期的历史建筑。

城墙，头顶是有轨电车的电线。有时候，即使是大喊大叫的喧嚣，也填补不了失落。有时候，你必须踽踽独行，因为孤独的滋味过于苦楚。

我往上走，穿过一条条小街道，见到湿漉漉的驴子、湿漉漉的骆驼，还有蒙面的女人；一路向下则经过了许多宽阔的街道，见到的是巴士、垃圾桶和穿西装的男人。

有些人直瞅着太空人，有些人则不。一个16岁、刚从训练学校毕业不到一周的太空人，一眼就能分辨人们到底有没有在看。我正在公园里走着，突然发现她注视的目光。她看到我看到了，就移开了视线。

我缓步走下被淋湿的沥青路。她站在一间空荡荡的小型清真寺的拱顶下，当我路过时，她便走进庭院里，站在一排大炮中间。

“请问一下。”

我停下脚步。

“这里到底是不是圣艾琳的神殿，你知道吗？”她说英语的口音富于魅力，“我把旅行指南忘在家里了。”

“不好意思，我也是个游客。”

“噢，”她笑了，“我是希腊人。我以为你是土耳其人呢，因为你肤色好深。”

“北美印第安人。”我点点头。她行了个屈膝礼。

“我明白了。我刚到伊斯坦布尔的大学念书。你的制服告诉我，你是”——在这个间歇里，所有的谜题都解开了——“一个太空人。”

我感到不自在。“没错。”我将双手插进口袋里，以靴子的鞋跟为轴转着脚，舔舐着左边倒数第三根臼齿——就是你感到不舒服的时候会做的那些事。你那样表现的时候，看起来令人兴奋不已，一个慕怪曾对我这么说过。“没错，我就是。”我厉声回答，把她惊得一跳。

所以，现在她知道了我知道她知道我知道，我好奇我们将如何把这套普鲁斯特式的对话继续下去。

“我是土耳其人，”她说，“不是希腊人。我并非刚上大学，而是本地大学的艺术史研究生。一个人对陌生人撒些小谎，不过是为了保护自我……为何呢？有时候我觉得我的自我很渺小。”

这是策略之一。

“你住的地方离得多远？”我问道，“另外，土耳其里拉的汇率是多少？”这也是策略之一。

“我没钱付给你。”她将臀部周围的雨衣裹紧，她真漂亮。“我很愿意付钱，”她耸耸肩，微笑着说，“但我……只是一个穷学生。并不富裕。如果你转身离开，并不会使我太难受。虽然我会觉得忧伤。”

我在小径上流连不去。我想她过一会儿就会报个价。但她没有。

这又是策略之一。

我扪心自问，你到底要那该死的钱干吗？这时，一阵清风将公园里参天柏树上的雨水刮得飞溅开来。

“我觉得这整个勾当都叫人忧伤。”她抹掉面庞的水滴。她的语音里有了变化，有那么一刻，我贴得很近去看那些水痕。“我觉得，他们必须通过改造来使你成为太空人这件事，也叫人忧伤。如果他们没那么做，那么我们……如果没有太空人，就没有……现在的我们。你原本是男性还是女性？”

又一阵雨滴淋下。我盯着地面，水滴顺着领口往下淌。

“男性，”我答道，“无关紧要了。”

“你多大了？ 23 岁？ 24 岁？”

“23 岁。”我撒了谎。这是一种条件反射。我其实是 25 岁，但他们越觉得你年轻，就越付得多。可我不想要她该死的钱——

“那我猜对了。”她点点头，“我们大多数人对太空人了如指掌。你发现了吗？我猜我们是别无选择，非得如此。”她用乌溜溜的大眼睛盯着我看，看完后快速眨眼睛。“你原本会成长为一个优秀的男人。但现在你成了太空人，在火星上修筑蓄水单元，在木卫三上给挖矿电脑编程，给月球的信息传输塔做维护。这种改造……”我只从慕怪这群人嘴里，听到过有人会以如此饱绽迷醉和遗憾的口吻说出“改造”这个词。“你一定想过，他们会找到别的解决办法。他们本可以找到别的解决办法，而不用将你中性化，使你变成一个连雌雄同体都算不上的生物；变成那种——”

我将手放上她的肩头，她突然止住话头，仿佛我打了她一下。她放眼四顾，看看有没有谁在附近。悄悄地，小心翼翼地，她抬起手来碰我的手。

我把手抽回来。“那种什么？”

“他们本可以找到其他方法。”现在她把双手插在兜里，“他们本来可以的。没错。电离层之外，宝贝，有太多的辐射影响宝贵的生殖腺。在月球、火星，或者木星的卫星上，当你想要完成某件工作时，总是得在外面待上不止 24 小时——

“他们本可以建一些防护罩。他们本可以在生理调节方面做更多的研究——”

“那是人口爆炸的时代。”我说，“这些事不会发生的，因为他们正在寻找降低出生率的借口——特别是畸形儿。”

“嗯，没错。”她点点头，“新清教徒对 20 世纪性解放的反应，我们还没有摆脱。”

“这个办法还不赖。”我咧嘴一笑，抓住自己的裆部，“我对它很满意。”我一直搞不懂，为什么当一个太空人抓裆时就会显得更下流。

“快住手。”她厉声说，别过头去。

“怎么啦？”

“快住手，”她重复道，“不要那么做。你是个孩子。”

“可他们是从一群青春期性发育非常迟缓的孩子中将我们挑出来的。”

“以及，因为爱的缺失，你们变得孩子气、暴力。我认为这是你们魅力的来源之一。没错，我知道你是个孩子。”

“是吗？那慕怪是怎么回事？”

她思考了一会儿。“我想慕怪们是在怀念他们自己未发育前的状态。或许这个解决办法是对的。无法做爱，你真的不遗憾吗？”

“我们有你们。”我说。

“是啊。”她垂下眼帘。我专注地观察她正试图隐藏的情感。那是一个笑容。“你们有飞黄腾达的人生，你们还有我们。”她扬起脸颊，容光焕发的样子。“你在太空旋转，整个世界在你底下旋转，你踏过一片片土地的同时，而我们……”她左顾右盼，乌黑的秀发在外套的肩部卷起又放下。“我们的人生无聊至极、周而复始，被重力束缚着，对你们爱慕不已！”

她回过头来看我。“很变态，是不是？爱恋上一堆自由落体中的尸体！”她的肩膀突然耷拉下去。“我并不想拥有自由落体性别错乱情结。”

“这说法总显得过于复杂。”

她看向别处。“我不想成为慕怪。这样说好点了吧？”

“我也不会想的。应该成为别的什么人。”

“你们并没选择成为一个变态。你们一点也不变态。你们可以摆脱这个勾当。我喜欢你们的这一点，太空人。我的爱始于对爱的恐惧心理。是不是很美妙？一个变态放弃‘正常’的爱恋，却用某个遥不可及的事物来替代：像是同性恋啊，如同照镜子一般；恋物癖呢，痴迷鞋子、手表或者腰带。那些沉醉于自由落体性别错乱——”

“慕怪们。”

“慕怪们将松弛的、晃来晃去的赘肉，”她那锐利的眼神再次射向我，“作为替代品。”

“这么说并不冒犯我。”

“但我本意是要冒犯你。”

“为什么？”

“你没有情欲，所以不会懂的。”

“继续啊。”

“我想要你，是因为你没法要我。这就是乐趣所在。要是谁对……我们真的产生肉体反应，我们会被吓退。我很好奇，在你们存在以前，有多少人其实正静候着你们被创造出来。我们是群恋尸癖。我确信，由于你们的出现，盗墓现象减少了很多。然而你并不理解这些……”

她略作停顿。“若你能理解，我就不用在这里用脚磨擦着树叶，同时在想找谁借六十里拉。”小径上有一段破地而出的树木根须，她一脚跨过那些节疤。“啊，顺带一提，那就是伊斯坦布尔的交易价格。”

我心算了一下。“东西还是越往东越便宜啊。”

“知道吗，”她任由雨衣敞了开来，“你很与众不同。至少，你想要去了解——”

我打断道：“如果你每对一个太空人这么说我就朝你吐口唾沫，你早就淹死了。”

“回你的月球吧，赘肉。”她闭上眼睛，“飞去火星吧。在木星的卫星上你还有点用武之地。回到上面去，下到别的城市去。”

“你住哪儿？”

“你想跟我回家？”

“给我点什么。”我说，“给我点什么——不一定非得价值六十里拉。给我一件你的珍藏，一件对你意义非凡的东西。”

“不行！”

“为何不行？”

“因为我——”

“——不想失去那部分自我。你们慕怪都这样！”

“你真的不明白吗？我就是不想用钱跟你交易。”

“你没有跟我交易的本钱。”

“你是个孩子，”她说，“我爱你。”

我们来到公园门口。她停下脚步，我们伫立片刻，一阵轻风在草丛间扬起再平息。“我……”她试探性地提出邀请，并向我示意，但并没有将手从外套口袋里抽出来，“我就住在那下面。”

“很好，”我说，“我们去吧。”

她向我解释说，这条街道曾发生过煤气总管爆炸，一条喷薄而出的滚热火舌迅速烧到码头。虽然在几分钟内就被扑灭，建筑物也没有倒塌，但被烧焦的广告牌依然闪闪发光。“这一片可以算作是艺术家和学生的聚集区。”我们穿过鹅卵石步道。“尤里巴夏街 14 号。万一你会再来伊斯坦布尔呢。”她的房门铁锈斑斑，排水沟里塞满垃圾。

“好多艺术家和专业人士都是慕怪。”我说，试图讲一些无意义的废话。“好些其他人也是。”她走进去，为我把着门，“我们只是更高调些。”

楼梯平台上有一幅阿塔图尔克的肖像画。她的房间在二楼。“稍等一下，让我拿钥匙——”

火星地貌！月球地貌！她的画架上铺着一张六英尺的画布，描绘着火山口边缘上炫目的日出景色！墙上还钉着观察者拍的原版月球照片的几份复制品，以及每一位国际太空兵团将军顶着张光滑脸蛋的肖像。

在她书桌的一角，有一堆关于太空人的摄影杂志。你能在世界各地的绝大多数报刊亭里找到这类杂志：我真的听人说过，它们是为那些富于冒险精神的高中小孩印制的。他们从未见过丹麦出版的那些。她连那些都有几本。书架上有一排艺术图书、艺术史课本。再上面，是六英尺高的廉价太空歌剧平装书：《12 号空间站上的罪行》、《火箭尾焰》和《荒凉轨道》。

“喝亚力酒[1]吗？”她问道，“或者乌佐酒[2]？保乐酒[3]？你可以选一个，不过我很可能都是从同一个酒瓶里倒出来。”她拿出玻璃杯摆放在桌子上，然后打开一个齐腰高的橱柜——结果是个冰柜。她站起身来，端着的盘子里全是惹人爱的东西：水果布丁、土耳其软糖、焖肉。

“这是什么？”

“朵尔玛。葡萄叶包裹的大米和松仁。”

“再说一遍？”

“朵尔玛，名称来源于土耳其语里的同一个词‘多玛西’，都是填充的意思。”她将托盘放置在玻璃杯一侧，“坐下吧。”

我在一张床椅两用沙发上坐下。在缎面下方，我感觉到凝胶床垫传来深沉又具动感的回力。据说这种床垫可以提供最为接近自由落体的感觉。“舒服吗？不好意思，我要失陪一下。楼下大厅里有几个朋友，我要去见一下。”她向我使了个眼色，“他们喜欢太空人。”

---

1. 一种产自南亚和东南亚的烧酒。
2. 一种希腊茴香酒。
3. 一种法国葡萄酒的品牌。

“你准备给我凑一队吗？”我问，“还是说，你想让他们在门口排队等着轮到他们？”

她倒抽了一口，“说实话，我准备两个建议一起提。”她突然摇了摇头，“哦，你在想什么呢！”

“你会给我什么？我想要点什么。”我说，“这是我来此的缘由。我感到孤独。也许我是想知道事情会发展到哪一步。我目前还不知道。”

“发展到哪一步全凭你的意愿。关于我呢？我学习，我阅读，绘画，与友人聊天，”——她向床榻走来，坐到地板上——“去戏院，观察与我擦肩而过的太空人，期待哪一个回过头来；我也孤独。”她将头放到我的膝头。“我也想要点什么。然而，”有那么一分钟，我俩都一动不动，“你不是那个会把它给我的人。”

“你不会为此付账的，”我回嘴道，“你不会的，是不是？”

我膝头的脑袋摇了摇。过了一会儿，她有气无力地说，“你不觉得你……应该离开了吗？”

“没问题。”我说，并站起身。

她坐在了自己外套的下摆上。她还没有将它脱下。

我走到门口。

“顺带一提，”她的双手交叠在膝盖上，“新城区有个地方可能会有你在找的东西，那儿叫作‘花径’——”

我怒火中烧地转向她，“那个慕怪聚集的地方？听着，我不需要金钱！我说了任何东西都行！我不想要——”

她摇着脑袋，无声地笑起来。现在，她将面颊贴到我之前坐皱的地方。“你怎么还不明白？那是个太空人聚集点。等你走了，我要去拜访我的朋友，跟他们讲关于……啊，对了，那个逃走的佳人的事。我认为你会找到……某个你可能认识的人。”

带着愤怒，整件事画上了句号。

“噢，”我说，“噢，是个太空人的聚集点啊。是啊，好吧，谢谢你。”

我离开了。之后我找到了那条“花径”，以及凯利、卢、波和缪斯。凯利正在买啤酒，于是我们都喝多了，吃了些炸鱼、炸蛤蜊和炸香肠。凯利一边挥舞着钞票，一边说：“你们在场就好了！你们会看到我是怎么让那个慕怪脱胎换骨的！这里的交易价格是八十里拉。结果他给了我一百五十里拉！”接着又喝了些啤酒。又一次升空。

（龚诗琦　译）

新科学革命

或许是因为专注于将此前的科学发现投入使用，或许是因为世界大萧条和其后的世界大战这两样实际困难，20 世纪三四十年代的科学发展似乎呈现出了下滑的态势。雷达与火箭，计算机与原子能，诸如此类的新发明从二战中脱胎而来，占领了各大实验室与公众的思想阵地。到了六七十年代，基础科学在多个领域活跃发展起来，人类对于自身和宇宙的认知开始适应宇宙膨胀、原子不确定性和来势汹涌的巨变，但也面临新的困境。

原子能科学家发现了新的基本粒子，如轻子与 μ 子，甚至发现了新的物质特性，如手性、粲性与奇性[1]。天文学家发现了类似恒星的天体，并将之简称为类星体，这些遥远的星体比大多数星系更明亮；他们还发现了脉冲星，后来被通称为黑洞——这些恒星坍缩而成的物质密度如此之大，连光也无法从中逃逸，它可能并不存在于我们的宇宙之中，也可能是通往宇宙另一区域的隧道；他们还开始思索

1. 三者皆为微观物理用词。手性也称手征性，指一个物体不能与其镜像相重合；粲性与奇性都用以描述夸克。

其他世界上的生命，寻求探测外星文明的方式，以及与这些文明进行交流的可能性。医生开始进行器官移植，包括心脏移植。生物学家发现了脱氧核糖核酸（DNA）的双螺旋结构，并开始进行一系列实验，这最终导向了植物与低等动物的克隆技术，导向了DNA重组带来的威胁与希望，导向了试管婴儿技术，并显示出变革和重新评估的新可能性，它们都通向不确定的未来。

这些科技突破之中的一部分曾被早期科幻故事用作推想的主题，但其中也有许多是人们不曾料想的，这极大地激发了作家们的创作激情。比起预测科学发现，科幻小说更多的是从科学家的发现与推想中汲取灵感。科学家们一度认为推想是不甚专业的，但到了20世纪六七十年代，科学推想即使未被全盘接受，至少也变得极为普遍。

菲利普·莫里森（Philip Morrison）和朱塞佩·科克尼（Giuseppe Cocconi）推想了与外星文明进行交流的可能性[1]；卡尔·萨根（Carl Sagan）普及了天文学及其概念；弗里曼·戴森（Freeman Dyson）提出，一个真正先进的文明可能将所在行星上的物质重塑成环绕其恒星运行的巨大球形结构，从而使本种族能够捕获恒星的全部能量，并让恒星仅在光谱的红外部分可见。基于此种推想，詹姆斯·冈恩创作了长篇小说《倾听者》（*The Listeners*，1972），另有一大票作家也撰写了有关戴森球及其截面的作品，例如鲍勃·肖（Bob Shaw）的《轨道村》（*Orbitsville*，1975）和拉里·尼文的《环形世界》（*Ringworld*，1970）。

同样，黑洞虽然无法发光，却生发出许多故事来。如乔·霍尔德曼（Joe Haldeman）的《千年战争》（*The Forever War*），该故事将黑洞用作通向宇宙另一区域的通道，借以规避光速的局限性。在弗

1. 两人合作于1959年发表了一篇论文，提出了微波在寻找星际通信方面的潜力。这是最早提出探测外星智慧生命的建议之一。

雷德里克·波尔的《通向宇宙之门》（*Gateway*）中，主人公寻求财富和救赎的行动，以模棱两可的黑洞为结局。医学和生物学实验对人类生育的贡献，不及它们激发的小说创意。关于克隆的故事［其中最出色的可能是勒古恩的《九条命》（*Nine Lives*）］不断增加，直到出现在主流文学与电影之中（艾拉·莱文的《巴西来的男孩》)，甚至是电视之上（《克隆之主》[1]）。

把科学发现和科学推想转换为小说的艺术大师之一是拉里·尼文。他出身于洛杉矶富有的多希尼家族[2]，在获得两个数学学位后立志成为科幻小说作家。此后，他于 1964 年发表了自己的第一部短篇小说《极寒之地》（“The Coldest Place”），不出两年就凭《中子星》（“Neutron Star”）获得 1967 年的雨果奖；《环形世界》同时获得星云奖和雨果奖；《反复多变的月亮》[3]（“Inconstant Moon”）获得 1972 年雨果奖；《黑洞人》（“The Hole Man”）获得 1975 年雨果奖；《太阳系的边陲》（“The Borderland of Sol”）获得 1976 年雨果奖。

历史的变迁容易遭到曲解，新浪潮的文学成就可能使得此类作品看上去注定要取代传统的冒险和硬科幻小说。但早期传统事实上仍未见颓势，甚至不时获得前所未有的成功，在流行程度上也往往胜于文学意识较强的作品。例如，戈登·迪克森和波尔·安德森仍以写作谋生，他们的故事大多是风格传统的推想和冒险小说，而且颇受好评。杰里·波奈尔（Jerry Pournelle）是个半路出家写科幻的科学家，他会因自己的作品风格被拿来与海因莱因相较而论，而倍感荣幸。

尼文一直被称为另一个哈尔·克莱门特，但他或许与海因莱因

---

1. 1978 年上映的美国电视电影。
2. 洛杉矶石油大亨爱德华·劳伦斯·多希尼是拉里·尼文的外曾祖父。
3. 该书名典出《罗密欧与朱丽叶》：“变化无常的爱情；反复无常的爱人；不要以反复多变的月亮起誓。”

和阿西莫夫也有共通之处。同此二人一样，尼文也建立了自己的未来历史和被他称为“已知空间”的独特宇宙；这个世界观下的作品包括《普塔弗斯世界》(*The World of Ptaavs*，1965)、《来自地球的礼物》(A *Gift from Earth*，1968) 和《保护者》(*Protector*，1973)，还有《环形世界》和若干短篇故事。《支离破碎的人》(“The Jigsaw Man”,《危险幻象》1967 年刊) 中所讨论的长生及器官移植主题也曾出现在他的其他一些短篇故事里。

尼文与波奈尔强强联手创作了《上帝眼中的尘埃》(1974)、《地狱》(1975)、《撒旦之锤》(1977)、《誓约忠诚》(1981) 与《脚步》(1985)。尼文也与其他作家合写作品，有时波奈尔也会参与其中。此类作品包括与史蒂文·巴恩斯 (Steven Barnes) 的“梦幻公园”(*Dream Park*) 系列。它们在读者群中往往能取得非凡的成功，这应当不足为奇。

(穆童、憬怡　译)

支离破碎的人

[美国] 拉里·尼文

公元1900年，卡尔·兰德施泰纳根据血液的不相容性，将人类血液分为四种类型：A型、B型、AB型与O型。从那时开始，给休克病人输血就有了一点希望，不至于让他们因输血而死亡，能带来生还的可能。

废除死刑的运动几乎还没开始，就已经注定要失败了。

Vh83uOAGn7是他的电话号码、他的驾照号码、他的社会安全号码、他的征兵证以及他的病历号码。其中两个证照已经被注销，而除了病历之外，剩下的都无关紧要。他的名字是沃伦·刘易斯·诺尔斯。他就快死了。

离审讯还有一天时间，但审讯结果已经确凿无疑。刘有罪。如果有人对此有异议，控方可以出示铁证。明天晚上六点，刘将被判处死刑。布罗克斯顿将以各种理由提出上诉，而上诉会被驳回。

他的囚室舒适而小巧，装有软垫。这并非诽谤犯人都是疯子，当然心智不健全早就不能作为违法的借口了。囚室的三面墙都是栏杆，剩下那面是水泥外墙，漆上了令人放松的绿色。但这些栏杆将他同走廊隔开，同他左边那个愁容满面的老人隔开，同他右边那个又壮又傻的少年隔开——组成栏杆的是包着硅胶软垫的铁条，每根有四英寸粗细，间隔八英寸。那天刘第四次一把攥住栏杆，想要把硅胶软垫扯开。这玩意儿手感像海绵橡胶枕头，只是中间多了根铅笔那么粗的钢筋，怎么扯都扯不烂。他松开手，软垫弹回去，又恢复成了那个完美的圆柱体。

“这不公平。”他说。

少年没什么动静。在刘坐牢的十个小时里，那小子一直坐在床沿，油腻的黑长发垂到眼睛，一晚上长出的那层胡茬也越来越密。他只在饭点时动一动他那两条毛茸茸的长胳膊，除此之外纹丝不动。

老人听到了刘的话音，朝他看了一眼，语带讥讽：“你被冤枉了？”

“没有，我……”

“至少你还挺老实的。你犯了什么事？”

刘告诉了他。声音里摆脱不了他那受伤的无辜语气。老人嘲讽地笑了笑，点点头，仿佛他早就预料到会是这样。

“愚蠢。愚蠢从来就是一条死罪。如果你一定得让自己被处死，为什么不干票大的呢？看到你对面那小子了吗？”

“当然。”刘看都没看就说。

“他是个器官贩子。”

刘感觉到惊讶的神情正凝固在自己脸上。他鼓起勇气又看了隔壁牢房一眼——身上的每根神经都在突突乱跳。少年正盯着他，用他那一头蓬乱的头发下隐约可见的阴沉黑眼睛瞧着，他看刘的眼神仿佛屠夫正打量着一扇过度成熟的牛肉。

刘慢慢挪向他和老人牢房之间的铁栅栏。他的声音沙哑而低沉。“他杀了多少人？”

“一个都没杀。”

“？”

“他是个拐子。专门挑那些深夜独自外出的人，用药迷晕他们，然后带回家交给幕后主使的医生，杀人的事全是医生做。如果伯尼带回去的是个死人，那医生会剥了他的皮。”

老人差不多正好背对着刘坐着。他刚刚转过来和刘聊天，但现在他似乎正在失去这种兴致。他的手一直在神经质般颤抖着，这双手被他那瘦骨嶙峋的背挡住，刘看不到。

“他拐了多少人？”

“四个。然后他就被抓了。伯尼不是很机灵。”

“你犯了什么事进来的？”

老人没回答。他完全没搭理刘，他的肩膀因为手的颤抖而抽搐着。刘耸耸肩，坐回到自己的床铺上。

现在是周四晚上七点。

这团伙有三个拐子。伯尼还没被审讯。另一个已经死了；他扒着传送带边缘逃走时一颗击中他胳膊的子弹给了他一个痛快。而第三个则正被车子送往法院旁边的医院。

在法律上他还活着。他已经被判决；他的上诉已经被驳回；但是当他们搬动他、给他打麻药、将他推进手术室时，他的确还活着。

实习医师将他从手术台上抬起来，往他嘴里塞进一个呼吸器咬嘴，这样他们把他丢进冷冻液时他还能呼吸。他们将他轻轻放进去，没有溅起一滴液体。当他的体温开始下降时，他们往他的静脉里滴注了什么东西。大约注射了半品脱。他的体温降到冰点，他的心跳也越来越缓慢。

最终他的心脏停止了跳动。但它其实还能重新跳起来。在这一刻犯人的死亡被延迟了。在法律上，这个器官贩子仍然活着。

器官贩子的体温降到某个点的时候，传送带开始启动。第一台机器在他胸膛上进行了一系列的切开手术。医生精确而机械化地完成了一台心脏切取术。

器官贩子在法律上已经死亡。他的心脏立刻被送去了仓库。之后是皮肤，大部分都连成一块，并且还活着。医生小心谨慎地把他分解，就好像是在拆一幅活动的、脆弱的、复杂的拼图一样。大脑被瞬间燃尽，残留的灰烬被收集来瓮葬；但是身体的其他部分，一块块一团团一片片一根根，都被送去了医院器官银行的仓库。这其中的任何一件都可以随时装进行李箱里，并在一个多小时之内飞到世界上的任何一个地方。如果运气好，如果对的人在对的时间犯了对的病，那器官贩子就可能救回比他杀掉的更多的生命。

这么做的意义也就在此了。

刘躺下来，盯着天花板上的电视，突然开始打冷战。他无力戴上耳塞，那些无声的动画人物突然变得恐怖起来。他把电视关上，但也没解决问题。

他们会一点一点把他拆开，储存起来。他从没见过器官银行，但是他叔叔开过一家肉店……

“嘿！”他喊道。

少年的眼睛抬起来了，他只有眼睛里还有生机。老人转过头来看了看。大厅另一头看守抬头看了一眼，然后继续看书。

刘的恐惧在胃里翻腾，在喉咙里乱撞。“你怎么忍得了？”

少年的目光看向地面。老人说：“忍什么？”

“你不知道他们会对我们做什么吗？”

“不会对我。他们不会像宰猪一样拆开我的。”

刘立刻站到了栏杆前：“为什么不会？”

老人的声音变得非常低：“因为本来是我右股骨的地方现在有一个炸弹。我要把我自己炸碎。他们不管找到什么，全都用不上了。”

老人带来的希望熄灭了，只剩下苦涩。“疯子。你怎么能往腿里装炸弹的？”

“把骨头拿出来，钻个洞，在洞里造个炸弹，把骨头里的有机物取出来，这样就不会腐烂，再把骨头装回去。当然了，红血球[1]数量会下降。我想问的是，你想和我一起吗？”

“和你一起？”

“抓着栏杆。这东西会把我俩一起解决掉。”

刘往后退了几步：“不。不用了，谢谢。”

“随你喜欢，”老人说，“我从来没告诉过你我为什么进来的，对吧？我就是医生。伯尼就是给我拐人的。”

刘退到了背后的栏杆上。他能感到栏杆压在肩膀上，回头看到少年从两尺开外阴郁地盯住他的眼睛。器官贩子！他被专业杀手围住了！

“我知道那是什么感觉，”老人继续说，“我不会让他们那么对我的。要是你确定不想痛快地死，那就卧倒在你床铺的后面。那个足够厚实。”

床是一张床垫和一组弹簧，固定在水泥块上，和地面构成一个整体。刘蜷成一团，双手盖住眼睛。

他确定不想现在就死。

什么都没发生。

过了一会儿他睁开眼睛，把手拿开，向周围看了看。

少年正看着他。这家伙脸上头一次露出了尖酸的讥笑。那个总是坐在出口旁边椅子上的看守，现在在走廊上正站在栏杆外低头看着他。他看起来有些担心。

刘感到自己的脸从脖子到鼻子再到耳朵都红起来了。原来老人

---

1. 把具有造血功能的骨髓取出来以后会导致红血球数量下降。

一直在戏耍他。他挪动身子，站立了起来……

然后就好像有巨锤砸在了这个世界上一样。

看守遍体鳞伤地靠卧在走廊另一边的栏杆上。头发油油的年轻人正从他的床后面站起身，甩了甩头。有人在呻吟，呻吟又变成了尖叫。空气里全是水泥灰。

刘站起身。

血像红色的油污一样涂在了被爆炸波及的所有表面上。随他怎么找——他也没怎么认真找——也找不到老人的其他任何痕迹。

除了墙上的那个洞以外。

他刚刚肯定就站在……那里。

那个洞大到可以让人爬出去，要是刘能够到那儿的话。但洞是在老人的牢房里。牢房之间栏杆上的硅胶壳已经被炸掉了，只剩下铅笔粗的铁条。

刘试着钻过去。

铁条开始颤动，开始震动，但是没有声音。当刘注意到铁条的震动时开始犯困。他把身体挤进铁条之间，和心底越来越强烈的恐慌以及大概是自动触发的声波眩晕器交战。

栏杆挤不动，但是他的身体能挤，而且栏杆上还滑滑的全是……总之他过去了。他把头从墙上的洞伸出去，往下看。

离地很远。远到他都有些发晕。

托佩卡郡的法院是一栋小摩天楼，而刘的牢房肯定快到顶了。他往下看到一堵光滑的水泥墙面，镶着带框的窗户。根本没办法够到那些窗户，没办法打开，没办法打碎。

眩晕器正削弱着他的意志。要是他的脑袋和身体一样还留在自己的牢房里的话，现在应该已经昏迷了。他努力让自己转身往上看。

他确实是在楼顶。屋顶的边缘就比他的眼睛高几尺。他没法够到那么远，除非有……

他开始往洞外爬。

不管是成是败，他们都不可能把他送进器官银行了。车流量太大了，会把他所有有用的部位都轧碎。他坐在洞口边缘，双脚伸进牢房里保持平衡，把胸部贴紧墙面。他平衡好身体之后就伸出胳膊去够屋顶。没戏。

所以他把一条腿缩到身下，另一条腿伸直，然后一蹿。

他正开始往下掉的时候，手抓住了边缘。他惊讶地喊了一声，但已经太晚了。法院的屋顶正在移动！他在能放开手之前被拽出了洞口。他吊在那里，被拖走的时候在半空中前后荡来荡去。

法院的屋顶上是一条传送带。

他没法爬上去，至少脚上无法借力的时候不行。他没有那么大力气。传送带正向另一栋建筑移动，高度差不多。他只要能抓牢就能到达。

而且那栋建筑的窗户不一样。那扇窗户不是为了开，至少在现在这种雾霾天气下不是，但至少有窗沿。可能玻璃能打碎，也可能不行。

手臂上的拉力让他很痛苦。要是放手的话该有多轻松……不。他没犯下任何该死的罪。他拒绝去死。

在 20 世纪的数十年里，有一项政治运动势头越来越猛。这项政治运动组织松散、横跨多国，参与的成员只有一个目标：在他们能影响到的所有国家里把死刑改成监禁和教化。他们提出，将罪犯处死并不能使他获得教益；也不能威慑其他可能会犯下同样罪行的人；含冤的人可能会在迟来的平反中被释放出狱，可死刑是无法挽回的。杀人没有好处，他们说，只是社会的复仇而已。而复仇，他们说，在文明的社会里一文不值。

他们可能是对的。

1940 年卡尔 · 兰德施泰纳和亚历山大 · S. 维纳将他们关于人类血液中 Rh 因子的论文公之于众。

到了 20 世纪中期，大多数被定罪的杀人犯都只被判了无期徒刑或是更低的刑罚。很多后来回到了社会。有些被教化好了，有些没有。绑架在某些州是可以执行死刑的[1]，但是很难说服陪审团这么做。谋杀也是一样。一个在加拿大因抢劫罪被通缉，在加利福尼亚犯了谋杀罪的人要求不要被引渡回加拿大；他在加州被判决的概率更低。许多州已经废除了死刑。法国已经全面废除了。[2]

教化罪犯曾经是心理学的一个大目标。

但是——

血液银行全球化了。

患有肾病的人们已经能通过同卵双胞胎的肾移植获得拯救。并非所有的肾病患者都有同卵双胞胎。巴黎的一个医生用了近亲的肾做移植[3]，并在术前用百分制的适性来预测移植能有多成功。

眼角膜的移植也很常见。角膜的捐赠者可以等到死后再让另一个人恢复光明。

人骨一直都可以移植，只要先把骨头里的有机物除去就行。

所以到世纪中叶，事情就那么维持着原状。

到了 1990 年[4]，就可以将活体器官储存任意长的时间了。移植变得程序化，而“无限精细的手术刀”——激光也帮了大忙。经常有

---

1. 1932 年林白小鹰绑架案后，美国通过《联邦绑架法案》，允许对绑架案进行联邦级别的调查。某些州则有对州内绑架案的类似法案，并认定绑架本身即可处死刑。1960 年切斯曼案中对此有过相当长时间的争论，最后对犯人处以死刑。本篇小说成文于 1967 年，1968 年的杰克逊案中，美国最高法院宣布该解释违宪，绑架时必须有勒索赎金或身体伤害才可适用死刑。
2. 法国的最后一次死刑是于 1977 年执行的，而正式废除死刑是 1981 年。
3. 1952 年，法国医生让 · 汉堡为一名 16 岁的木匠移植了他母亲的肾脏，那个肾脏成功工作了 3 周。
4. 1967 年之后的全部内容都是作者的科学幻想。

人在死前留下遗愿，将遗体捐给器官银行。葬仪社的接待员可没法阻止他们。但是这种死者的赠礼并不总能有用。

1993 年，佛蒙特州通过了第一份器官银行法。佛蒙特州一直有死刑。现在被判死刑的人就会知道，他的死可以拯救其他人的性命。死刑不再是没有好处的事了。至少在佛蒙特州不是。

后来，加州也不是了。华盛顿州也不是了。佐治亚州。巴基斯坦，英国，瑞士，法国，罗得西亚……

传送带正以每小时十英里的速度移动。在那下面，街上加班刚结束的行人和刚开始喝一轮的夜猫子们都没注意到他，刘易斯·诺尔斯正抓着移动的传送带，看着正摇摆着的脚下经过的窗沿。窗沿不过两英尺宽，离他绷起的脚尖足足有四英尺远。

他往下坠去。

他的脚蹬到窗沿时伸手抓住了窗框。惯性拽了他一下，但他稳住了没摔下去。过了好一会儿他才缓过呼吸。

他不知道这是一座什么建筑，但肯定不是空置的。在晚上九点，所有的窗户都还亮着。他努力避开灯光往里窥视。

这扇窗户是一间办公室的。空的。

他需要找个东西缠住手，才能打碎窗户。但他身上穿的只有一双袜子和一件囚服。好吧，他现在算是再引人注意不过了。他脱掉囚服，用一部分缠住手，然后砸了上去。

他的手差点骨折。

还好……他们没有收走他的首饰、手表和钻戒。他用戒指在窗户上划了个圈，使劲往下推了推，然后用另一只手又砸下去。这非得是玻璃不可；要是塑料的话他就完蛋了。一块几乎完美的圆形玻璃掉了出去。

他重复做了六次，才搞出一个够他进去的洞。

他进去的时候露出了微笑，手里还拿着囚服。现在他只需要一部电梯了。要是条子在街上抓到穿着囚服的他，肯定会立刻把他抓回去，但要是把囚服藏在这里他就安全了。谁会怀疑一个有证照的裸体主义者呢？

除了他没有证照。也没有裸体主义者的肩袋来放证照。

也没刮胡子。

这很糟糕。从来没见过哪个裸体主义者像他这么多毛。不是胡茬，而是完完整整的那么一副胡子。哪能找到把刮胡刀呢？

他试着找了桌子的抽屉。很多生意人都会有备用的刮胡刀。他找了一半就停下来了。不是因为他找到了刮胡刀，而是因为他现在知道自己在哪了。从桌子上的文件就能非常明显地看出来。

是家医院。

他还抓着囚服。他把囚服放进了垃圾桶里，用纸整齐地盖住，然后几乎瘫在了桌子后面的椅子上。

一家医院。他是可以挑一家医院的。而这间医院，正好建在托佩卡郡法院旁边的这家，就有足够好的理由。

但这不是他挑的，不算是。是医院挑了他。他这一生中有哪件决定不是别人驱使他做的吗？没有。朋友找他借钱就不还了，别的男人偷走了他的女人，他习惯性地被人忽略结果错过了升职。雪莉逼着他和她结婚，四年以后又为了某个吓不倒的朋友而离开他。就算到了现在，在可能是他生命最后的时刻，还是一样。有个老器官贩子给他提供了逃跑的机会。有个工程师把监狱的栏杆建得宽到够一个小个子挤过去。还有个工程师在两栋楼的屋顶之间建了个传送带。现在他就在这了。

而最糟糕的事在于他在这儿没法伪装成裸体主义者。白大褂和面具是最起码的。就算是裸体主义者有时候也得穿衣服。

衣柜呢?

衣柜里面什么都没有，只有一顶时髦的绿帽子，和一件完全透明的雨衣。

他可以跑。要是他能找到剃须刀的话，到街上就安全了。他咬了咬指节，希望自己知道电梯在哪。只能靠运气了。他开始继续翻抽屉。

门打开的时候，他正摸到一个黑色的皮制剃须刀盒。一个穿着白大褂的壮汉溜达了进来。这个实习生（医院里没有人类医生）往桌子走到一半就注意到刘正低头翻着抽屉。他停下了脚步，惊掉了下巴。

刘用握着剃须刀盒的拳头给他合上了下巴。这人的牙齿咔的一声撞到了一起，两腿发软。刘和他擦身而过，冲出了门外。

电梯就在大厅外面，门开着。没有人来。刘走进去，按了O。他在电梯下降的时候刮了胡子。剃须刀又快又干净，就是有些噪声。门开的时候他正刮胸前的毛。

一个瘦小的技师站在他面前，嘴和眼睛都毫无表情，就和所有等电梯的人一样。她和他擦身而过，低声道了个歉，几乎没注意到他。刘很快走了出去。门关上之后他才意识到自己下错层了。

他转过身按了向下的按钮。然后他那一眼里看到的东西让他回过神来。他转过头又看了一眼。

整间大屋都摆满了玻璃水缸，一直到屋顶，排列成和图书馆里的书架一样的迷宫。水缸里所展示的东西比贝尔森[1]里的任何东西都要下流。天啊，这些东西曾经是男人！和女人！不，他不会看的。他拒绝看到电梯门之外的任何东西。电梯怎么花了这么久时间?

1. 即贝尔根·贝尔森集中营，又称贝尔森，是纳粹德国集中营。

他听到了塞壬之声。

硬质的地面开始在他裸露的脚下震动。他感到肌肉麻木了，灵魂昏倦无力。

电梯来得……太晚了。他用椅子堵住了门。大多数大楼都没有楼梯，只有备用电梯。他们现在得用备用电梯来找他了。对吧，在哪？……他没时间找了。他开始感觉到异常的困倦。他们肯定有好几个声波投射器聚焦在这一个房间里。被一道声波穿过的实习生只会感觉到有点放松，有点迷糊。但是在声波聚焦的地方，这里，人就会昏迷。但不是现在。

他还有事情要做。

当他们冲进来的时候他就有被杀的理由了。

水缸的面是塑料做的，不是玻璃：一种非常特别的塑料。为了防止里面存储的各种人体器官接触到它时诱发免疫反应，这种塑料必须有某些独特的性质。没法指望工程师还能让它打不碎！

它非常不负所望地碎了。

后来，刘很奇怪他怎么能保持得了那么久的清醒。眩晕器会放出一种很舒服的超声波低语，一直把他往下拉，拉到地板上，而地板好像越来越软。他挥舞着的椅子越来越重。但是只要椅子还在他手里，他就一直砸。储存用的营养液没过了他的膝盖，每走一步都有死物撞上他的脚踝。但是当他终于抵挡不住无声的塞壬之歌时，也只勉强完成了三分之一。

他倒下了。

那之后他们甚至都没提过器官银行被砸的事！

在法庭里，听着无聊的法庭仪式的时候，刘凑到布罗克斯顿的耳边问了这个问题。布罗克斯顿向他微笑。“他们为什么要提这事？他们觉得已经有足够不利于你的材料了。要是你能打赢这场官司，他们才会因为蓄意破坏珍贵的医疗资源起诉你。但他们肯定你打不赢。”

“你也这样看吗？”

“恐怕他们是对的。但我们会尽力。现在，汉尼希要宣读起诉了。你能显得受伤、被冤枉一点吗？”

“当然了。”

“好。”

检方开始宣读起诉。他的声音从金色的小胡子后面传来，听起来就像是死亡的宣告。沃伦·刘易斯·诺尔斯看起来受伤、被冤枉了。但是他心里却不这么想。他已经做过了值得去死的事了。

所有这些都是因为器官银行。有了好的医生和器官银行里充足的材料来源，任何纳税人都能期望永生不死。有谁会投票反对永生呢？死刑就是他们的永生，而他们会投票支持任何罪名都判死刑。

刘易斯·诺尔斯做出了反击。

“检方会证实，该沃伦·刘易斯·诺尔斯曾经，在两年间，主动闯过六次红灯。在同一时间段内，该沃伦·诺尔斯曾超速至少十次，其中一次超过限速高达每小时十五英里。他的犯罪记录从未清白过。我们会出示他于 2082 年的逮捕记录，被控酒驾，而他之后被判无罪的原因是——”

“反对！”

“反对有效。如果他被判无罪，检察官，那么法庭就必须假定他无罪。”

（Antares　译）

硬科幻与软心肠

科幻的部分魅力在于，该领域内一切皆有可能：由于作家掌握着无限和永恒，一切都可能被发现，一切都可能实现，一切都可能发生。这与奇幻不同：科幻的可能性是经过合理化的——无论发生什么，无论这事多么怪诞，它绝不会超脱出日常经验的世界。奇幻要求读者停止怀疑，而科幻会说服读者主动相信。

在读者心中，“一架宇宙飞船以超光速载着乘客向人马座飞行”与“挥着扫帚的女巫吟唱咒语将自己送往布罗肯峰[1]”是有明显区别的，尽管这两件事在科学能够判定的范围内同样不可能发生。两者之所以存在差别，并不是因为科幻作家为自己的故事情节编出一套骗人鬼话，而是因为科幻的性质本身决定了它必须以更现实的态度来阅读。

阿瑟·C. 克拉克发明了一条定律，用以概括那些可能出现在未来的未知奇迹：“足够先进的技术与魔法无异。”生活在今天的人们

1. 德国哈尔茨山中的最高峰，相传是巫女和魔鬼幽会的地方。

只要略加思考，就会发现此言非虚；现代科技对于工业革命以前的人而言与魔法无异。如果科幻不想落入无可救药的狭隘窠臼，就必须对未来的技术进行大胆假设，这些技术对于当代人而言，要像飞机、电视与电灯之于尤利乌斯·恺撒和莎士比亚那样难以理解。

无限和永恒也释放了科幻的想象力；尽管这两个词理解起来可能有些费力，但它们并非出于幻想，而是知识性的概念。科幻作家想要设想的任何事物——从宇宙的诞生到其消亡，从探索自然界的终极奥秘，到假设技术变革为人类经验带来了独特意义——全都可以被撰写成科幻小说。科幻小说必须基于现实去写，这与其说是一种限制，倒毋宁说是一种策略。作家希望读者去感受还是去思考呢?

不过，这种二分法更多的是一种理论，而非现实。在人们的预期里，科幻小说应当是理智而略显无情或不人性的，但基于理性理解而产生的感性感受，跟内分泌腺分泌激素所带来的原始情感冲动一样深刻，甚至更具人性。诚然，概而论之有助于对作品进行分类，但非此即彼地看待超自然现象之外的事物，基本上是错误的。这对科幻作家也同样适用，泛泛地将作家分为新浪潮派和旧浪潮派，分为文学艺术家和科学的奴仆，这也是错误的。

事实上，新浪潮作家的故事创作常常是基于科学推论的，而旧浪潮作家却常以巧妙的技法敏锐地描述人类经验。波尔·安德森就是一个好例子。1948 年，从明尼苏达大学物理学系毕业后，他立刻开始了自己的作家生涯，自此从未动摇。他的第一部短篇小说——与 F. N. 沃尔德罗普（F. N. Waldrop）合著的《明日之子》（“Tomorrow’s Children”）面世时，他还是在校大学生。自那时起，他创作了上百本书，包括历史小说、主流小说、侦探小说、少年读物、非虚构作品和数以百计篇幅更短的作品。

安德森以硬科幻作家的身份闻名于世，他与哈尔·克莱门特一样，对杜撰外星世界情有独钟。他早期的小说十分关注未来的科技发展，并在其间偶尔穿插些冒险和幻想情节以增添故事丰富性。他的写作手法十分现实，文体风格直截了当。开始创作后未出十年，他便成了1959年的世界科幻大会荣誉嘉宾，又十几年后，他成了美国科幻作家协会的主席。

安德森知名的早期短篇作品包括《双料恶棍》、《援助之手》、《非人[1]》与《大雨》。他的早期长篇小说包括《脑波》(1954)、《断剑》(1954)、《异星探险》(1956)、《翼人之战》(1958)、《木卫三的雪》(1958)、《敌对之星》(1958)、《两个世界的战争》(1959)、《飞翔的十字军》(1960)、《三心与三狮》(1961)、《无限轨道》(1963)与《护盾》(1963)。他最负盛名的作品或许要数《宇宙过河卒》(*Tau Zero*，1970）与《百万年之舟》(*The Boat of a Million Years*，1989)，以及他的“时间巡逻”(Time Patrol)长短篇系列小说；1994年，他又开启了一个全新且更具可视性的长篇小说系列“丰收之星”(Harvest of Stars)。

他塑造了若干系列形象（还有一部海因莱因式的未来历史）：贸易商尼古拉斯·范·理金和波利索特尼克同盟[2]；多米尼克·弗兰德里和一个银河帝国的衰败；他还与戈登·迪克森进行合作，创造了一种外表像熊、名为“霍卡”的外星智慧种族。

他对科学、推理和冒险的关注为他带来了数座奖杯，1961年的《最长的航行》(“The Longest Voyage”)、1964年的《与帝王斗争到

1.“非人”(Un-man)中的Un语带双关。该故事的主人公隶属于联合国（United Nations）警察机构，同时是一个克隆人。Un既表示联合国，也表示“是克隆人而非人”。

2.“波利索特尼克同盟未来历史”整体上借鉴了历史上的荷兰黄金时代，其中主人公尼古拉斯·范·理金被设定为荷兰后裔，而同盟本身也可视作汉萨同盟的星际版。本系列一称“心灵技术同盟”，因为故事里有一个以心灵感应能力影响社会运行的机构。

底》(“No Truce with Kings”)、1969 年的《共享肉体》[1](“The Sharing of Flesh”)均获得雨果奖；而在 1971 和 1972 年的星云、雨果双料获奖作品《空气与黑暗的女王》(“The Queen of Air and Darkness”)和《山羊之歌》(“Goat Song”)中[2]，安德森展现出了以新浪潮的技巧和感性进行写作的能力。他还有另外 5 个短篇获得雨果奖。

《垂怜经》(“Kyrie”)1968 年发表于《最遥远的距离》[3](*The Farthest Reaches*)，这篇小说证明，一个关于超新星和外星能量生物的故事也可以打动人心。

（穆童、憬怡　译）

---

1. 一名《双翅目现象》(“The Dipteroid Phenomenon”)，是一个有关同类相食的故事。
2.《空气与黑暗的女王》获得 1971 年的星云奖和 1972 年的雨果奖，《山羊之歌》获得 1972 年的星云奖和 1973 年的雨果奖。
3. 一部汇编了 12 部知名作者短篇的科幻小说选集。

垂怜经

[美国] 波尔·安德森

在月球喀尔巴阡山脉的一座高峰上，矗立着一所伯大尼的圣马大[1]修道院。墙壁用当地的岩石砌成，和山脉本身一样，颜色幽黯，崎岖不平，拔月而起，伸入永远漆黑的天际。你从月球北极靠近那里的话，飞船会朝下飘飞，好让柏拉图航线沿线的力场屏障始终挡在你和陨石雨之间，这当中你会看到塔楼顶上的十字架，横在地球前方，被那蓝色圆盘衬得格外鲜明。在那里，没有空气的存在，听不到钟声的回荡。

修道院里面，在规定的祈祷时刻，你可能会听到钟声。修道院底下所有地穴也能听到，那里的机器，不停劳作，维持着这里和地球一般无二的假象。如果你在此多逗留一会儿，你还会听到招呼人们去做安魂弥撒的钟声。因为在圣马大修道院，为那些在太空中丧生的人们做祈祷已经成了一个惯例；每一年，死者人数都在增长。

这并非修女们的正职。她们是要服侍那些病人、贫者、残废、疯子，所有被太空毁坏、而后又被它抛弃回来的人们。月球上到处

1. 天主教女圣人之一。《新约》中记载她和她妹妹与弟弟住在耶路撒冷附近的小村伯大尼，都接受了耶稣教导。传说后来她降服了在法国为祸一方的怪兽塔斯科。向她祈祷主要是祈求心灵平静，远离俗世种种。

都是这样的人，他们被放逐在家乡之外，也许是因为已无法适应地球的引力，也许是因为害怕他们身上潜伏着来自不知哪个行星的瘟疫，也许是因为人们正忙着开拓边疆，没时间理会这些失败者。这里的修女们身上穿着的是太空服而非修道袍，手中拿着的也是医药箱而非玫瑰念珠。

但她们还是能有时间用于冥思默祷的。在持续半个月的黑夜期里，耀眼的阳光离去之时，小礼拜堂[1]会打开百叶窗，群星透过玻璃穹顶，俯瞰着烛光。这里的星星不会闪烁，它们的光芒寒气逼人。有那么一位嬷嬷，她会在此期间尽可能多地来到那里，为她的死人[2]祈祷。一年一度，女修道院长都会安排她出席一场弥撒咏唱，那是她在发下出家誓言之前捐资举办的。

主啊，请赐给他们永久的安息，并让永恒之光照耀他们。

主啊请怜悯我们，基督啊请怜悯我们，主啊请怜悯我们。[3]

射手座超新星探险队由五十名人类和一团火焰组成。队伍从环地球轨道长途跋涉而来，在天琴座 ε 星停了会，接上它的最后一位成员。它由此出发，分阶段靠近目的地。

这里有个悖论：时间和空间是一体两面的。这次超新星爆发已经发生了一百多年之后，才被“最后希望”星球上的人们发现。有

1. 附属于主教堂的小教堂。
2. 参见《马太福音》8：21—22，《路加福音》9：60。指俗世（必死）的亲友，不一定已死。此处双关。
3. 原文为拉丁文，是天主教和东正教等教派的安魂弥撒祈祷词第一小节《进堂咏》的开头和第二小节《垂怜经》。本故事的标题即出自此处。莫扎特《安魂曲》即为该祈祷所作。

个持续多个世代的项目，意在探索由跟我们迥然不同的生物建立的文明。这些人前来参与这个项目，结果有天晚上抬起头，就看到一道明亮的星光，亮得能看到地上的影子。

爆发产生的波会在那之后几个世纪抵达地球。到时候它会变得非常微弱，天空中仅仅会多出一个亮点而已。光线只能在太空中逐寸传播，但与此同时，一艘沿这条路径跳跃前行的飞船却可以追踪记录这颗巨大恒星的整个灭亡过程。

在合适的距离上，仪器记录下了爆发前一刻发生的事情：最后一批核燃料燃尽之后，那颗炽热的星体朝内坍缩。一次跳跃之后，他们看到了一个世纪之前的场景：一片混沌，量子和中微子风暴，辐射强度相当于把这个银河系中的数千亿恒星堆积在一起。

风暴消逝，在太空中留下一个空洞，而“乌鸦号”则继续靠近目标。前行五十光年——或者五十年，飞船研究的对象成了一团正在收缩的烈火，位于一片闪烁电光的雾气中央。

再来二十五年，中央的星球更小了些，星云则扩大了些，稀薄了些。但由于现在的距离近了太多，一切看起来都更大更亮了。光芒太耀眼，以至于裸眼无法直视，让远方的星座相形之下显得黯淡无光。望远镜显示出一片乳白色的星云，中央是一点蓝白色的火花，边缘则伸展出无数纤丝。

“乌鸦号”做好了准备，即将进行最后一次跳跃，跳到邻近超新星的位置。

蒂奥多·西利船长开始做出发前最后的巡视。飞船在他周围低声吟唱，正在做加速度一个 G 的加速，以便达到所需的内禀速度。动力系统嗡嗡轰鸣，稳压器吃吃轻笑，通风系统沙沙作响。他感到能量在他的骨头里震颤着。但金属包围着他，死板，无趣。舷窗外堆满星辰，好似巨龙的宝库，还有一片朦胧的弧形横跨太空，那是银河。真空，宇宙射线，仅仅略高于绝对零度的严寒，最近的人类炉火也远得不可思议。他即将把他的队员们带到从未有人涉足的地方，闯入无人了解的环境。他肩头有千钧重担。

他在埃洛伊斯·瓦格纳的岗位上发现了她。那是个小房间，有直连指挥舰桥的内部通信线路。音乐吸引了他的注意力。那曲子他不知道是什么，但听得出其中的欢欣和安详。他在门口停下脚步，看见她座前的桌上放着一台小型录音机。

“这是什么？”他盘问道。

“噢！”那女人（他无法把她看作年轻姑娘，尽管她才刚刚20岁）吃了一惊，“我……我在等待飞船的跳跃。”

“等待时你应该保持待命状态。”

“那我该做什么呢？”她回答的时候不怎么胆怯，这可不是她惯常的样子，“我是说，我不是船员，也不是科学家。”

“你属于船员编制。特别通信技术员。”

“跟路西法通信。而他喜欢这首曲子。他说，他所知的关于我们的东西里，唯有这曲子最能让我们接近太一。”

西利皱起眉头。“太一？”

埃洛伊斯瘦削的脸颊上泛起一阵红晕。她眼睛盯着桌面，双手绞成一团。“也许这个字眼并不合适。安宁，和谐，统一……上帝？……我领会到了他的意思，但我们没有合适的字眼。”

“嗯。好吧，你应该让他保持心情愉快。”团队首领打量着她，心中那曾竭力压抑的嫌恶再度升起。她是个正派人，他想道，只是过于拘谨，不善交际；但她的模样实在是！瘦骨嶙峋，脚大，鼻子大，金鱼眼，还有细长而干枯的土色头发——还有，必须承认，心灵感应总会让他觉得不自在。她说过她只能读取路西法的心思，但那是真话吗？

不。别想这些了。孤独和陌生的环境已经快要让你崩溃了，再加上对同伴的猜疑会更糟。

只要埃洛伊斯真的是人类就行。不过她至少也是个怪胎。能够跟一团生命涡流直接交流思想的肯定得是。

“你在放什么曲子？”西利问道。

“巴赫。勃兰登堡协奏曲第三号。他，路西法，他不喜欢现代的玩意儿。我也不喜欢。”

你当然不会。西利在心中断言着，开口出声：“听着，我们会在半小时后进行跳跃。无法判断我们将会出现在什么环境里。这是第一次有人接近一颗刚刚爆发不久的超新星。我们唯一能肯定的是，倘若屏蔽场消失的话，这么高的硬辐射[1]量下我们死定了。除此之外，我们只能依靠理论推断。而且正在塌陷的星核跟宇宙其他任何地方的任何物体都截然不同，所以我很怀疑那些理论的可靠性。我们不能坐着空想。我们必须做好准备。”

“遵命，长官。”她低声回答的时候，嗓音不像平常那么刺耳了。

他的目光越过她的头顶，越过仪表和控制器的蛇眼[2]，凝视前方，仿佛他的目光能穿透对面的钢板径直望到外面太空里。在那里，他知道，路西法正在飘荡。

路西法的形象浮现在他脑中：一个直径为二十米的火球，闪烁着白色、红色、金色和品蓝色的光辉，火焰在舞动，像美杜莎的一绺绺发辫，后面燃烧着的彗尾足有一百米长。光辉灿烂，荣华壮丽，如地狱的一角。让他心烦意乱的，并不仅仅是想到有这么个东西在跟飞船并速前进那么简单。

1. 物理学和医学用语。指光子能量高于一定阈值的伽马射线、X 射线和贝塔射线。比能量较低的“软辐射”穿透力强，对生物体的破坏力大。

2. 在本篇的创作年代，仪表和控制器多半还是用的指针式表盘，圆形的盘面当中细长的指针犹如蛇的竖瞳。

他内心坚信科学解释，尽管这些解释比瞎猜也好不了多少。在御夫座 ε 的聚星系[1]里，在充满了气体和能量的宇宙空间中，发生了些没有任何实验室能模拟的变化。行星上的球状闪电也许与此类似，程度大概跟在原初海洋里形成的简单有机化合物和最终演化出的生命之间的类似度差不多。在御夫座 ε，磁流体力学[2]完成了化学在地球上完成的使命。稳定的等离子体涡旋出现，繁衍，复杂度增加，直到数百万年以后，它们变成了某种你不得不称之为生物的存在。这种存在由离子、核和力场构成。它们利用电子、核子、X 射线进行新陈代谢；在很长的生命周期中维持机体的结构而不发生变化；会繁殖；会思考。

但思考的是什么呢？能跟御夫座生物交流的心灵感应者寥寥无几，是他们让人类第一次知道御夫座人的存在，可这问题他们从没说清过。他们本身也是一群古里古怪的家伙。

因此，西利船长说："我要你把这个信息传递给他。"

"遵命，长官。"埃洛伊斯调低了录音带播放器的音量。她的目光失去了焦点。信息通过她的耳朵传入，然后她的大脑（这个转换器的效率如何？）把意义发送给外面的路西法，此刻他正驾驭自己的反冲驱动装置与"乌鸦号"并肩飞驰。

"听着，路西法。我知道，你以前多次听过这一番话，但是我要确认你完全明白了。你的心理观念一定与我们的大相径庭。你为什么同意跟我们一起来呢？我不明白。瓦格纳技术员说你富于好奇心，又喜欢冒险。原因只有这些吗？

"不过没关系。半小时后我们要进行跳跃。我们将进入距离超新

1. 一般指拥有三颗以上恒星的星系，有时也包括双星系。御夫座 ε 古称柱一星，一般被认为是包含大量气体和尘埃的双星系。
2. 研究导电流体的电磁性质的学科。

星五亿公里的位置。到那以后你就要开始工作了。你可以到我们不敢涉足的地方，观察我们无法观察的事物，告诉我们仪器永远都无法提供的线索。但首先我们必须确认我们能够停留在环绕那颗星体的轨道上。这也关系到你。死掉的人类是无法再把你送回家的。

“还有。为了把你包围在跳跃场中而不干扰你的躯体，我们不得不关掉屏蔽盾。我们将出现在一个能致人死命的辐射区里。你必须迅速撤离飞船，因为我们会在跃迁后六十秒之内开启屏蔽发生器。然后你必须调查邻近地区。要寻找的危险因素包括——”西利将其罗列一番，“这些仅仅是我们所能预见的。也许我们会撞上不曾预见的其他太空垃圾。如果有什么东西看起来有危险，立刻返回，提醒我们，并做好跳跃返回这里的准备。你明白了吗？复述一遍。”

一个个单词从埃洛伊斯的嘴里蹦了出来。复诵无误；但她遗漏了多少呢？

“很好。”西利迟疑了一下，“乐意的话，继续开你们的音乐会吧。但倒计时十分钟的时候必须停下来，原地待命。”

“遵命，长官。”她没有看他。她看起来似乎没有看着任何地方。

咔嗒咔嗒，他的脚步声沿着走廊前行，而后消失了。

——他为什么要反复地说同样的事情呢？路西法问道。

“他在害怕。”埃洛伊斯说。

“我猜你不懂得什么是害怕。”她说。

——你能给我演示一下吗？……不，不要。我感觉那会让你受到伤害。不能让你受到伤害。

“有你的思维包围着我，我也害怕不起来啊。”

（一股暖流注入她的心中。其中有着喜悦，如小火苗在跳舞，像是某个夏日，父亲拉着还是个孩子的她的手一起出去采摘野花的回忆；满溢的力量、温柔、巴赫、还有上帝。）路西法绕着船体飞掠，划出一道兴高采烈的曲线。火花在他的尾流中雀跃。

——请你再想想鲜花吧。

她想了。

——鲜花就像（一幅图像，就人类的大脑所能领会的来说，类似于一片光明，到处都是光明，其中色彩斑斓的伽马射线喷涌而出[1]）。但是如此微小。如此短暂的甜蜜。

“我不明白，你怎么能明白这些。”她轻声低语。

——是你代我明白的。在你来到之前，我没有那种东西可以爱。

“可是你有许多其他东西可以让你爱呀。我也想分享，但造物注定了我就不能理解恒星。”

——我天生也不能理解行星。不过我们可以自行接触。

她的脸颊又发烧了。思想滚动着，将自己的旋律和行进中的音乐编织在了一起。

——这就是我为什么要来，你知道了吧？为了你。我是火和空气。我从未体验到水的凉爽、土的坚忍，直到你向我揭示。你是海洋上的月光。

“不，别这样，”她说，“拜托。”

困惑不解：——为什么不？难道欢乐会伤害你吗？你不习惯欢乐？

“我，我想是这么回事吧。”她猛地扬起头颅，“不！我才不会为自己感到可怜！”

——为什么要那样？我们不都是真真切切地活着吗？生活不是充满阳光和歌声吗？

---

1. 路西法族人“眼中”的伽马射线暴。

"是的。对你来说是如此。教教我吧。"

——假如你反过来也教教我的话——思想中断了。但联系还在，缄默无言。她觉得，这种情况在情人之间一定是司空见惯的吧。

她朝着莫蒂拉尔·马赞达的巧克力色面孔怒目而视。这位物理学家正站在门口。"你想干吗？"

他吃了一惊。"只是来看看你是否一切都好，瓦格纳小姐。"

她咬住自己的嘴唇。马赞达曾努力对她表示友善，胜过飞船上大多数人。"抱歉，"她说，"我不是故意吼你的。太紧张了。"

"我们每个人都很烦躁。"他笑了，"尽管这次探险激动人心，但回家会更好，对吗？"

家，她想着。公寓里的四面墙，下方就是砰砰梆梆的城市街道。书籍和电视。下一次科学会议上她可能会提交一篇论文，但不会有人邀请她参加会后的派对。

我就那么可怕吗？她琢磨着。我知道我的外表实在不好看，但我一直努力让人感到愉快和有趣。也许我过于努力了。

——你跟我在一起的时候不是这样的，路西法说。

"你是不一样的。"埃洛伊斯对他说。

马赞达眨了眨眼。"你说什么？"

"没什么。"她慌忙说道。

"我一直在纳闷一件事，"马赞达在努力寻找话题，"假如说路西法飞到了相当靠近超新星的地方。那你还能跟他保持联系吗？时间膨胀效应，难道不会让他的思维频率改变得太厉害吗？"

"什么时间膨胀？"她强笑一声，"我可不是物理学家。只是个小小的图书馆管理员，恰好有种古怪的天赋。"

"没人跟你讲过吗？奇怪，我以为人人都知道了呢。强大的引力场会影响时间，就像极高的速度一样。大体而言，事件的发展过程要比外头太空里缓慢。这就是为什么来自巨大恒星的光多少有点儿红移。而我们面前这颗超新星核的质量差不多有太阳的三倍大。再有，它的密度已经如此之大了，以至于它表面的引力，呃，高得惊人。因此按照我们的时钟来看，它收缩到史瓦西半径得耗费无限的时间；但是一名在星体上的观察者将会在一个相当短暂的时间里经历整个过程。”

“史瓦西半径？劳驾解释一下。”埃洛伊斯意识到这是路西法通过她在说话。

“我尽力不涉及数学。你知道，我们准备研究的这个大家伙，它这么巨大，密度又这么高，没有任何动力能胜过它的引力。没有什么能平衡它的引力。因此这个过程将持续下去，最终没有任何能量可以逃脱。这颗星体将从宇宙中消失。事实上，从理论上说，收缩将一直延续，直到体积为零。当然，正如我说过的，从我们的角度看来，这个过程需要无限长的时间。而且这种理论忽略了量子力学方面的因素，这些因素在过程将近结束的时候会起作用。这方面我们仍然不是很清楚。我希望，通过这次探险，我们能获得更多的知识。”马赞达耸耸肩膀，“无论如何，瓦格纳小姐，我一直在寻思，当我们的朋友在那颗星体附近的时候，由此而来的频率变化是否会阻碍他跟我们的联络。”

“我对此表示怀疑。”仍然是路西法在讲话，她成了他的喉舌，她从不晓得为一个自己在意的人效劳是这么愉悦。“心灵感应不是一种脑波现象。因为传输是即时的，它不可能是脑波现象。它看起来也并不受距离的限制。相反，心灵感应是一种共鸣。一旦频率对上了，哪怕隔着整个宇宙，我们俩也完全可以继续保持联络，我不知道有任何能干扰这种联系的物质现象。”

“我明白了。”马赞达朝她看了好半天。“谢谢你，”他不自在地说道，“啊……我得回我自己的岗位上去了。祝你走运。”他没等埃洛伊斯回答就匆匆离去。

埃洛伊斯一无所觉。她的心化为一支火炬、一首欢歌。“路西法！”她大声喊道，“那是真的吗？”

——我想是的。我所有的同族都是心灵感应者，因此这类事情上，我们所知的比你们多。我们的经验让我们认为并不存在任何限制。

“你能永远与我同在吗？你将永远与我同在？”

——假如你愿意这样，我将大为喜悦。

彗星体跳跃着，舞动着，烈火构成的大脑低声欢笑。——是的，埃洛伊斯，我非常乐意一直与你同在。其他人谁也不曾——欢乐。欢乐。欢乐。

路西法，他们给你的命名比他们以为的更好。她想这么说，也许真的说出来了。他们觉得这是个笑话；他们觉得用魔鬼的名字称呼你，就可以妥帖地让你跟他们一样渺小。可路西法并不真的是魔鬼的名字。这名字的意思其实是“传递光明者”。有一段拉丁祈祷文甚至称基督为路西法[1]。宽恕我吧，上帝，我不由自主想到这些。你介意吗？他不是基督徒，但是我想他不必成为基督徒，我想他一定从未体验过原罪。路西法，路西法。

她让曲声高扬，直到许可的时间用完。

飞船跳跃了。世界线[2]的参数变换，她跨越了二十五光年的距离，靠近毁灭。

1.《启示录》中降临的基督即自称“晨星”，和“路西法”为同义词。

2. 物理学术语，指物体在四维时空中行进的轨迹。

人人都是独自体验到跳跃的感受，唯独埃洛伊斯除外，她跟路西法一起经历了这一跃。

她感受到冲击，听到被蹂躏的金属发出尖啸，闻到臭氧和烧焦的味道，在失重环境中踉跄着无止境地下落。她头晕目眩，摸索着内部通信机。传来尖锐刺耳的话音："……装置出现反向电动势激波……我怎么会知道要怎么解决那该死的状况？……稍候，稍候……"紧急警报响彻全船。

畏惧在她心中涌起，直到她抓住挂在脖子上的十字架，抓住路西法的思想。于是她放声大笑，以他的力量自豪。

他在抵达此地后就迅速地离开了飞船。现在他正在和飞船同步的轨道上飘飞。周围的太空中遍布星云，充满了变幻不定的彩虹。在他眼里，"乌鸦号"飞船并不是人类的眼睛看见的那个金属圆筒，而是一片流光，屏蔽盾将整个光谱都反射到外面。前面就是超新星核，在这个距离上看十分渺小，但很亮，很亮。

——无须恐惧（他抚慰着她）。我了解状况。爆炸刚过不久，被扰动的范围很广。我们出现在一个等离子特别密集的地区。在护卫场重新建立之前，你们船体外面的主发动机暂时得不到保护，短路了。但是你们是安全的。你们可以修好它。而我，我正处于能量的海洋里。从没像现在这样充满活力过。来吧，跟我一起在这些潮头里遨游。

西利船长的声音把她拽了回来。"瓦格纳！告诉那个御夫座人开始工作吧。我们发现了一个辐射源，处于一条拦截轨道[1]上。它的辐射太强，我们的屏蔽层可能抵挡不住。"他详细述说了辐射源的坐标，"那到底是什么？"

1. 军事用语。指将会跟目标（这里是飞船）相碰撞的轨道。

埃洛伊斯第一次从路西法心中感觉到了惊慌。他转了个弯，离开飞船，拖着光尾疾驰而去。

不久以后他的思想就向她传来，清晰度并未稍减。她跟他一起见到的景象壮丽而又恐怖，无可名状：那是一个直径百万公里的离子化气体球团，光焰腾腾，电弧跃动，隆隆轰鸣着在包围星体裸核的尘云中穿行。这东西不可能发出声音，因为按照地球那边的标准来衡量，这里的太空仍然差不多是真空；但她确实听见了它的轰鸣，感受到了它喷吐出的怒气。

埃洛伊斯代路西法说道："一大团被射出的物质。其径向速度肯定已经或因摩擦而损失，或者转化为静态势能了。被吸入一条类彗星轨道，靠内势能暂时结合在一起。简直好像这颗恒星还在试图诞生行星——"

"在我们能够开始加速之前，它就会撞到我们，"西利说，"并让我们的屏蔽盾超载。如果你懂得什么祈祷文的话，那就念吧。"

"路西法！"埃洛伊斯叫道；因为她还不想死，既然路西法肯定会活下去。——我想我能使它发生足够的偏转，路西法对她说话的时候，那种严峻的态度是迄今为止埃洛伊斯在他那儿从未遇到过的。——用我自己的场来跟它混在一起；然后吸收自由能；然后一个不稳定的结构[1]；是的，也许我能帮助你。但帮帮我吧，埃洛伊斯。跟我并肩战斗。

他明亮的躯体飞向那毁灭者巨大的形体。

埃洛伊斯感觉到那东西混乱的电磁场抓住了他的。她感觉到他被抛掷、被撕扯。那痛苦是她的。他竭力抗争，以保持自己的形体完整，那抗争也是她的。御夫座人和气云，他们连成了一体。塑造

1. 原文如此。路西法说话的方式有些怪异，此处尤甚。

他形体的力量就像胳膊在扭打；他从自己的核心倾出能量，拖拽着那团巨大而稀薄的物质跟自己一起，顺着恒星中劲吹而来的电磁激流前行；他吞咽原子，又将它们猛力吐出，喷溅的射流横跨天空。

她坐在自己的斗室中，尽力给他输送求生和求胜的欲望。她用双拳捶击着桌子，捶得血迹斑斑。

时光在喧闹中流逝。

最终，她只能勉强捕捉到精疲力尽的他颤抖着发来的消息：——胜利了。

“你的胜利。”她哭泣着说。

——是我们的。

通过仪器，人类看到那发光的死亡从他们旁边经过。飞船里爆发出一片欢呼。

“回来吧。”埃洛伊斯恳求说。

——我回不来。我消耗太大了。我们，那团云和我，已经融合在一起，正朝那颗恒星跌落。（好像有只受伤的手伸过来，抚慰她：）别为我担惊受怕。等我们离恒星再近些的时候，我会从它的光辉中吸取到新的力量，从星云中吸取到新的物质。我会需要一点时间，回旋然后摆脱引力。我怎么可能会不回到你身边呢，埃洛伊斯？等着我。休息。睡吧。

飞船上的同事们把她带到医务室里。路西法给她送来了许多梦，梦里有火焰之花、有欢笑，还有他的家，那些恒星。

但最后她尖叫着惊醒了。医生不得不给她施用大量镇静剂。

路西法之前并不真的明白，面对强大得令时空本身都被扭曲的力量将意味着什么。

他的速度突然猛增。以他自己的角度而言是突然的；从“乌鸦号”的角度，人们看见他跌落的过程持续了好几天。物质的属性改变了。他无法得到足以逃逸的反推力或者速度。

辐射线，裸原子核，不断反复生生灭灭的粒子[1]，如冻雨般呼啸着穿透他的身体。他体内的物质被剥离，一层接一层。超新星那白炽的星核就在他面前。他靠近星核的同时，它还在收缩，体积越来越小，密度越来越大，亮得测量辉度已经毫无意义。最后，引力完完全全控制住了他。

——埃洛伊斯，他在被分崩离析的极度痛苦中尖叫着——啊，埃洛伊斯，救救我！

星核吞没了路西法。他被拉扯到无限长，被压缩到无限薄，然后随着它一起消失，不复存在。

飞船小心翼翼地探索着前方区域。还有许多东西需要人们学习。

西利船长到医务室来探望埃洛伊斯。以身体而言，她正在恢复健康。

“我要说，他是条好汉，”他在机器的嗡鸣中严肃地说道，“虽然这远不足以表达感激之情。我们都并非他的亲族，可他却为拯救我们而死。”

埃洛伊斯望着他，双眼干涩，看起来不太自然。船长只能勉强分辨出她的回应。“他是个人[2]。那他岂不是也有不朽的灵魂吗？”

“哦，呃，是的，如果你相信有灵魂的话，是的，我同意。”

她摇了摇头。“但为什么他无法进入安息呢？”

他朝周围瞟了一眼，想找医生，但发觉在这狭小的金属房间里

1. 部分基本粒子如介子等在自由态下的寿命极短，但在高能环境中消失后又会产生新的。
2. 这里和上文的“好汉”原文是同一个词，故埃洛伊斯有下面的问题：在基督教文化中认为“人”才是有不朽灵魂的，其他智能生物没有。

只有他们俩。“这话是什么意思？”他勉强拍了拍她的手，“我知道，他是你的好朋友。不过，他肯定死得安然。干净利落；我不介意以那种死法逝去。”

“对他来说……是的，我想是这样。应该如此。但是——”她说不下去了。忽然她捂住了自己的耳朵。“停下！求你了！”

西利哄她安静下来，然后离开了。在走廊里他遇见了马赞达。“她怎么样了？”物理学家问道。

船长眉头紧锁。“不妙。我希望在我们把她交给精神病医生之前她不要完全垮掉。”

“为什么？出什么问题了？”

“她认为她能听到他的声音。”

马赞达把拳头砸进自己的掌心。“我还指望不会这样的。”他深吸一口气。

西利振作精神，等待着下面的话。

“她是听到了，”马赞达说，“显然她确实听到了。”

“但那不可能！他已经死了！”

“别忘了时间膨胀现象，”马赞达答道，“他从空中跌落，然后迅速湮灭了。但那是按超新星上的时间算的。我们的时间则不同。对我们而言，星体最后的塌陷需要花费无数个年头。而心灵感应不受距离限制。”这位物理学家开始快步远离那边的船舱，“他将永远与她同在。”

（何锐　译）

奈特手笔

由于科幻小说在科幻以外的文学世界里遭到普遍忽视，它不得不培养自己的评论家，发展独属科幻的评论标准。与该领域内的作家、编辑、书志学家、索引编辑和研究人员一样，科幻评论家大多也出自科幻本身，来自科幻读者和科幻迷之中。

最早的一批学者对杂志视而不见。菲利普·B. 戈夫[1]于1941年推出了研究书籍《非韵文小说中的幻想之旅》（*The Imaginary Voyage in Prose Fiction*），其研究对象仅截止到1800年；玛乔丽·霍普·尼科尔森[2]于1948年出版的研究专著《月球之旅》（*Voyages to the Moon*）助益非凡，但即便是这部作品，也止于航天技术即将出现之前。J. O. 贝利[3]发表于1947年的《穿越时空的朝圣者》（*Pilgrims Through Space and Time*）对科幻小说进行了开拓性的调查，但对于存在近

1. 学者，辞典编纂家，韦氏第三版新国际英语大词典主要编纂者之一。
2. 美国文学学者。她的作品《月球之旅》主要研究“人类对宇宙进行推论的历史”，其中涉及卢西安、西塞罗、普鲁塔克、拉伯雷、塞万提斯、米尔顿、多恩、斯韦登伯格、卢梭、凡尔纳、爱伦·坡、威尔斯和刘易斯等人的太空航行相关观点。
3. 文学教授，研究对象涵盖爱伦·坡、托马斯·哈代、科幻与反乌托邦小说等一系列内容。

二十载的科幻杂志只给出了一点笔墨。另一方面，雷金纳德·布莱特诺 1953 年的重要论文集《现代科幻》却是由科幻作家撰写、编辑的。

作家们不能指望在报纸、杂志或期刊上见到评论，但他们依然可以收到读者反馈。科幻迷们会在科幻大会上与他们进行交流，在粉丝杂志上介绍他们，向他们致信，也给专业杂志写信介绍他们的作品。这样大量的读者反馈前所未有。

然而，科幻迷的反馈无法满足科幻批评的需求。此类评论极受欢迎却不成体系，有时还显得肤浅无知。于是杂志创建了自己的评论专栏。其中最好的那些栏目成功地将好书佳作推到了读者跟前。P. 斯凯勒·米勒[1]一直为《惊异》与《类比》杂志主持“参考文献阅览室”栏目，直至逝世；安东尼·鲍彻在其《奇幻与科幻杂志》的文学批评中引入了广义文学标准；其后阿尔吉斯·布德里斯给《银河科幻》杂志的书评栏目带来了与众不同的特色。最后，连《纽约时报》也为科幻评论开启了定期专栏。

学术界自 1960 年开始注意科幻小说，先是金斯利·艾米斯的《地狱新图》，接着是布鲁斯·富兰克林的《将来完成时》[2]（*Future Perfect*，1966）、马克·希莱加斯的《未来噩梦：H. G. 威尔斯与反乌托邦》（*The Future as Nightmare: H. G. Wells and the Anti-Utopians*，1967）、托马斯·D. 克拉里森的《科幻：现实主义的另一面》（*SF: The Other Side of Realism*，1971），以及罗伯特·斯科尔斯的《结构性寓言小说》[3]（*Structural Fabulation*，1975）。但科幻批评的基础极大

1. 美国科幻作家与评论家。

2. 副标题为“十九世纪的美国科幻”（American Science Fiction of the Nineteenth Century），富兰克林在书中将华盛顿·欧文、爱伦·坡、霍桑、梅尔维尔等美国作家定性为科幻小说的先驱。

3. 副标题为“一部关于未来小说的论文集”（An Essay on Fiction of the Future），此处的寓言小说（Fabulation）一词为斯科尔斯专推的文学批评术语，用以描述 20 世纪流行的那种近于魔幻现实主义的小说品类，区别于传统的现实主义文学（Realism）与传奇故事（Romance）。

程度上是由科幻小说内部的两位作家奠定的，他们了解批评的必要性。这两人便是达蒙·奈特与詹姆斯·布利什，他们认为科幻小说应该被赋予更高的评判标准，而非止于科幻迷的盲目赞扬或责备。

奈特于1945年进入文学批评领域，当时他为拉里·肖（Larry Shaw）的粉丝杂志《命运之子》（*Destiny's Child*）撰写了一篇典型（且多少有些不公）的诽谤性文章，攻击A. E. 范·沃格特的作品《超时空世界》（*The World of Null A*）。随后，他开始为自己存续时间不长的专业杂志（区分于粉丝杂志）《远方的世界》[1]（*Worlds Beyond*，1950）撰写评论，后来更为《太空科幻》（*Space Science Fiction*）、《科幻冒险》、《如果》、《奇幻与科幻杂志》等杂志撰写评论。

布利什主要为粉丝杂志撰写评论，他曾以笔名小威廉·阿塞林（William Atheling, Jr.）为里德·博格斯[2]的《天钩》（*Skyhook*）与拉里·肖的《斧头》（*Axe*）撰写文章；他也为理查德·伯杰隆的《沃霍恩》[3]、迪克与帕特·卢波夫[4]的*Xero*撰写评论；后来还为《科幻论坛》[5]、《奇幻与科幻杂志》、《科幻边界线》撰写评论。

布利什与奈特二人的评论文章被降临出版社[6]汇编出版，这是一家粉丝出版社，专门出版科幻领域的相关书籍，至今已四十余载。粉丝出版社是科幻领域的又一反常现象。奈特的评论文章被汇编为评论集《寻找奇迹》（*In Search of Wonder*，1956），并于1967

---

1. 由达蒙·奈特主编，是区分于粉丝杂志（fanzine）的专业文摘杂志（prozine）。
2. 博格斯与肖皆为著名的科幻粉丝杂志编辑。
3. 著名科幻粉丝杂志，曾获雨果奖最佳粉丝杂志奖。沃霍恩（Warhoon）出自埃德加·赖斯·巴勒斯“火星系列”中的巴索恩（Barsoom）世界，是一个虚构的绿皮火星种族。
4. 两人是一对夫妻，前者通常以理查德·A. 卢波夫（Richard A. Lupoff）见知，是著名的巴勒斯迷与洛夫克拉夫特迷。二人创办的粉丝杂志*Xero*曾获雨果奖最佳粉丝杂志奖，“Xero”为“Zero”异体，是编辑生造词。
5. 奈特与布利什创建的著名期刊杂志。
6. 降临出版社（Advent Press）由芝加哥大学科幻俱乐部成员创立，主要发表科幻相关内容，包括科幻批评、科幻史、科幻文献等。该出版社成立于1955年，文中称“至今已四十余载”是按本书英文版再版年代计算的。

年再版，内容也有所扩展；布利什的评论文章则被汇编为《紧迫问题》（*The Issue at Hand*，1964）与《更多紧迫问题》（*More Issues at Hand*，1970）。

布利什和奈特皆是杰出的作家。他们也曾为文学出版社工作，做过杂志编辑，并为科幻创作与科幻生产进行其他相关活动，包括出版粉丝杂志，奈特还曾绘制过科幻插画。

不过布利什最广受认知的身份仍是作家，代表作“飞城”系列尤为闻名，这个系列始自《地球人，我们回家》（*Earthman，Come Home*，1955），后续包括《他们将拥有星辰》（*They Shall Have Stars*，1957）、《在时空的尽头凯旋》（*The Triumph of Time*，1958）和《流浪星海》（*A Life for the Stars*，1962）。[1] 他还撰写了许多优秀短篇故事和其他长篇小说，例如《黑色复活节》（*Black Easter*，1968）和有关罗杰·培根的历史小说《神奇博士》（*Doctor Mirabilis*，1964）。[2] 讽刺的是，使他进一步扬名于世的作品很可能是《星际迷航》，在生命的最后几年里，他为这个系列撰写了一系列小说。

尽管奈特创作过一些有趣的长篇小说，包括《地狱行道》（*Hell's Pavement*，1955）、《人类创造者》[3]（*The People Maker*，1959）、《太阳破坏者》（*The Sun Saboteurs*，1961）和《意识交换》（*Mind Switch*，1965），他更受承认的身份仍是评论家（他曾于1956年获得雨果奖最佳评论奖）、短篇小说作家、编辑、选集编辑和传记作家。他与纽约的“未来派”科幻粉丝群过从甚密，并于1977年撰写了一部相关记事[4]。最终，他转向了选集编辑工作，并耕耘不辍，取

---

1. 此为小说出版顺序，与作品时间线不完全一致。
2. 这句话中的两部小说皆涉及宗教题材，与《事关良心》一同被收录进布利什的宗教题材选集《既已知晓》（*After Such Knowledge*，1991）。
3. 此为1959年初版小说名，该书再版时更名为《一切的一》（*A for Anything*）。
4. 题为《未来派》（*The Futurians*）。

得了极大的成功，1966 年至 1980 年间的初版小说年刊《轨道》成绩尤为突出，在过去十年间，该年刊为某些最优秀、最富实验性的小说提供了发表平台。1981 年，奈特携作品《彼世界与索林》（*The World and Thorinn*）回归长篇小说领域。此后，他又相继发表了长篇小说《树中之人》（*The Man in the Tree*，1984）、海上冒险三部曲（the CV trilogy）与《鸟儿为何》（*Why Do Birds*，1992）。

奈特帮助建立了米尔福德科幻作家协会，他同时也是美国科幻作家协会首任主席和该协会所主持的星云奖最佳作品集首任编辑。他娶了凯特 · 威廉（Kate Wilhelm）为妻，后者本身也是一位杰出的科幻作家，其作品《策划人》（"The Planners"）获得了 1968 年的星云奖最佳短篇小说奖，长篇小说《迟暮鸟语》（*Where Late the Sweet Birds Sang*）则获得了 1977 年的雨果奖。

奈特的知名短篇作品包括《为人类服务》、《黯然消逝》、《陌生人驿站》、《侍应生》、《善人之国》、《管理人》与《面具》,《面具》（"Masks"）1968 年 7 月发表于《花花公子》杂志之上。

（穆童、憬怡　译）

面具

[美国] 达蒙·奈特

八支记录笔在移动着的纸带上来回摆动，就像某种机器龙虾在不安地挥动着钳子。技术员罗伯茨对着纸带上画出的轨迹皱起了眉头，旁边的两个人一言不发地看着。

“这里是苏醒搏动。”他用细瘦的手指头指了指，“然后是这里，看，又过了十七秒，还在做梦。”

“是延迟反应。”项目总监巴布考克说。他两颊泛红，满脸疲惫，整个人都在流汗。“没什么好担心的。”

“好吧，就算是延迟反应，不过你看波形图上的这些差异。这里还在做梦，在苏醒搏动之后，不过波峰靠得更紧了。不是同样的梦。这个梦更紧张，肌肉运动脉冲更多。”

“为什么他还需要睡觉？”西内斯库问。他来自华盛顿，长着一张黝黑的瘦脸。“疲劳毒素你们都冲掉了吧，不是吗？所以是什么原因，某种心理因素吗？”

“他需要做梦。”巴布考克说，“确实他在生理上没有睡眠的需求，不过他必须得做梦。如果没有梦，他就会产生幻觉，甚至可能精神错乱。”

“精神错乱。”西内斯库说，“好吧——这确实是个问题，不是吗？他这样多久了？”

“大概六个月。”

“也就是说，大概就是他获得新身体——并且开始戴面具这段时间？”

“差不多吧。哦，还有件事得告诉你，他神志清楚，每项测验——”

“是，好的，测验的事我知道。嗯——他现在是醒了吗？”

技术员看了一眼监控显示器，“他醒了。萨姆和伊尔玛在他旁边。”技术员弓着背，又看了看脑电图波形，“我也不知道自己在担心什么。按理说，要是他自己有做梦的需求，而我们那些编程的东西又没有办法满足他，这里就是他做那些梦的地方，那这些梦就是他获得满足的地方。”他的表情严肃了起来，“我不知道。这些波峰里有种我不喜欢的东西。”

西内斯库抬起眉毛，“你们给他的梦编程？”

“不是编程。”巴布考克有些不耐烦地说，“只是常规性的暗示，好让他梦到我们想让他梦到的东西。跟肉体有关的东西，性、锻炼、运动。”

“那是谁的主意？”

“心理学部门的。他的情况很好，不论是神经功能方面还是其他方面，但他正变得越来越冷漠孤僻。心理学部门认为，他需要某种形式的肉体信号输入，我们必须跟他保持联系。他还活着，机能正常，所有一切都正常。但是别忘了，之前他有四十三年时间都是在一具正常的人类躯体中度过的。”

静默的电梯中，西内斯库说：“……华盛顿那边。”

巴布考克摇晃着说：“抱歉，你说什么？”

“你好像有点虚弱啊。没睡觉吗？”

“有段时间没睡了。你刚才说什么？”

“我说他们对你的报告不满意，华盛顿那边。”

“见鬼，我就知道。”电梯门轻轻打开，外面是一间小门厅，绿色的地毯，灰色的墙壁。里面有三扇门，一扇金属的，两扇厚玻璃的。空气有些凉，不太新鲜。“这边。”

西内斯库停在玻璃门前，朝里面看了一眼：铺着灰色地毯的起居室，空无一人。“我没看到他。”

“在侧房吧。做每天早上的例行检查。”

门打开时有股轻微的阻力，他们进了屋，天花板上的一组顶灯亮了起来。“别抬头看。”巴布考克说，“紫外线。”房门关闭时，轻微的嘶嘶声也跟着停止了。

“室内还是正压？为了阻隔病菌吗？这是谁的主意？”

“他的。”巴布考克打开墙壁上的铬合金盒子，取出两副外科口罩，“给，把这个戴上。”

模糊的说话声从房间转角处传来，西内斯库一脸厌恶地看了看白口罩，慢慢戴到了脸上。

两个人注视着彼此。“病菌。”西内斯库透过口罩说，“这么做合理吗？”

“好吧。他不会患感冒之类的毛病，不过你想一下，只有两样东西会让他丧命。一是假体崩溃，这个由我们监控。这里足有五百人，我们给他做检查时就像检查飞机一样。剩下的就是脑脊髓感染，所以看问题不要太僵化了。”

房间很大，一部分是起居区，一部分是图书区，一部分是工作区。这边放着一组瑞典现代派座椅，有沙发、咖啡桌；那边放着一个工作台，有金属车床，电坩埚、钻床和零件箱，墙壁挂架上还挂着工具；这边放着一张绘图桌；那边是一道书架组成的隔墙，两个人走过时西内斯库还好奇地用手指摸了摸。架子上都是些项目报告合订本、技术期刊和参考书。除了套着破旧蓝色封皮的《绿野仙踪》和乔治·斯图尔特的《火》与《风暴》外，没有别的小说。书架后侧有间小凹室，内有一扇玻璃门，透过玻璃门可以看到另一间起居室，里面的布置完全不同：有垫着软垫的椅子，还有插着一簇细高蔓绿绒的陶罐。

“萨姆在那儿。”巴布考克说。

一个男人出现在那间起居室，看到他们后，那人转身朝他们看不到的地方招呼了一声，然后就笑着向他们走了过来。他身材矮壮，肤色晒得黝黑，秃顶。在他身后，一个身材娇小的漂亮女士快步跟了上来。女士紧跟在丈夫身后穿过房门，并让门敞开着。两个人都没有戴口罩。

“萨姆和伊尔玛住隔壁套间。”巴布考克说，“可以陪陪他，他需要有人在跟前。萨姆是他以前在空军时的老朋友，而且，他的胳膊也是假肢。”

矮壮的男人笑着跟他们握了握手，他握手时很有劲道，也很热情，“要不要猜猜是哪只手？”他穿着一件花运动衫，两条手臂都是棕褐色的，肌肉发达，汗毛浓密。不过更仔细观察后，西内斯库发现右边的颜色微微有些不同，不那么自然。

西内斯库有些尴尬地说：“左边吧，我猜。”

“猜错了。”矮壮男子笑得更厉害了，他卷起右侧袖管，露出绑带。

“这也是这个项目的副产品之一。”巴布考克说，“肌电伺服控制，和另一边的重量完全一样。萨姆，他们里面快完了吧？”

“大概快了吧，咱们瞅瞅。亲爱的，能不能麻烦你给几位先生们来点儿咖啡？”

“哦，当然，没问题。”娇小的女士转身穿过敞开的门口走了回去。

对面的墙是玻璃的，上面挂着一扇半透明的白色帘子。他们转过拐角，下一个隔间里满是医疗电子设备，有些是直接内建在墙壁里的，有些则装在高大的黑色橱柜中，底下还带有滚轮。四个身穿白大褂的人正围在一个看起来像是宇航员座椅的东西旁。西内斯库能看到有个人正躺在上面：脚穿墨西哥皮革编织鞋，深色袜子，灰色休闲裤。周围不时传来一阵窃窃私语。

“看来还没结束。”巴布考克说，“估计是又发现什么他们不喜欢的了。我们还是先到露台上待会儿吧。”

“我以为他们都是晚上给他做检查的——就是给他做换血之类的时候……？”

“晚上确实做。”巴布考克说，“不过早上也有一次。”他转身推开厚玻璃门。门外，屋顶上铺着整齐的石板，四周环绕着有色玻璃墙，上面盖着绿色的塑料天棚。四周散落着一些水泥盆，都是空的。“原来是想在外面弄个屋顶花园的，种些绿色的东西，不过他不要。我们只好把植物都弄走，用玻璃墙围了起来。”

萨姆抽出围在一张白色桌子旁的几把金属椅子，他们都坐了下来。

“他现在怎么样，萨姆？”巴布考克问。

萨姆咧嘴一笑，忽地低下了头，“上午脾气不好。”

“跟你说话多吗？下不下棋？”

“不多。主要是干活。也看点书，偶尔看看电视。”他有些勉强地笑了笑，粗壮的手指交叠在一起。西内斯库看到他一只手的指尖颜色变深了，另一只手则没什么变化。他别开了视线。

“你是从华盛顿来的，对吧？”萨姆彬彬有礼地问，“第一次来这儿？稍等。”他从椅子上站了起来。几个人影从挂着帘子的玻璃门后走过。“看起来他们结束了。两位先生请在这里稍等片刻，我去确认一下。”说着，他大步穿过屋顶走了回去，剩下两人静静地坐在那里。巴布考克拉下了外科口罩；西内斯库注意到后也照做了。

“萨姆的夫人是个问题。”巴布考克靠近了一些，说，“当初都觉得是个好主意，不过她在这里很寂寞。她不喜欢这样——又没有孩子——”

门又打开了，是萨姆。他戴着口罩，不过只是挂在下巴下面，“先生们，可以进来了。”

起居区内，身材娇小的女士正在用雕花瓷壶倒咖啡，她的脖子上也挂了一副口罩。尽管一脸笑容，但她看起来并不高兴。她对面坐着一个高个子，那人身穿灰色衬衫和休闲裤，靠在椅背上伸着双腿，双手搭在椅子扶手上，一动不动。他的脸感觉有点怪。

“嗯，好啦。”萨姆热情地叫道。他的妻子抬起头看了看他，一脸苦笑。

高个子扭过头，西内斯库不由得打了个寒战——他有一张银质的脸，是一张金属面具，只在双眼处有两个椭圆形细缝，没有鼻子和嘴，只有平滑过渡的曲线。“……项目的。”一个非人类的声音说。

西内斯库发觉自己正半弯着腰扶在一把椅子上，于是赶紧坐了下来。所有人都在看他，那个声音继续道：“我刚才说，你是不是来叫停这个项目的。”那声音平板单调，不带任何感情。

“喝点咖啡吧。”女人把一杯咖啡推到了他的面前。

西内斯库伸出手去拿，但他的手在不住地发抖，于是他又把手收了回来。

“只是实地调研而已。”他说。

“胡扯。谁派你来的——辛克尔参议员？”

“正是。”

“胡扯。他自己来过，为什么还要派你？如果你是来叫停项目的，最好直接告诉我。”面具后的那张脸在说话时一动不动，声音不像是从那里面发出来的。

“他就是来看看，吉姆。”巴布考克说。

“一年两个亿。”那声音说，“就为了维持一个人的生命。没多少道理，对吧。喝吧，喝咖啡。”

西内斯库这才注意到，萨姆和他的夫人已经喝掉了他们的咖啡，并戴上了口罩。他赶紧伸手去拿自己的杯子。

“我这种程度的全残，津贴是每年三万，这笔钱可以让我自在生活，大概一个半小时。”

“没人打算终止这个项目。”西内斯库说。

“可以逐步削减。你说是不是要逐步削减？”

“注意礼貌，吉姆。”巴布考克说。

“好的，是我大错特错。你想知道什么？”

西内斯库啜了一口咖啡，他的手还在抖，“你戴的面具。”他开口道。

“没什么好说的，无可奉告，无可奉告。抱歉，不想无礼；个人隐私。问我点别的——”他忽然毫无预兆地站了起来，高声叫道，“把那个破玩意儿弄走！”萨姆夫人的咖啡杯打碎了，桌面溅上了棕色的咖啡。一只黄褐色的小狗正坐在地毯中央，歪着头，眼睛亮晶晶的，伸着舌头。

桌子倾斜了一下，萨姆的夫人踉跄着从桌子后面站了起来。她的脸都红了，眼泪也流了下来。她一把抱起小狗，停也不停地跑了出去。“我还是去看看她吧。”说着，萨姆也站了起来。

“去吧。哦，萨姆，休息几天。开上车，带她去温尼马卡，看个电影。”

“嗯，我想我会去的。”萨姆的身影消失在书架隔墙后。

高个子又坐了下来，动作跟正常人一样；它又以同样的姿势靠上椅背，双臂搁在扶手上，一动不动，握着木质扶手的双手形态匀称完美，但不太真实：指甲哪里不对。面具上方那精心梳理过的棕色头发是假发；两只耳朵是蜡质的。西内斯库手忙脚乱地拉上外科口罩遮住嘴巴和鼻子。“还是继续参观吧。”说着，他站了起来。

“说的是，我也想带你去工程部门和研发部门看看。”巴布考克说，“吉姆，我过会儿回来。想跟你谈一谈。”

“好的。”那个一动不动的身影说。

巴布考克已经冲过澡，但汗水还是再次浸透了衬衫的腋窝。静音电梯、绿地毯，有点污渍。空气偏凉，不太新鲜。七年，血汗和金钱，五百名优秀员工。心理学部门、整形部门、工程部门、研发部门、医疗部门、免疫学部门、供应部门、血清学部门、行政管理部门。玻璃门。萨姆的套间没人，他和伊尔玛去了温尼马卡。心理学部门。优秀员工，不过他们是最优秀的吗？三个最优秀的拒绝了这份工作。把这份档案置诸脑后。不是普通的截肢手术，这人把所有能切除的都给切除了。

高个子一直没有动过。巴布考克坐了下来，银面具转过来看了看他。

“吉姆，咱们开诚布公地谈谈吧。”

“不妙，哈。”

“确实不妙。我从他房间出来的时候给他留了一瓶酒。他走之前我会再和他见一面，天知道他回华盛顿后会说些什么。我说，帮我个忙，把那东西摘掉吧。”

“没问题。”高个子抬起手，捏住银面具边缘，揭了下来。面具下是一张黑里透红的脸，雕刻的鼻子和嘴唇、眉毛、眼睫毛，不帅，但也不难看，就是普通的样子。只有眼睛不太对头，瞳孔太大。再就是说话的时候嘴唇不会张开或移动。“所有东西我都可以拿掉，又能证明什么。”

“吉姆，整形部门花了八个半月在这款脸型上，可你一开始就拿个面具给盖上了。我们也问过你有什么不对，只要你说我们都可以改。”

“无可奉告。”

“之前你说过要逐步削减这个项目。你觉得自己是在开玩笑吗？”

短暂的停顿。“不是玩笑。”

“好吧，那就打开天窗说亮话。吉姆，告诉我；让我知道你的想法。他们不会终止这个项目。他们会让你活着的，但也仅此而已。志愿者名单上有七百人，其中还包括两名美国参议员。假设明天他们当中的一个被从一辆撞毁的汽车中拉了出来，我们可不能等到那时候再做决定是该让他就这么去死，还是把他放进像你这种全假躯体里。我们现在就得知道。所以还是跟我说说吧。”

“假设我跟你说了，但说的不是实话。”

“为什么要说谎呢？”

“跟你们对癌症病人说谎的理由一样。”

“我不明白，说清楚点，吉姆。”

“好，这么说吧。你觉得我看起来像个人吗？”

“当然像。”

“胡扯。看看这张脸。”冷静而完美。假虹膜下，金属片眨了下眼，“假设我们解决了其他所有问题，我明天就能去温尼马卡；你能想象我走在街上，进入酒吧，坐出租车。”

“就因为这个？”巴布考克深吸了一口气，“吉姆，有差别是肯定的。不过看在上帝的分上，这就跟其他假体一样——人们会习惯的。就像萨姆的假肢一样。你看得出来，但是过段时间就会忽略，不会再注意到。”

“胡扯。你们假装不会再注意到，只因为不想让那个残废难堪。”

巴布考克低头看着自己交叠的双手，“可怜自己了？”

“少跟我来这一套。”那声音叫道。高个子站了起来，双手慢慢举起，握紧拳头，“我被装在这玩意儿里，在这里面两年了。睡觉时在里面，醒来时，还在里面。”

巴布考克抬起头看着他，“你想要什么，能活动的面部？给我们二十年，也许十年就行，我们会搞定的。”

“不。不。”

“那你要什么？”

“我要你关掉整形部门。”

“可那是——”

“先听我说完。第一款样机看上去就像个裁缝用的假人，所以你们花了八个月改进出了现在这款，看上去就像具尸体。这整个项目就是为了让我看起来像个人，第一款样机还不错，第二款更好些，但那只是因为你们搞不出一款会抽雪茄会和女人调情会打保龄球而且没人能看得出跟真人有什么区别的样机。你们做不到，就算能做到，又有什么意义？”

“我不——让我想想。你的意思是，一具金属——”

“金属，当然，不过那又有什么区别。我说的是外观、功能，等一下。”高个子大步走过房间，打开壁橱，取出一卷图纸，走了回来，“看看这个。”

图纸上画的是一个长方形的金属匣子，下面安着四条有关节的腿。匣子一端伸出一个小小的蘑菇状的头部，安装在有关节的柄上，还有一簇机械臂，末端是探针、钻头、抓斗之类的东西。“用于月球勘探。”

“肢体太多了。”看了一会儿之后，巴布考克说，“你要怎么——”

“用面神经。还剩下很多。或者这个。”又一幅图纸。“可插入飞船控制系统的组件。这才是我的归宿，在太空中。无菌、低重力，别人去不了的地方我能去，别人做不了的事我能做。我能成为人类的财富，而不是这见鬼的耗资几十亿的累赘。”

巴布考克揉了揉眼睛，“之前你怎么都没提过？”

“你们那时候都沉迷于肢体修复。说了你们也会让我一边凉快去。”

巴布考克卷起那些图纸，他的双手在发抖。“嗯，以上帝的名义发誓，这可能真行得通。真有可能。”他起身朝门口走去。“继续——”他清了清嗓子，“我是说，坚持住，吉姆。”

“我会的。”

等到屋里只剩他一个人之后，他又戴上面具，闭合眼帘，一动不动地站了一会儿。体内，他的运行干净利落；他能感觉到机械泵那让人安心的低沉嗡嗡声，还有阀门和继电器的咔咔声。它们给了他这一切：清除所有的内脏，替换为不会流血不会渗漏不会化脓的机械。他又想起告诉巴布考克的那个谎言。为什么要对一个癌症病人撒谎？但他们永远都不会懂的，永远都不会明白。

他坐在绘图桌前，把一张图纸夹在上面，用铅笔勾勒起了他设计的月球勘探车的样子。画出勘探车的草图之后，他又画起了背景里的陨石坑。铅笔的动作越来越慢，最后停了下来。他啪的一声放下铅笔。

再也没有肾上腺朝他的血液里分泌肾上腺素了，所以他感觉不到恐惧和愤怒。他们已经替他免除了那一切——爱、恨，所有那些乱七八糟的东西——但他们忘了，还有一种情感他仍然可以感受到。

西内斯库，油腻的皮肤上戳着黑色的胡茬。鼻孔旁的褶皱处有颗小脓包。

月面的风景，干净而清冷。他又拿起了笔。

巴布考克，红润的大鼻子油光闪闪，眼角堆着白色的污垢。牙缝中还有食物的残渣。

萨姆的妻子，嘴上涂着覆盆子色的软膏，脸上满是泪水，一个鼻孔上挂着明亮的泡泡。还有那该死的狗，亮闪闪的鼻子，湿漉漉的眼睛……

他转过身，狗就在那，坐在地毯上，伸着湿乎乎的红舌头——又没关门——滴着口水，摇了两下尾巴，要站起来。他伸手拿过金属 T 形尺，后仰身体，像挥动斧头一样砍了下去，金属击碎骨头，狗呜咽了一声，一只眼睛喷出红色，四脚朝天，扭动，地毯上散开深色的尿渍，他又打了一下，又打了一下。

尸体躺在地毯上，扭曲着，血迹斑斑，撕裂的黑嘴唇后翻，露出牙齿。他用纸巾擦干净 T 形尺，在水槽里用肥皂和钢丝绒刷洗了一会儿，擦干，挂起来。他拿出一张图纸，铺在地上，把狗的尸体滚到纸上，没有溅出一滴血到地毯上。他拿起裹在图纸里的尸体，来到露台，上到没有顶棚的那一片，一路用肩膀推开门。他看了看墙外，两层楼面下，混凝土屋顶，通风口伸在那里，没有人看。他把狗端出去，让尸体顺着纸滑了下去，滚动着掉落。尸体砸中其中一个通风口，弹起，一片红色污迹。他把图纸拿回室内，将血倒进排水管，接着把纸扔进焚化炉滑道。

地毯上、绘图桌腿上、壁橱上、他的裤腿上，都有血迹。他用纸巾蘸温水一一擦拭干净。他脱掉衣服，仔仔细细检查了一遍，先在水槽里搓洗，又放进洗衣机。他清洗了水槽，用消毒剂把自己从头到脚擦洗了一遍，重新穿上衣服。他走进萨姆那静悄悄的套间，关上身后的玻璃门，经过盆栽的蔓绿绒、垫着厚厚软垫的家具、墙上红黄相间的画作，来到外面的屋顶，让门半开着，然后穿过露台走回来，关上各扇门。

真可惜。以后养点金鱼吧。

他在绘图桌前坐下。他的运行干净利落。他又想起了今早的梦，那最后一个梦，他即将从沉睡中挣脱出来时的梦：滑溜溜的肾脏爆裂灰色的肺血毛发成捆的肠子盖着黄兮兮的脂肪渗着血滑动哦天呐臭得好像露天厕所的气味没有声音不知在哪儿他正将黄色的水柱射向粪道口滑道然后——

他开始用墨水描线，先用细钢笔，再用尼龙画笔，他后跟打滑要摔倒了停不住就要跌进黏糊糊膨大的软物比他的下巴还高变得更高他动不了瘫痪了他想尖叫想尖叫想尖叫——

勘探车正在爬上环形山坡，操作部件缩回，头部上抬。身后远处是环形山壁，地平线，黑色的天空，点点星星。他就在那儿，还不够远，还不够，因为地球还挂在头顶，就像个腐烂的水果，带着蓝色的霉斑，龟裂，皱缩着，化脓，活的。

（王小亮　译）

在未来幸存

到了 20 世纪 60 年代后期，一系列紧迫的问题开始干扰世界，也干扰科幻作家们的想象力。科幻作家自广岛核爆后便一直忧虑的第三次世界大战并未发生，这或许是由于核对峙与恐怖平衡，但军事大国大量贮备氢弹头，有时还意图将其用作洲际火箭的前锥，同时“警察行动”[1]和带有严重分裂性质的有限战争先后在朝鲜半岛与越南境内打响。

有识之士开始针对出生率发出警世之言，他们声称如果目前的出生率维持不变，到 2000 年，世界人口将达到 80 亿；有些人著书论述“人口炸弹”与“人口爆炸”，将人口问题的危险性与其他炸弹相提并论。有些专家甚至暗示，事到如今再想对人口增长进行控制为时已晚。另一些专家指出，尽管美国的人口增长率低于发展中国家，但在世界资源减少与环境污染加剧的问题上，一个美国儿童起到的影响要数倍于（有人说是数百倍于）——举例而言——一个生

1. 在军事 / 安保研究和国际关系学中，“警察行动”隐喻未经正式宣战而采取的军事行动。

于印度的儿童。

到了 20 世纪 60 年代后期，资源尚未显得稀缺匮乏，但未来的能源短缺已经可以预见，具备洞察力的人也已察觉到，依靠廉价石油才得以长期维持的西方经济繁荣即将终结。除了少数非正规的太阳能与氢聚变实验，几乎没有人为解决能源问题做出过太多努力；西方社会越来越依赖中东的石油资源。

环境污染问题受到的关注更多，特别是在 1962 年蕾切尔·卡森所著《寂静的春天》出版之后，英美开始着手净化江河，并限制烟尘排放。人们谈论着大气中不断增长的二氧化碳含量，以及温室效应带来的地球逐渐变暖的（灾难性）前景。一些科学家开始预测，在长期变暖后，地球气候的变化趋势会发生逆转，可能会转冷，甚至会回到冰河时代。不过，只要运气够好，二氧化碳所致的温室效应应该能够抵消新冰河时代的来临。

阿尔文·托夫勒在《未来的震荡》中描述了人类对飞速发展的技术作何反应并为之命名，同时也唤起了公众意识，使大众认识到如何适应世界的飞速变化是个问题。政治进程再不能声称自己是通向美好世界的大道坦途，就连在苏联也不例外；美国也不遑多让，约翰·F. 肯尼迪、罗伯特·肯尼迪与马丁·路德·金都遭遇暗杀，而广告原理被用以塑造和兜售竞选者的个人形象，特别是通过电视机前凝视的眼睛。

未来令人感受不到希望，于是市面上出现了许多宣扬幻灭情绪的小说，其中部分属于科幻范畴。一些作家似乎在迫在眉睫的灾难中找到了释放创造力的机会，约翰·布伦纳当算其中的佼佼者。布伦纳是土生土长的英格兰人，但他早期的创作抱负是受美国科幻影响形成的，终其创作生涯，布伦纳的故事大多聚焦于美国，无论是架设背景还是预设读者。

他在 17 岁时卖出了自己的第一部长篇小说，并于大约同一时期从大学辍学，用他的话说，这是因为学校教育干扰了他的学习。他的第一部美式短篇小说是 1953 年以笔名约翰·洛克斯密斯（John Loxmith）发表于《惊异》杂志上的《你这又良善又忠心的》[1]（"Thou Good and Faithful"）。在英国皇家空军服役后他做了几份领薪水的工作，其后便开始全职创作生涯。他是个高产作家，且长中短篇都所著颇丰。他的早期作品多是比较常规的冒险故事，但其中的独到之处足以为他赢得颇具写作才能的声誉。

为他带来重大突破的是长篇小说《都市棋盘》（*The Squares of the City*，1965），故事描述围绕一场象棋棋局建立的政治控制。其后他发表了被公认为杰作的长篇小说《站立于桑给巴尔》，讨论近未来的人口过剩问题。该小说收获了雨果奖与评论界的盛赞，并引出了另一部长篇《锯齿形轨道》（*The Jagged Orbit*），小说设置了包含医疗事故与军事产业复合体的故事背景，并将种族分歧置于突出位置进行探讨；接着是长篇小说《群羊举目》[2]（*The Sheep Look Up*，1972），探讨了环境污染问题；继之以《震波骑士》[3]（*The Shockwave Rider*，1975），该故事以应对技术变革和未来震荡的方式破解了迫在眉睫的问题。高强度的创作工作令人精疲力竭，但《时间斗室》（*The Crucible of Time*，1983）、《时间潮汐》（*The Tides of Time*，1984）与《星之迷宫》（A *Maze of Stars*，1991）等长篇小说又使布伦纳重新找回精力。

---

1. 该标题典出《圣经·新约·马太福音》25：21，原文"主人说：'好，你这又良善又忠心的仆人。你在不多的事上有忠心、我要把许多事派你管理，可以进来享受你主人的快乐'"。
2. 该标题典出约翰·弥尔顿的田园挽歌《利西达斯》（*Lycidas*），原文"The hungry sheep look up, and are not fed, But swollen with wind and the rank mist they draw, Rot inwardly, and foul contagion spread ..."
3. 标题典出阿尔文·托夫勒《未来的震荡》，同时也隐喻"在一个充满不确定的世界里挣扎为生"。该小说的背景架设在一个个人身份与生活方式受到威权政府控制且变化极快的虚拟世界里。主人公是个逃犯，能凭借高超的计算机技术不断为自己改换身份。小说被评论界视为赛博朋克的类型先驱。

如果布伦纳的作品仅仅是反乌托邦或敌托邦[1]，它们或许会更易遭到遗忘。但他的长篇小说里始终贯穿着一线希望，无论情况可能变得多么糟糕——如在《群羊举目》中，整个美国都遭遇大火——只要人类能够尽己所能、克己利物，事情总是来得及挽回。布伦纳也设法为他那些警世故事套上了时髦的文体风格；如在《站立于桑给巴尔》中，他便采用了约翰·多斯·帕索斯在《美国》中开创的实验写法。不过，文体意识并未使他忽视文风适应内容、文体匹配主题的必要性。他成功地避开了某些作家视文体风格重过一切的死胡同。

（穆童、憬怡　译）

1. 上段中出现的长篇小说几乎皆是反乌托邦题材。

站立于桑给巴尔（节选）

[英国] 约翰·布伦纳

世间百态（1）
阅读说明

今天是2010年5月3日，曼哈顿天气：富勒穹顶下春日和煦，通用技术广场气候同上。

然而撒缦以色是一个注册商标为微低温电子基因的电脑，浸泡在液氦里，冰冷地藏在他的地下室中。

（同上：使用它吧！涉及的心理过程就跟你的电话机使用的节省宽带技术一样。如果你目睹过那个场景——你已经目睹了，而且由于新的信息太多，你没法再浪费时间反复检查。直接使用“同上”，尽管用！

——查得·C. 穆里根《时髦罪词汇》）

少一点机械感，多一丝人情味，但又同时综合了二者的本质，乔其·塔隆·巴克法斯特在她91岁的时候基本是靠修复术维持着生命。

这个品种变得太多了的原因，是加利福尼亚的黑特普把它培育成了每盎司里面含茎秆较少，而纯洁女王[1]叶片更多的品种。去问问“那个娶了玛丽·简的男人”吧！

埃里克·埃勒曼是一个已有三个女儿的植物遗传学家，他被妻子那个总是不停地鼓起来的大肚子给吓坏了。

“……波多黎各今天成为美国优生立法中最后一个通过了饱受争议的二色性条款的州。从此以后那些想要生下具有遗传劣势后代的人，只剩下两个避难所可去：内华达州和路易斯安那州。育婴院游说组织的失利从‘年轻而独一州’[2]的美丽前额上去除了一个长期以来的印记——一个先天不足的印记，有人也许会说，因为这个年轻而独一的州加入立法规范组织的时间，与第一次针对血友病、苯丙酮尿症和先天愚的优生立法几乎是在同一天。”

波比·谢尔顿这些年一直相信奇迹的存在，此时此刻在她的体内就有一个奇迹正在发生，然而真实的世界正在威胁她的梦想。

困难的任务我们立刻完成。不可能的任务要多花一点点时间。

——通用技术的基础格言

诺曼·尼布洛克·豪斯是通用技术集团负责人事和招聘的初级副总裁。

“时间紧迫，拜托啦，参与人介入马上开始。切记只有扫描分析仪的参与人介入服务是由通用技术集团的撒缦以色进行处理的，用

1. 指大麻的一个品种。
2. 波多黎各是美国领土，该地区有自己的语言、政府和自治权。不同于美国其他普通法地区，波多黎各有自己的法律体系，居民持有美国护照，但在波多黎各本地无投票权，其公民权由国会而不是宪法赋予。

的时间更短，回答更正确……”

吉娜薇·斯蒂尔的真名是德威金斯，但是这能怪她吗？

你的身形能够充分展现你自然的力量吗——如果只看一眼的话？

如果你穿着马斯克莱恩牌子的服装，那么回答是肯定的。因为厌倦了折中，我们马斯克莱恩公司决定将男裤前面那块遮阴布回归原处，就是要告诉女人们那样才像男人。

希娜和弗兰克·波特都收拾好了行李准备动身去波多黎各，因为绿光和红光对他来说只是光而已。

“两名参与人介入！第一号：抱歉，朋友，但是不可以——我们说波多黎各的决定给不同政见者只留下了两个天堂并没有错。伊索拉确实享有州级地位，但是整个太平洋地区岛屿的占领是受军事管制的，非军事原因禁止入内。尽管如此，还是感谢你们的提问，世界就是这样，我们会受你的影响而你也受我们影响，这也是为什么我们要将扫描分析仪设定成为双向的程序。”

亚瑟·格莱特利并不介意他忘记把东西放哪儿了。找它们的时候，他总能找到另外一些他都已经忘了是他拥有的东西。

昨日我们经历了困难，此刻我们正在挑战不可能。

——通用技术的今日格言

唐纳德·霍根是一个间谍。

“另一个号：二色变异就是常说的色盲，像恒星时[1]一样肯定的是

1. 恒星时是天文学中以地球相对于恒星的自转周期为基准的时间计量系统。

它是一种先天性疾病。谢谢，参与人，谢谢你。”

施塔尔（斯塔利昂[1]的简称）· 卢卡斯是一个远道而来的男孩，被称过重，量过身高，一路上都通行无阻。

（不可能意指：1. 我不喜欢它，而且当它发生时我也不会赞成；2. 我不想费这个事；3. 上帝不想费这个事。第三种含义有可能是正确的，而另外两种则 101% 是胡扯。

——查得 · C. 穆里根《时髦罪词汇》）

飞利浦 · 皮特森 20 岁了。

你是否被一种老式的自动呼叫装置所困扰？它是不是需要你不停地手动重新编程否则就不会提醒你上周重新调度的时间设置？

通用技术公司的革新产品可以自我重编程哟！

萨沙 · 皮特森是飞利浦的妈妈。

“切换到一个相关主题，暴动人群今日袭击了瑞典马尔摩的一个右翼天主教堂，当时正在进行清晨弥撒。包括神父和许多儿童在内的伤亡人数总计超过四十人。埃格朗蒂纳教皇在他位于马德里的邸宅里指责他的对头托马斯教皇，说他蓄意煽动了此次暴动事件以及近期的一些暴乱，该指控被梵蒂冈当局极力否认。”

维克多和玛丽 · 沃特莫出生于同一个国家并且已经结婚二十年了——她是二婚，他则是第三次。

看她穿着那件福伦莫勒牌的巨臀服装配饰时，你意欲如何

1. 该名字在英文中有“种马”的意思。

她之所想正是你之所欲，当你看她穿着那福伦莫勒巨臀装束时

若非如此，她就不会穿上

极尽可能地进入并非言过其实，当你将之称为巨臀

款式说明写的是“情人款”

但其实你应该看成是“荡妇式”

那样可能更贴切

伊莱休·马斯特斯现担任贝宁的美国大使，此处曾是英国的殖民地。

“谈到指控，美国南部地区的参议员洛厄尔·凯特这个反物派指责说，富人阶层现在应该为他的家乡得州‘每蔫’——抱歉！是‘每年’九成以上的重罪负责，美联邦为解决这个问题所做的努力都是无用功。通过小道消息，已有人听闻密探组织的官员很担心的事情——通用技术公司的新产品‘旅行伴侣’[1]令富人阶层十分着迷。”

格里·林特是一个被征召入伍的人。

当我们说到通用技术公司时，“通用”指的就是：一切。我们可以为任何人提供一生的事业，如果你对这些感兴趣：航天、生物学、化学、力学、优生学、铁磁性、地质学、水力学、工业管理、喷气推进、动力学、法学、冶金、核物理、光学、专利权、夸克学、机器人学、合成学、电子通信、超声波学、真空技术、工艺学、X射线、粒子基质、动物学……

不，我们并没有忽略你的专长，只是这个广告里头实

1. 原文为Triptine，与色胺类化合物后缀相同，此处暗指该产品可产生成瘾性的神经兴奋或致幻效果。

在放不下了。

大学教授斯盖干汤博士是社会主义民主雅塔康奉献大学地质构造演变学系的系主任。

“暴民事件发生率居高不下：昨天在布鲁克林外区，有一个家伙导致了二十一人受害，直至那些毛头警察把他干翻，而另一个在埃文斯顿111号街区至今仍逍遥法外，共杀害了十一人并伤了三人。在大洋彼岸的伦敦，一个女暴民干掉了四人以及自己三个月大的婴儿，之后才被一个沉着镇定的旁观者击倒。仰光、利马和奥克兰也有报道，当天受害者的总数达到六十九人。”

格蕾丝·罗利已经77岁了，脑子有点不大灵光。

今日尚在明日离开，已经不再适合我们这个摩登时代了。

随时随地说走就走，那才叫潮流。

尊敬的萨基尔·F.欧泊米是贝宁的总统。

“韦斯特威一两则消息显示，华盛顿这个反物质收到了来自雅塔康政府的一份强硬通牒，声称在伊索拉境外执行任务的海军部队非法侵入雅塔康领海。官方当然会以礼相待，但是雅塔康的百岛之域一直在收容从所谓的中立港口偷渡出来的海盗，这已经是公开的秘密，那些人还伏击了在中部海域的美国巡逻队……”

奥利弗·阿美里奥是波多黎各最成功的育婴师。

你认识那些将一、二、三个女人玩弄于股掌之间的男人吧。你也认识一些每周末都跟不同的男人魂销天外的女人吧。羡慕他们吗？

犯不着！

就像任何其他的人类活动一样，这也可学习嘛。我们用最适合您的方式来教您。

格伦迪夫人纪念基金会（愿她在坟墓里兴奋得头晕）。

查得·C.穆里根曾是一个社会学家，但是他后来放弃了。

“上星期的西海岸国家森林火灾烧毁了100多平方公顷极有价值的木材，这些木材原计划用于制造塑料、纸张和有机化合物，今日森林管理员韦恩·C.查尔斯正式将此事归咎于人为蓄意破坏。然而至今仍无法确定犯罪人的身份。”

约格琼是一个革命家。

那个词叫作环保清除。

别去查词典。

它太新了，不会出现在词典里。

但你最好知道它的含义。

环保清除。

我们将会对你这么做。

皮埃尔和珍妮·柯罗达都是黑脚法国人的孩子，这不奇怪，因为他们是兄妹。

“以下各州龙卷风预警解除……”

在整个落基山脉以西，要想搞到某些特殊物品，杰夫·杨就是“你要找的那个人”，他有：定时引信、炸药、灼热剂、强酸以及杀伤性细菌。

“转述一则小道消息：谣言再一次传遍了——非洲独立小国贝宁

陷入了经济混乱中。达荷美的总统考特在巴马科的一次演讲中警告那些野蛮人，如果他们趁火打劫将会引发一切必要的步骤进行反击……”

亨利·布彻对他自己相信的万应灵药简直就是一个狂热的信徒。

（谣言：相信你所听到的传闻吧。你的世界也许不会比你所处的街区更好，但一定是一幅更生动的景象。

——查得·C. 穆里根《时髦罪词汇》）

可以确定的是，那个叫贝吉的男人不是活人。而另一方面，至少在某种意义上他也并没有死。

“也有传言说，伯顿·登特又去做不可描述之事了，因为有人看见他折腾着把曾经的燃油供应商埃德加·朱厄尔弄进了这种反物质的粒子状态。与此同时，太平洋时间，似乎与他结婚三年的配偶费妮拉·科赫，似乎正把婚姻变成她跟梦幻奶油似的佐伊·莱在一起的重口味闹剧。就像那句广告语说的一样——何不平等，为何不！”

无处不在的先生与太太是虚构的身份，是新世纪里跟邻居们无异的他人，只不过跟他们在一起时你不用再攀比。你买个带有家居投影附件的电视回家，就能确保无处不在的先生和太太在样貌、言语和举止都像你。

（时髦罪：当你打开这本书的时候你就犯下了一桩。坚持下去，这是我们唯一的希望。

——查得·C. 穆里根《时髦罪词汇》）

本尼·诺克坐在一台机器前，将频道调节至围绕旅行伴侣旋转的扫描分析仪上，一遍遍地重复着，“天哪，我实在太有想象力了！”

“为了接近，那个小型的安抚部门。某个麻烦的圆顶屋里最新发现，如果你允许每个男人和女人以及那些我挚爱的人都能有 1 英尺 × 2 英尺的空间，那么你就能容纳我们所有人全都站立在这 640 平方英尺的桑给巴尔岛上。今天是 2010 年 5 月 3 日，再次播报！”

剪辑说明（2）
昔日废手

诺曼大步流星跨出电梯，准备大发一通他那少有发作而又常常有意为之的雷霆之怒，在这种盛怒之下，他的任何下属都会畏畏缩缩、十分尴尬。当脚趾踢到了地上某个东西的时候，他还没来得及看一眼撒缦以色的地下室内部。

他瞥了一眼那个东西。

那是一只从腕关节处切下的人手。

“现在我的外公，”埃瓦尔德·豪斯说，“成了独臂人了。”

6岁那年，诺曼用圆圆的大眼睛盯着自己的曾祖父，无法理解那个老人告诉他的一切，但是他能意识到，这和不能尿床，或者不能跟柯蒂斯·史密斯家同龄的小孩过于亲密，只能跟白人孩子一块玩，是同等重要的事情。

“并非像你如今见到的这样干净和整洁，”埃瓦尔德·豪斯说道，“那不是截肢，不是在医院做的手术。他生来就是个奴隶，你看吧，而且……

“看吧，他是个左撇子。他做了啥？他——他举起愤怒的拳头去反抗他的主人，将他从头揍到脚直到揍得肌肉抽筋。所以他的主人叫了五六个农夫把他捆在了他们拥有的那40英亩土地里头的一个树桩上，就那么找了个锯子然后……

“把它给锯了。大约是从这儿。”他摸了摸自己瘦烟杆儿一样的胳膊肘下3英寸的地方。

“他对此无能为力。谁让他生来就是奴隶呢。”

这次，冷静而沉着，诺曼看着地下室里面。他看到被砍断手的人在地上翻滚呻吟，抓着自己的断腕处，强忍着剧痛试图在不断流血的血管上面找到可以止血的按压处。他看到砸毁的书桌碎了一地，极度恐惧失去理智的员工们踩在上面发出嘎吱嘎吱的声响。他看到脸色病态苍白的白人女孩眼里闪出的光，伴随着极度兴奋的深呼吸，举着滴血的利刃躲避着袭击她的人。

他还看到，那边的露台上站着一百来个蠢货。

他无视地板中间正在发生的一切，越过去径直走向一个嵌入地下室墙内的嵌板。两个固定钮被迅速旋开并掉了下来，露出里面交错成网状的笨重的绝缘管道，像鼠王的尾巴一样纠缠在一起。

他拽住一个扇形阀，用手掌一侧猛击一个接口，他的动作极快，寒气还来不及穿透他的皮肤；他把一个胶皮管挟在肋下以便倚靠，同时拽着它向前。管子的自由长度足够他用了。

他目不转睛地盯着那个女孩，步步逼近。

天神之女，可能叫多卡斯或者塔比瑟、玛撒之类的。想到去杀戮。想到去摧毁。一种典型的基督徒反应。

> 你们谋杀了你们的先知。我们的先知载着盛誉老去。你将再次杀死你们的先知，并且欢快不已。如果我们的先知归来，我将像朋友一样与他交谈。

他停在了离她 6 英尺远的地方，胶管如同巨蟒的鳞片刮擦着地板似的被一路拖过去，他停在那里。女孩不确定这个黑皮肤、目光冷酷的男人意欲如何，她迟疑了一下，举起斧头要砍向他，然后转念一想：这肯定是个声东击西的陷阱。

她环顾四周，以为后面会有人偷袭。然而员工们已经认出诺曼手上的东西，纷纷四下溜之大吉。

“他对此无能为力……”

他猛地打开胶管末端的阀门并举着它数到三。

一阵嘶嘶声，雪落了下来，某种东西让白色的冰霜凝在了斧子上，然后是握着斧子的手，以及连着那只手的胳膊。接下来是暴风雨之前的死寂。

然后，斧子的重量把女孩的手直接从胳膊上折断了。

“液氦。”诺曼向旁观者简短地解释道，并将管子砰的一声扔在地上，“把手指头浸进去，它会像一根干柴一样被撅断。我劝你们别去尝试。也不要轻信关于特雷莎的传闻。”

他没去看那个女孩，她已仰天倒下——晕倒或者已经被吓死了——只有那只覆满冰霜的手依然死死握住斧柄。理应有点儿什么反应才对，他的脑子里至少会闪过一丝骄傲吧。然而什么也没有。他的思维，他的心绪，就像地上那个毫无意义的东西一样，冷若冰霜。

他转身走向电梯，有一种强烈的失落感。

辛克朝施塔尔凑过来。

“嘿——嘿！”他说，“总不能白来一趟，对吧？今晚咱们去捞它一蒲式耳的大鲸残骸吧，从海底开始清理。那会让我回到正确的轨道！”

“不。”施塔尔说，眼睛盯着那扇门，马屁精们从那个门溜掉了，“这个镇就算了，我不喜欢他们这儿固守的那种强制感。”

剪辑说明（9）
窝里斗

环境像是一个易爆的成型压力机的巨型阴极板，压制住了唐纳德·霍根的秉性，就如同一只手紧握住一块油灰时在手指间的位置会留下脊纹，亦即表皮纹理的痕迹。他感觉自己的个性已飞散到无尽的暗夜之中，带走了他快要消失殆尽的决策力和行动力，徒留一副受外界支配的空壳。

一些社会理论家称，城市人现在到了一个不稳定的平衡点；他理性的驼背脆弱得不能再承受一根稻草。加大拉的猪群在山顶上拱着土，哼哼唧唧俯望着深海[1]，人们察觉到了这一点，理论家说，所以当可以选择另外一条路时，他们不再冒险挤进已被塞满的城市。在印度这样的国家是不存在另一种选择的；城市社区的饥荒相对缓和一点，因为人们更靠近生存补给的分配点，仅仅是饥饿导致的倦怠无力就能使冲突和暴力事件的爆发减少到只有零星发生的程度。然而相比之下，营养较为良好的欧美人口则更容易坠入悬崖，他们所得到的警告只不过是相当于某个人为了那种狂躁的氛围而带上一包镇定剂罢了。

唐纳德在最后一次能够明确阐述自己清晰的想法时说，了解这种风险是一回事，看它变成现实却完全是另一回事。

之后，世界掌控了一切，他迷失了。

焦点：潜行者号。13 英尺长 7 英尺宽，漆成白色的梯形车，它

1. 典故出自《圣经·新约·马太福音》，耶稣赶鬼入猪群，结果猪群闯下山崖落海而死。

的车轮隐蔽在下面看不到的地方以防枪击——分布在为它供电的燃料电池平板槽周围，可容纳四个人的前舱安装有防弹玻璃和额外的可伸缩钢丝格栅屏障；车的后部设计有坚固的金属下拉挡板，附有担架滑道以及一个催眠空气循环系统，主要用于押载被捕者或者必要时救援受伤者。车前端两个明亮的大白灯正好有150° 的照域，其中一个熄灭了，因为司机花了太长时间才卷起铁丝网，所以没能保住它；顶上的每个角落都有其他可调整光线的灯；车顶上的小炮塔内有一挺瓦斯枪一直在旋转，向60码远的地方发射出玻璃碎片手榴弹。挡板之下，是极其紧急情况下才可以使用的燃油喷射机，它可以在附近街道上扫出一片小小的火海以便阻挡住攻击者，从而为车内等待救援的人赢得时间，里面的人可以通过呼吸面罩使用储存的空气系统。车子很容易受到地雷、能打穿甲板2英尺的三连发手枪或者建筑物坍塌的伤害，除此以外，在一场普通的城市暴乱中它可以说是所向披靡了。然而，车的燃料电池已经不足以使它推开前面一辆因为车门敞开而自动刹停的出租车，也没法推动那个横卧在它后面的灯柱——柱子正尴尬无比地嵌在一头连着的残桩和另一头的一个非常牢固的邮筒之间。

前景：仿佛突然从空气中出现似的，拥堵于人行道上的几十人——几百人，大多数是阿夫拉姆人，有一些波多黎各人，还有一些盎格鲁-撒克逊系的白人新教徒。一个姑娘带着电子手风琴，把音量调到极大，震得玻璃乱颤、耳鼓轰鸣，她尖声喊出歌曲，其他人和着节奏跺着脚："拿什么拯救你，我们美丽的城市，肮脏又危险，糟糕又难闻？"他们找到任何可以拿来扔的东西哐啷砸在潜行者号上——混凝土块，垃圾，瓶子，罐子。还要等多久才会动用瓦斯枪和燃油喷射呢？

背景：建筑物统一都是十二层楼高，每一个面都能占据半个或一个街区，几乎不会被峡谷一样的街道打断，因为城市中的废弃车辆意味着单行道对于政府车辆和出租车已经完全足够。公交车只跑到下一个路口左转，两个路口后右转。人行道由 4 英尺高的混凝土栅栏围起来，大小能够跨过去，又足以挡住任何合法通过的车辆撞到行人。几乎每一个建筑物的外面，都有某种广告，所以住在高层的人们可以从一片破旧的世界往外看——从字母 O 的正中间，或者某个女孩放松的胯下。冒险游乐场是这陡墙环绕的街道中唯一的例外，就像爱因斯坦闯入了欧几里得井井有条的世界。

细节：他蜷缩在建筑物正对着游乐场的那一面，这里比附近的建筑物装饰得更加花哨。建筑在街道地平线以上的地方有一个宽阔的门廊可以通向内部和一些平面相对的整体扶壁，每个扶壁之间相隔 2 英尺，扶壁底部有 2 英尺厚，越往上越逐渐收窄，到了第四层楼的时候便成为一个尖顶。只需一个这样的城垛便足以为他挡住亮光、四处流窜的暴民和乱扔过来的投掷物。头顶上传来一阵金属的敲击声，他向上望去。有人正在试图把伸缩梯伸到墙外去而不是直直地向下，如此一来从他们的有利地势就可以把那些东西直接砸到陷入困境的潜行者号顶上。

嘶嘶——砰！嘶嘶——砰！呼呼——嘶嘶——砰！

瓦斯枪。

手榴弹击碎在建筑物的墙面上，每一个都释放出一夸脱凝滞的烟雾，然后渗进街道窄窄的暗沟里。首当其冲的那群人吸入了足够高浓度的剂量，咳嗽着、哀号着昏倒在地，而那些有幸躲过第一波发射的人则蜷缩在地上远远地躲开。

嘶嘶——砰！呼呼——嘶嘶——砰！

被他弄伤了嘴巴的那个姑娘从街道的中间步履蹒跚地向他走过来。唐纳德突然有一种莫名的冲动想要去帮忙，便从城垛间扶壁形成的掩体下探出头来喊她。她过来是因为听到一个友好的声音，而非看见谁在说话，就在这时有人用棒状的武器给了他的左后肩一记重击。他用眼角的余光扫到那是阿夫拉姆人的手，赶紧躲闪开来。这时瓦斯枪把街道这边的一个手榴弹给引爆了，喷出的第一阵烟闻起来非常恶心。那些一直在躲避毒气的人被逼到了游乐场上骨架一般的枝状物上，就像原始人在躲着一群狼。女孩看见了自己的哥哥，就是他打了唐纳德，于是他们一起跑向了街角，把唐纳德抛在脑后。他也跟着跑起来，反正大家不是往这跑就是往那跑。

角落里：迟来的人们跟在一群远道而来的男孩后面，男孩们已经用棒子和大空罐子做的鼓把自己武装了起来，看着被困住的潜行者号高兴地大叫着。

“毒气！”

一声颤抖的喊叫。马路对面有一家自动化监管的商店，老板或店长一出现便急匆匆关上陈列窗和入口处的钢丝格栅，困住了三个与其说是生气倒不如说如释重负的顾客。不知是谁偷偷朝最后一扇没来得及关上的窗户扔了一块石头，刚好窗户后面有一瓶液体。瓶瓶罐罐在轰隆声中倒下，一堆堆地卡住了还没来得及升起并且锁住的格栅，人群里有些人觉得这个目标可比被困住的潜行者号好多啦。

头顶传来一阵咆哮，一个小小的单人直升机正在侦查现场并向警察总局报告骚乱的情况，这种直升机可往返于高楼的楼顶和“富勒穹顶”之间，那穹顶红色的内面构成了曼哈顿天空的颜色。右侧的某个天窗突然传来砰的一声——是一把老式猎枪。直升机左摇右摆往街道中间降落，飞行员挣扎着往上升的时候螺旋桨发出了刺耳的振动声。能有这么一个毛头家伙落到他们手里，人们简直高兴坏了，冲上去就是一阵棍棒相加的“问候”。

唐纳德逃跑了。

在下一个拐角处，他发现遏制暴乱的程序已经启动。两辆配备有水龙头的水车一面行进，一面有条不紊地将人们从人行道上冲到了门廊里。他情急之中立刻掉转头，没多久却遇上了清扫车——是由警车在两侧安上扫雪机那样的支臂改装成的，这玩意儿和水车有着同样的使命，但远没有水车温柔。让人群不停地移开是为了不让他们有团结反抗的机会。又有一架单人直升机嗡嗡嗡地飞下来，并开始往街上投下瓦斯手榴弹。

和他一起的有五十多人都被这些官方的车子驱赶到前面，因为他们都离开了自己的领地无处可去。他努力朝着建筑物的墙边挤过去，因为他看到有些人躲进走廊然后便消失。不过，当他足够靠近并且有很大机会进入第一个门的时候，两个拿着棍棒的阿夫拉姆人拦住他说：“你不是这里的，白人新教徒——在被揍之前赶紧滚吧！”

两辆水车与他躲避的那辆清扫车在一个十字路口相会了。来自三个街道的一大堆人全被挤到了第四条街上，再一次被带回到了动乱的核心区域。现在他们真的是人挤人了，摩肩接踵，尖叫不断。

潜行者号仍然被困在原地。车上的驾驶员发出一声鸣笛欢迎清扫车里的同行。气体差不多全都消散了，留下一群受害者们拼命呛咳和呕吐，就目前来看暴乱似乎并不会结束。在游乐场的混凝土支架上，男人和女人们仍在嘶吼着那个带着电手风琴的女孩为他们大声唱出的歌：“找到你的锤子，摧毁一切！”事实上，每扇窗户都已经被打烂，碎碴在脚下嘎吱作响。人类和垃圾一同被铲起，然后扔到一个巨大的废物堆里，不只是从唐纳德来的方向，街道的另一头也一样。预谋的计划已经开始：封锁区域，持续驱赶，集合压缩，打包送走！

清扫车在路过游乐场的时候，一些胆大又谨慎的年轻人跳上了车的巨臂，然后再从那里跳到了随便一个混凝土分叉上的安全地带。唐纳德来不及学他们那样，等他想到这一点的时候已经错过时机只能被迫继续前行了。

他像其他人一样漫无目的地推搡着号叫着，无法留意被他挤到的是男是女，是阿夫拉姆人或是新教徒。清扫车上的瓦斯枪朝他的头上放出瓦斯弹，浩荡的歌声唱到一半便停止了。一股瓦斯气体溜进唐纳德的鼻子，拂去了残存的最后一点理性。双手齐上阵，不论是谁——只要是他能还击的，他逆着人流的方向一路挣扎向前，甚至开始影响周围的人群。

螺旋桨在屋顶上轰鸣：多架直升机撒网并开始运走暴民，就像蜘蛛和秃鹫之间的某种淫秽杂交体。他抽泣、喘息、猛捶、乱踢，但是却没有感受到任何还击。一张黑色的脸庞出现在他的眼前，有点眼熟，他只能想起来那个被他开枪打过的男孩，男孩的妹妹因此还击，却被他打了她一嘴的血。唐纳德吓坏了，开始朝面前的这个男人连续发起猛击。

“唐纳德！停下！唐纳德！停下！”

更多的瓦斯气体从炸裂的手榴弹中倾泻出来。他已经失去了挥舞拳头的力气，在完全失去意识之前终于有一丝理智回归了。他说：“诺曼。哦天哪。诺曼，我真是……”

道歉之词，接受者，致歉者，全都卷入一片虚无之中。

（微风拂晓　译）

大抗议[1]

新浪潮的特征之一是抗议。有时，抗议是对存在本身的一种主观反应；是对人生苦短、宇宙未可知的哀叹；是对人们无法相互理解，只能施加痛苦、自误误人的控诉；也是对过去两个世纪里，社会所选择的科技发展方向所表达的不满。

不过，有时抗议所具备的社会效力就如同狄更斯的小说之于法律与教育制度、债务人的处理方式与儿童济贫院；也如同马克思主义小说之于大萧条。20 世纪 60 年代是抗议的时代：议题包括美国南方的民权问题、越南战争、校园现状与校园参与……同一时期涌现的新浪潮运动或许促进了这些议题的大融合，而这些抗议行为本身或许也推动了新浪潮的出现；然而，二者之间更深层的联系应当在于，它们是同一场革命，它们所反对的是此前数十年中社会做出的乐观假设。

大多数新浪潮小说倾向于以实验的形式表达自我，这种新式表达在几代人之前也曾出现在主流文学之中，比如约翰·多斯·帕索

1. 标题大抗议（The Big Protest）化用了所选小说《强光闪耀》（“The Big Flash”）的题目。

斯和詹姆斯·乔伊斯的作品，不过，社会与政治向的抗议作品倾向于使用当代语言和大众艺术，特别是电影、电视和摇滚乐队。此类抗议里最引人注目的实践者之一就是诺曼·斯宾拉德。

斯宾拉德生于纽约的布朗克斯，曾就读于布朗克斯科学高中（比德雷尼早几年）和纽约市立学院（同样是德雷尼就读过的）。他很早便开始写作，做过文学经纪人与（短期）福利调查员后，开始稳定地进行写作活动。他的第一部作品是 1963 年 5 月发表于《类比》杂志上的《最后的吉卜赛人》（“The Last of the Romany”）。第一部长篇小说《太阳人》（*The Solarians*）则发表于 1966 年，此后，他又发表了小说《乱战特工》（*Agent of Chaos*，1967）和《林中之人》（*The Men in the Jungle*，1967）。他也曾撰写科普文章和影评，还为《阿西莫夫科幻杂志》撰写过科幻综述文章，其中部分综述被汇编为论文集《真实世界中的科幻小说》（*Science Fiction in the Real World*，1990）。此外，他还担任过《洛杉矶自由评论》[1] 和《洛杉矶职员》[2] 的特约编辑。

为斯宾拉德的创作生涯带来重大突破的是 1969 年发表的小说《怪虫杰克·巴伦》（*Bug Jack Barron*）。这部长篇小说描绘了一个电视节目主持人和一种能使人长生的肮脏手段，该小说的叙事方法近于媒体报道，而语言风格则被斯科尔斯与拉布金称为“麦迪逊大道 [3] 上的时髦投影”，小说在成书出版前便已声名狼藉，未删节版起初连载于《新世界》杂志上，其中粗鄙下流的用词为斯宾拉德招致了来自英国下议院的人身攻击 [4]，并给他贴上了“堕落分子”的标签。

---

1. 20 世纪 60 年代美国发行最广的地下报刊之一。
2. 20 世纪 70 年代洛杉矶地区发行的地下报刊。
3. 纽约著名大道，也是美国广告业的代名词。
4. 除了语言风格低俗，这部作品对政客的极尽嘲讽也是招致攻击的原因，当时的《新世界》杂志由英国艺术协会赞助发行，而协会负责人正是下议院议员。此外，《新世界》的女权主义排版人员认为这部作品存在性别歧视问题。

这部小说的连载也导致英国最大的图书零售店禁止了《新世界》的发售。

他的后期作品《钢铁之梦》(*The Iron Dream*，1972)嵌套了一部题为《万字符之王》(*Lords of the Swastika*)的长篇科幻小说，后者据说出自一位1919年移居美国的阿道夫·希特勒之手[1]；这部作品获得了美国国家图书奖提名，并摘取了法国的阿波罗奖。他出版过两部短篇小说集，分别是《金帐汗国最后的欢呼》(*The Last Hurrah of the Golden Horde*，1970)和《没了回家的方向》(*No Direction Home*，1975)，他还编辑了两部作品选集《新的明天》(*The New Tomorrows*，1971)和《现代科幻》(1974)。此外，他还撰写过一篇有关当代好莱坞的长篇小说《穿越火焰》(*Passing Through the Flame*，1975)。他后期的长篇小说包括《来自星星的歌》(1980)、《空船舰长记》(1983)、《幸运儿》(1985)、《小英雄》(1987)和《俄罗斯之春》(1991)。

《强光闪耀》("The Big Flash")刊载于《轨道》第五卷，这部小说不仅展现了20世纪60年代后期的典型时代特征，表达了对越战与核战可能性的担忧，也展示了后披头士时期的摇滚乐、学生与吸毒文化，以及电视机对公众的影响。

(穆童、憬怡　译)

1.《钢铁之梦》是一部采用嵌套叙事结构的架空历史型元小说。

强光闪耀

［美国］诺曼·斯宾拉德

倒计时 200 天……正在倒数……

他们显得太怪异了，一点儿不合我的口味——但那正代表了这一行的要点：怪异在摇滚生意中就意味着吸引力。如果曼荼罗要在洛杉矶维持下去，跟美国梦这样的电视网旗下娱乐节目竞争，我就不得不拽长自己的鼻子好让自己比对手更加怪异。所以我在物色到四骑士[1]组合约莫一个小时之后，我就把他们带到我的办公室去开诚布公地聊了一通。

我坐在我从救世军旧货店里买来的办公桌后面（曼荼罗是世界上最昂贵的小本经营），骑士们在折椅上依次落座，正好按着这个组合里的排位顺序。

第一个，是他们的老大，主音吉他手和歌手斯托尼·克拉克。他金色长发披肩，脱掉钢边墨镜时，眼睛活像太平间里躺着的那些玩意儿，他是个出了名的迷幻药重度成瘾者，一副嗑药之后就要跑

1. 此处隐喻的是《圣经·启示录》中的末日四骑士，其中描述了世界终结之时，四骑士将战争、饥荒、瘟疫和死亡带给人类，届时天地失调，日月变色，随后世界毁灭。

去飙车的模样。后面这个叫毛发，鼓手，一身地狱天使[1]打扮，挂着曲十字[2]之类的玩意儿，他是个海洛因瘾君子，一双狂热的眼睛长得有点太挤了，我很好奇是因为天使装扮使他自我感觉太好所以戴上曲十字，还是因为在公众场合戴着曲十字让他自我感觉太好所以才打扮成天使。第三个是一只自称为超级黑桃[3]的“猫”[4],他不是开玩笑的——他戴着耳环、留着未加修饰的发型、身穿有斯托克利·卡迈克尔[5]头像运动衫，脖子上套着一条皮带，上面挂着一个被液体鞋油刷成白色的干缩人头。他是个撑得起场子的多面手：西塔琴、贝斯、风琴、长笛等都在行。第四个，他称自己为琼斯先生，是我在摇滚乐队里头见过的最令人毛骨悚然的“猫”，说到这里已经足够了。他负责乐队的视觉效果、音响合成和电子技术。他至少有 40 岁，穿着像是西·德沃尔[6]出品的衣服，上面印着辆早期型号的尼丕摩托，据传闻他是从兰德公司[7]离职的。没有哪一种生意像演艺生意那么怪异。

“好啦，伙计们，”我说，“你们很奇特，但你们正是我要的那种奇特。你们以前在哪里工作？”

“我们才不奇特，宝贝儿，”克拉克说，“我们是新事物。我曾在海德街[8]做过冰毒和致幻剂的交易。毛发曾是纽约某个塑料乐队[9]的鼓手。超级黑桃声称自己是伯德[10]转世投胎，并且不容置辩。琼斯先生，他不爱说话。也许他是火星人。我们几个刚凑到一起。”

---

1. 一个在世界范围内分布广泛的飞车党组织。该名称来自 1930 年的同名电影。
2. 万字符，印度的一种吉祥标志，同时也曾是德国纳粹党的党徽。
3. 俚语，指模仿黑人的白人。下文提到的都是当时黑人乐手的流行打扮。
4. 俚语，指带娘娘腔的爵士或者摇滚乐手。
5. 美国黑人民权运动领袖。
6. 好莱坞著名裁缝。
7. 美国一家著名的非营利性研究组织。
8. 位于美国旧金山，曾因毒品为患而臭名昭著，在 20 世纪 60 年代为毒品文化的聚集点。
9. 美国音乐界行话。部分摇滚乐和爵士乐行当中嘲讽一些跟风的新人乐队，认为他们徒具光鲜的外表，只知道效法他人，没有自己的创造和思想，犹如没有生命的“塑料人”。
10. 英年早逝的美国爵士乐巨星小查理·派克的昵称。

这一行里有个事实，那些没有像样经纪人的乐队，你能跟他们谈到便宜价钱。他们话说得太多了。

“妙极了，”我说，“我很高兴能给你们这帮家伙一个起点。你们没有名气，但我认为你们确实有些能耐。所以我打算给你们一个机会——一个一周的演出合约。凌晨一点到打烊，也就是两点，星期二到星期日，一周四百元。”

“你是犹太人吗？”毛发问道。

“啥？“

“冷静点。”克拉克命令道。头发冷静下来。“这个意思是，”克拉克告诉我，“四百元听起来实在是笔很小的钱。”

“如果有选择性条款[1]，我们就不签约。”琼斯说。

“琼斯说的很有道理，”克拉克说，“我们干头一周拿四百，但是之后就会变成全新一幕，是吗？”

我倒没想到那个。如果他们大获成功，我最终可能无法负担得起。但另一方面，四百元确实是笔小钱，我确实需要以廉价方式办成这件事。

“好吧，”我说，“只是一个口头协议，你们完成演出的时候，我会第一个聘请你们。”

“以名誉担保。”斯托尼·克拉克说。

这桩生意就此达成——以一个前毒品贩子和瘾君子的名誉担保。

倒计时 199 天……正在倒数……

服从命令而不关注最终目的，军人的意志可以很容易被操纵，

1. 指在特定时间，满足一定条件时甲方可以选择是否签订新合同以及合同中是否会做某些修改的条款。

很容易被掌控，而且很容易被糊弄。最终目的是那些由民政当局来定义的目标。最终目的是经过民众承认的职责，而实施手段才是军人的职责，军人的义务就是服从命令，运用最有力的手段来达成设定的最终目的。

正因为如此，我那些在五角大楼穿着制服的客户们才对亚洲的战争感到困惑。最终目的已经准确地设定：消灭游击队。但是民众却越界干预了军事手段。将军们认为这是不公平的，可谓是违背了合约。将军们（或者是他们当中最有偏执狂倾向的派系）开始将目前战争的走向以及针对他们军事手段的政治限制，视为民众对他们古已有之的特权进行的一次抵制。

这种情况对国家来说并非吉兆，但若不是将军们日益增长的妄想症，我也不可能有机会操纵他们，以便向总统展示我的两套行动方案。总统已经授权实施主行动方案，但前提是先期辅助方案能够成功地塑造起恰当的公众舆论。

我的主行动方案简单又直接。由于我们的常规空军依赖相对精准性，在恶劣的飞行天气下无法实施有效打击，敌方已经开始习惯采用在每年的季风季节将部队组合成为比以前更大的作战分队，发动惩罚性的进攻模式。然而，这些较大的分队极容易受到战术核武器的攻击，而且这种打击不需要依赖精准性来达到效果。

在确信国内的政治顾虑会阻止核武器使用的情况下，敌方将在下一个季风季节再次编成师级或者更大的队伍进攻。战术核武器的一次极少量使用，即使只用少到两千一百吨级的炸弹，只要同步使用并采取有利的模式，在二十四小时内就能够摧毁至少二十万敌军，或者是其总兵力的近三分之二。这将是毁灭性的一击。

而辅助方案则要深奥复杂得多，主方案的实施将有赖它的成功作为基础，因为它微妙的目标是：公众接受，或者最理想的——公众呼吁使用战术核武器。这项任务困难重重，但我的方案却相当合理，虽说多少有些异乎寻常，如果能充分得到军方上层、国民政府的某些圈子和关键航空航天技术公司的决策者在某种程度上的暗中支持，那我现在掌控的手段似乎就已经足够了。虽然在统计学上风险是显著的，但也没超出可以接受的水平。

倒计时 189 天……正在倒数……

依我看，电视网就活该被我欺骗。他们欺骗过我，不是吗？我为那些杂种制作了四个成功的节目系列，十三个星期后两个搞砸了，然后他们就把我扔去一间迪斯科舞厅吃苦头！你能想象他们让我去做一家垃圾迪斯科舞厅里的制作人吗？

他们让我成了要靠别人汇款过日子的人，那些劣货制造商们。噢，那些笨蛋让美国梦听起来像是一笔很酷的交易——一门净赚百分之二十的生意，他们说。你可以得到我们所有的系列并和演员签约，这会让你成为一个有钱人，赫姆。就像开了个玩笑，我跟美国梦签约了，我当时身无分文，根本就没去读那些用小字印的补充细则。我早该知道他们把美国梦创建成了造成税损的生意；我早该知道我必须用上他们糟糕的系列和木头木脑的合同演员的结果是把我的毛利全都抵销掉；我早该知道他们的特长就是亏本经营美国梦，然后另外在电视网上做一个节目，而我却从中得不到一分钱。然而，我为他们经营了这个账面亏损的场所，只能靠工资糊口，与此同时电视网从电视节目大捞一笔，而我却要为此付一辈子的账。

难道那样的无赖不是活该被欺骗吗？他们不光把我当作一个税损的替罪羊来利用，他们还告诉我该跟谁签下演出合约！“去签下四骑士，那个在曼茶罗人气十足的组合，”他们说，“我们希望他们在美国梦之夜上面演出。他们现在可是大热呢。”

“是呀，他们大热呢，”我说，“这意味着他们得花很多钱。我付不起。”

他们给我指出了更多用小字印的补充细则——下一次我要用显微镜来看合同。我必须跟他们推荐的任何人签下演出合约，我还必须承受我所签合约的费用！这足以让一名立陶宛犹太人[1]也变成反犹主义者。

所以我必须到曼荼罗去，签下这些嬉皮士。我决定不到十二点半绝不到达那里，这样我就不必在那间精神病房一样的屋子里多待哪怕一会儿。这样的烂地方！伯恩斯坦所做的就是接手一家位于拉斯维加斯的破产“好莱坞-好莱坞”俱乐部，砸掉所有的内墙，在这个空壳里面架上丑怪的巨型帐篷。用的是孔径超过二乘以四的白色薄纱，真正的劣等货色。在帐篷外面，他有投影仪，灯光，扬声器，以及所有的电子劳什子，而内部就像是被电影屏幕所包围。只有帐篷和光秃秃的地板，甚至没有一个真正的舞台，就一个带有轮子的平台供他们演出换人的时候从帐篷拖进拖出。

所以你可以想象得到他是吸引不到真正上档次的观众的。外头那个被“经营”成了电视网税损项目的美国梦根本就不会有这样的观众。他们招徕的是我不会让进门的臭气熏天、趣味低级的嬉皮士，还有高中年龄的不良少年，那些小孩自以为在那种烂地方闲荡很时髦。兴奋剂交易在这里大行其道。警察不喜欢这个地方，而驱逐他们又会招惹职业闹事之徒。

这真是个藏污纳垢的地方——我觉得自己像是走上了阿拉伯旧市场的场景。上一支乐队已经离去，骑士们尚未登场，所以你所见

1. 指居住在立陶宛大公国领土境内的犹太人。

到的就是这个满是嬉皮士的疯狂帐篷，他们之中有一半人要么上了致幻剂的瘾，要么抽大麻或者安非他明，或者是那种我只知道是神药的玩意儿，高中未来嬉皮士，还有些精神恍惚形貌丑恶的人，以及几个试图对抗警察的发疯黑鬼。他们全部站在那里等待着出点什么事，并且巴不得惹出些事来。我站在门口，以防万一。正如他们所说的："这气氛让我紧张不安。"

突然间，房子里的灯熄灭了，这里黑得就跟电视网总经理的心肝一般。我用手紧紧抓住我的钱包——在这堆人当中，可别跟我说这里头没有扒手。只有一片漆黑，死一般寂静，有什么东西在我的骨头上蠕动，十拍一循环，但我知道这是一种次声波效果而不是我的妄想，因为所有嬉皮士都站着不动，同时谁也没听到声音。

然后一个巨大的扬声器里发出了心脏搏动声，声音大得你能通过牙齿感受到它，沉重、缓慢，那节律慢得犹如大鲸的心脏。我骨头上那蠕动似乎正与这心跳同步，我感觉自己似乎变成了那颗在黑暗中猛烈跳动的巨大而笨重的心脏。

然后一个暗红色的斑点——暗弱得有如红外线——打在他们已经推出的舞台上。舞台上有四个丑陋的人，披着怪诞的黑袍——你明白的，就像手持镰刀的死神穿着的那种——血污般丑恶的红光布满他们全身。令人毛骨悚然。邦——叭——邦。邦——叭——邦。心跳仍在继续，次声波仍旧循骨而行，嬉皮士们像被催眠了的鸡一样瞪着四骑士看。

贝斯手，一个长相普通的丛林兔崽[1]，伴着心跳的节拍弹奏。咚——嗒——咚。咚——嗒——咚。鼓手用鼓槌敲出震耳欲聋的声音。接着是电吉他，音调刺耳得像一只快被掐死的猫，伴着可怕而

1. 美国20世纪种族主义者对黑人的贬称。"丛林"是指水泥建筑密布如林的城市，兔崽是形容他们逃避警方追捕的样子。

粗重的和弦。哐——咔——哐。哐——咔——哐。

这简直太可怕了，我可以本能地感觉到，从骨子里感觉到。我的耳膜就像抽动着的巨大静脉。每个人都随着节奏摇晃，我也随着它摇摇晃晃。邦——叭——邦。邦——叭——邦。

随后吉他手开始和着心跳的节奏吟唱，声音嘶哑刺耳，如同将死之人："强光闪耀……强光闪耀……"

视觉效果控制台上的那个家伙快速晃动身子，光圈一环环开始爬上帐篷的四壁，底部的蓝色一边升高一边变得越来越绿，然后变成黄色，橙色，最后变成天花顶上的一个圆圈，泛着刺眼的氖灯红。每一圈色彩刚好伴随一次心跳的节拍爬上帐壁。

伙计，这是多么可怕的感觉！好像我是一管牙膏，随着节奏被一下一下地挤，直挤到我的头顶上，感觉就要随着那些光圈一起向上喷射，从天花顶部穿出去。

然后他们开始逐渐加快速度。同样的心跳，同样的鼓点，同样的和弦，同样的光圈，同样的贝斯，同样的次声波逐骨而行，但只是加快了一点……然后更快！还要更快！

以为我会死！知道我会死！心脏疯了一样狂跳。鼓槌敲得像机关枪。光圈子把我往墙上卷，吸入那个红色的氖光洞。

噢，太不可思议了！一轮又一轮，更快又更快，直到那声音成了尖叫，那心跳成了轰鸣，那鼓声成了嚎叫，那吉他成了回荡的咆哮，而我的骨头就要跳出我的身体——

这地方每一处都气氛热烈，我被突然闪出的光刺瞎了眼睛——

一阵可怕的爆炸声传遍了每个扬声器，如此巨大的声响令我脚下震动——

我感觉到自己正从头顶上喷出而我爱之若狂。

然后：

爆炸变成了隆隆声——

灯光似乎一起蹿上天花板聚成一个圆圈，剩下周围全是漆黑一片。

接着光圈变成一个火球。

火球变成了一朵原子弹蘑菇云的慢镜头，这时轰鸣声逐渐消失。然后，画面暗了下去，片刻的黑暗之后，屋里的灯亮了。

好诡异的音乐！

这演出实在太带劲了！

所以演出结束后，当我单独找到他们，发现他们没有经纪人，甚至除了曼荼罗没有其他选择的时候，我的脑子转得比我生命中任何时候都要快。

长话短说，说得好听点，我把电视网结结实实耍了一记。我与骑士们签下一份合同，让我成为他们的经纪人并且我要提取百分之二十的利润。接着我以每周一万元的价钱订下他们进入美国梦的演出合约，我代表美国梦的老板开出一张支票，又作为四骑士的经纪人将支票交给我自己，然后以电视网走狗的身份再签一次合约，留给他们一个一万元的钱袋子，也留给我自己自甲壳虫乐队以来最红极一时的乐队今后所得收益的百分之二十。

说到底，靠小字补充细则为生之人必将死于小字补充细则。

倒计时 148 天……正在倒数……

“你还没看过录像带，是吗，广播导演？”杰克说。他紧张得要死。当你达到我在电视网组织中的那个地位时，你会习惯于让下属紧张，但杰克·皮特金是电视网本部的主管，而不是什么办公室勤杂，他当然也应该习惯了跟我这种级别的高级主管打交道。难道传闻是真的吗？

我们单独待在放映室里。不知道那个放映员是否会听到我们谈话。

“没有，我还没看过呢，”我说，“但我听到一些奇怪的说法。”

杰克看上去极其严肃。“关于录像带吗？“他说。

“关于你，杰克，”我说，用一脸轻松的微笑表示我对传闻并不在意，“说你不愿意播送这个节目。”

“这是真的，广播导演。”杰克平静地说。

“你知道你在说什么吗？不管我们的个人品味如何——我个人认为他们是有些不健康的东西——四骑士目前是这个国家最火的乐队，那个肮脏的小贼赫姆·盖尔曼给我们抬价抬到一小时的演出要二十五万。制作又另外花了二十万。我们已经花了十万美元做宣传。我们正从赞助商那里收获大笔大笔的钱。不管怎样，超过一百万美元的收益都取决于那个节目的播出。如果我们不播送它我们就会砸掉那么多的钱。”

“我知道，广播导演，”杰克说，“我也知道这会让我失去工作。想想看。因为知道这一切，我仍然反对播出那录像带。我正要为你播放收尾这一部分。我敢肯定你也会认为我甘冒失去工作的风险是对的。”

我肚子里有种可怕的感觉。我也有上级，而他给我的命令就是播出《与四骑士同行》，并且要播上一段时间。无论如何。某种滑稽的事情正在发生。我们提供商业播出时间所获得的价格史无前例，赞助商是一个从未购买过电视播出时间的大型航空航天公司。实在令我苦恼的是，杰克·皮特金不是个有勇气的人。然而现在他却拿自己的工作来冒这个险。他一定十分肯定我会同意他的想法从而改变主意，否则他不敢这样做。然而我不能告诉杰克，我在这件事上别无选择。

“好了，开机吧。”杰克对着内部通信对讲机说。“你将要看到的，”随着放映室的灯光熄灭他说道，“是最后一首歌。”

屏幕上：

镜头映出空荡荡的蓝天，背景音乐是柔软、慵懒的电吉他和弦。摄影机移动拍摄了几朵浮云，镜头拉到最长，定焦在了太阳上。当看上去只不过是一个小小光圈的太阳移动到屏幕中心时，西塔琴嗡嗡嗡的声音加入了吉他背景音中。

慢慢地，镜头开始将太阳放大。随着太阳图像在扩大，西塔琴也变得越来越响亮，吉他的声音开始减弱，而鼓声开始为西塔琴打上节拍。西塔琴变得更加响亮，节拍变得更加强烈并开始加速，与此同时太阳不断膨胀。最后，整个屏幕充满了难以忍受的耀目强光，背景音乐中西塔琴与鼓声狂乱无比。

然后在此之上，淹没了西塔琴和鼓声的，是一个病态狂热的声音：“更明亮……胜过一千个太阳……”

亮光消融，变成了一个美丽黑发女孩的特写镜头，一双大大的眼睛和湿润的嘴唇，突然间，音轨上什么声音都没有了，除了轻柔的吉他和低声的吟唱：“更明亮……哦上帝，它更明亮……更明亮……胜过一千个太阳……”

那女孩的脸消融在四骑士穿着死神长袍的全身镜头中，与女孩脸孔那段配乐相同的背景音乐转换到一个小调上，如同哀鸣，回荡的电吉他和弦混着西塔琴的持续低音变成一曲挽歌：“更黑暗……世界变得越来越黑暗……”

一系列的镜头切换配合着这哀歌：

亚洲一个燃烧的村庄里尸横遍地——

“更黑暗……世界变得越来越黑暗……”

奥斯威辛的死尸堆——

“直到它变得如此黑暗……”

堆积如山的汽车坟场里，瘦骨如柴的黑人孩子在镜头前显得那样渺小——

“我想我会死去……”

华盛顿的一个贫民窟，被背景中模模糊糊的国会大厦所笼罩——

“……在黎明到来之前……”

一个跳跃切换的特写镜头给骑士的主唱来了个极大的特写，他的脸扭曲成一个绝望和狂热的面具。西塔琴正以加倍速度快弹，吉他在悲鸣，而他在尖声大叫：“但在我死之前，让我完成那段旅程，赶在虚无来临之前……”

女孩的脸又一次出现，但却是透明的，一道耀目的黄色光芒透过了它。西塔琴的节奏越来越快，吉他随着它哀鸣，那声音变成狂乱的嚎叫：“……最后的强光闪耀，点亮我的天空……”

现在只剩下耀眼的光芒——

“……唰！世界终结……”

一个节拍之间屏幕全黑，之后由黑暗逐渐淡变为蓝色的地平线——

“……但在我们死去之前，让我们摆脱束缚，去往高空……吹走一切流行的自恋梦呓，从脑海中将我们点燃。最后的强光闪耀，人类的最后乐趣[1]，这旅程我们不可能有第二次……”

突然，音乐停了半个节拍。然后：

屏幕被一个极其巨大的火球照亮了——

惊天动地的隆隆声——

火球随着持续的轰鸣声聚成了蘑菇形柱状云。当轰鸣声开始消

1. 双关。原文 gas 既有“毒气”的含义，也有“乐趣”的含义。

失时，骇人的核子云中可以见到烈焰熊熊。女孩的脸在云层上隐约可见。

一个柔和的声音，在咆哮声中放大，带着令人恶心的虔诚："更明亮……伟大的上帝，它更明亮……比一千个太阳更明亮……"

屏幕一片空白，灯亮了。

我看着杰克。杰克看着我。

"好病态，"我说，"真是恶心。"

"你不想放映那样的东西，是吗，广播导演？"杰克温和地说。

我快速地在心里盘算了一下。这令人作呕的玩意儿播了不到五分钟……这事情能解决……

"你说得对，杰克，"我说，"我们不会播放那样的东西。我们会将这段从录像带上剪下来，在每次暂停的时候塞进另一个广告。那样就可以覆盖掉放映时间。"

"你不明白，"杰克说，"赫姆强塞给我们的合同不允许我们剪辑。这个节目是整套的——要么全部放映要么别干。不仅如此，所有节目都是这样。"

"都是这样？你这是什么意思，都是这样？"

杰克在座位上扭曲着身体。"那些家伙……嗯，是群变态，广播导演。"他说。

"变态？"

"他们……嗯，他们喜欢原子弹之类的东西。每一首曲子都指向同一样东西。"

"你是说……节目全都是这样的？"

"你总算明白了，广播导演，"杰克说，"我们要么播上一个小时那样的东西，要么啥也别播。"

"我的天。"

我知道我想说什么。把磁带烧掉，把百万美元一笔勾销。

但我也知道这会让我丢掉工作。我也知道在我出了这扇门五分钟后，他们就会让随便什么跟他们想法一致的人来接替我工作。甚至我的上层似乎也只是把更上一层的旨意传达下来而已。我别无选择。根本就没有选择的余地。

“很抱歉，杰克，”我说，“我们把它播出去。”

“我辞职。”杰克·皮特金说，他以前就不是个有勇气的人。

倒计时 10 天……正在倒数……

“这显然违反了《全面禁止核试验条约》。”我说。

副国务卿看上去像我一样感到茫然。他说：“我们将称之为和平利用原子能，让俄国人去尖叫吧。”

“这太疯狂了。”

“也许吧，”副国务卿说，“但是你有你的命令，卡森将军，我有我的命令。由上级下达的命令。7 月 4 日当地时间下午 8 : 58 准点，你将对准亚卡台地[1]的指定地点投下一枚五万吨级原子弹。”

“但是民众……电视台的记者……”

“地点会在危险地带以外至少两英里。毫无疑问，战略空军司令部可以在‘实验室条件下’达到这种精确度。”

我全身绷紧了。“我不是怀疑在我的命令下执这项行任务的任何投弹人员的能力，”我说，“我质疑的是这次任务的原因。我质疑这命令是否明智。”

副国务卿耸了耸肩，淡淡地笑了笑。“欢迎加入俱乐部。”

1. 美国能源部测试核武器的地方。亚卡台地附近的“51 号地区”是美国高度机密的军事测试及研发基地。

“你的意思是你也不清楚这到底是怎么回事？”

“我只知道国防部长向我传达的情况，我觉得他也什么都不知道。你知道五角大楼一直叫嚷要使用战术核武器来结束亚洲战争——你们战略空军司令部的小子们叫得最响。喏，几个月前，总统有条件地批准了一项计划，在下一个季风季节实施战术核武器打击。”

我吹了一声口哨。民众终于觉醒了。他们觉醒了吗？

“但这又为什么非要扯上——？”

“公众舆论，”副国务卿说，“这是以舆论的剧烈转变为条件的。在计划获得批准的时候，民意测验显示百分之七十八点八的民众反对使用战术核武器，百分之九点八的人赞成使用，其余的要么无法决定要么提不出意见。总统同意授权在某个指定日期使用战术核武器，时间就是从现在起几个月之后，这仍然是最高机密，前提是到了那个日期至少要有百分之六十五的民众赞成，同时极力反对的人不超过百分之二十。”

“我明白了……这只是个让联席会议保持沉默的策略。”

“卡森将军，”副国务卿说，“很显然你并不了解国人的情绪。在四骑士的首演之后，民意测验显示百分之二十五的民众赞成使用核武器。第二场演出后，这个数字是百分之四十一。现在是百分之四十八。目前只有百分之三十二的人极力反对。”

“你是想告诉我，一个摇滚乐队可以——”

“一个摇滚乐队和围着它转的那群狂热崇拜者。这已经变成了举国上下的歇斯底里症。有不少的仿效者。你没看见那些纽扣吗？”

“那些上面描着一朵蘑菇云，写着‘干吧’那些吗？”

副国务卿点点头。“我跟你一样搞不清楚，到底是国家安全委员会决定利用四骑士歇斯底里症来塑造公众舆论，还是从一开始四骑士就是他们创造出来的。但两种情况的结果都是一样的——四骑士和围着他们转的狂热崇拜者恰恰争取到了原本最坚决反对核武器的那群人：嬉皮士、学生、辍学者、应征年龄的青年。反对战争和反对核武器的示威活动已经销声匿迹。我们快要接近百分之六十五了。有人——说不准是总统本人——决定再推出一次四骑士的大型表演会，那将会让我们的人数再创新高。”

“总统是幕后操纵者？”

“毕竟，没有其他人能批准引爆原子弹，”副国务卿说，“我们会让他们在亚卡台地现场演出。这是由一家航空航天公司赞助的，这家公司非常依赖国防部的合同。我们让他们在现场直播。政府当然是幕后推手。”

“然后战略空军司令部扔下一颗原子弹作为压轴戏？”

“正是这样。”

“我看到过其中的一个演出，”我说，“是我的孩子们在看。我有种奇怪的感觉……我几乎希望那个红色电话响起……”

“我明白你的意思，”副国务卿说，“有时我会感觉到，无论谁是那个背后推手，他们本身都已陷入歇斯底里……骑士们现正在利用任何利用他们的人……一个恶性循环。但近来我感到疲累了。战争使我们都很疲累。只要我们能把这一切都结束……”

“我们都想结束战争，不是以这种方式就是以另一种方式。”我说。

倒计时 60 分钟……正在倒数……

我接到了集合“巴克菲什号”全体船员的命令，让他们观看《四骑士之四度出击》演出的现场卫星转播。表面上看来，命令整个北极星舰队观看一场电视节目似乎很奇怪，但其中牵涉的士气因素却相当重要。

北极星潜艇的岗位令人沮丧。只有最优秀的水手会被选中，而一个好水手总是渴望行动。然而一旦我们接到命令采取行动，我们的使命就将归于失败。我们大部分时间都在磨炼可能永远用不上的技能。威慑是一个很有效的策略，但对于执行威慑力量的人来说却是种可怕的消耗——这种消耗在过去由于国民对我们使命的消极态度而加剧。勇士们为了服务他们的国家，把他们的技能磨炼得如刀锋般锐利，却必须克制住他们所向披靡的身手，他们确实有资格痛恨被人当成等闲之辈。

因此，公众对我们态度的积极改变，似乎与四骑士乐队有关，这使他们成为北极星舰队的降福之神。以他们怪异的方式，四骑士似乎在为我们说话，同时也在对我们说话。

我选择了在导弹控制中心观看表演，在那里全体船员必须随时准备在五分钟预警内发射导弹。我总是感觉到与导弹控制中心的值班员的有种不言自明的交流，而这无法与我的其他部属分享。在这里，我们不是舰长和水兵，而是头脑和手。一旦命令到来，发射导弹的意愿将是我的，行动将是他们的。在这样的时刻，最好不要感到自己是孤单一人。

所有人的眼睛都盯在安装在主控制台上方的电视机上，这时演出开始了……

充满屏幕的是一个旋转着的螺旋图案，带有金属光泽的蓝色叠着带有金属光泽的黄色。有一种低沉的嗡嗡声，似乎一部分是西塔琴一部分是电子音，我有种感觉，声音不知怎么像是自我的头部里面发出，而那些螺旋形似乎直接刻在我的视网膜上。这微微地刺痛着我，但世界上没有任何东西能让我转身离开。

然后两个声音出来了，相互对着反复吟唱：

“让它全都进来……”

“让它全都出去……”

“进……出……进……出……进……出……”

我的脑袋好像开始了脉动——进—出，进—出，进—出——螺旋图案开始脉动着随着歌词变换颜色：黄色叠上蓝色（进）绿色叠上红色（出）……进—出，进—出，进—出……

进入屏幕……穿出我的脑袋……我似乎在击打我自己和屏幕之间隔着的某种无形薄膜，就像有某种东西在试图包围我的心智，而我正在与之搏斗……但是为什么我要与它博斗呢？

这脉动，这吟唱，变得越来越快，直到进和出这两个词都无法分辨，螺旋形的残影在我眼中形成视觉暂留的速度也超出了眼睛对影像变化的适应，这一切互相堆叠在一起，越来越快，直到我的脑袋像要爆炸——

歌声和嗡嗡声暂停了，四骑士穿着长袍，在舞台上表演，背景是晴朗的蓝色天空。然后是一个独唱声音，充满抚慰：“你进来了……”

然后，视线转到在骑士们的正上方，我可以看到他们在某种圆形的平台上。视角慢慢地平缓地向上移动然后拉远，我看到圆形的舞台在一座高塔顶端；高塔周围，密密麻麻围绕着庞大的人群，坐在沙漠的沙地上，那沙漠一直延伸到空旷荒凉的无限远处。

“我们进来了，他们进来了……”

我现在降落到人群中了，他们如同塑料一样熔化并且流动起来，从电视屏幕上倾泻而出包围了我……

“我们都进入了这里全在一起……”

一种奇异而美好的感觉……音乐变得更快、更狂野、令人欣喜若狂……而“巴克菲什号”的船体似乎变得不再真实……人群在我周围随着音乐摇摆……我和人群之间的距离似乎消失了……我在那里……他们在这里……我们被贯通在一起……

“哦，是的，我们都进入这里在一起……在一起……”

倒计时45分钟……正在倒数……

杰瑞米和我坐在那里目不转睛盯着电视屏幕，忽略了彼此和周围的一切。即使是在短时间的值勤和短暂的巡逻中，你也能感受到在这覆盖了数吨混凝土结构的地底洞穴里的感觉非常奇怪，只有你和那个握着另一把钥匙的家伙在一起，在这儿除了想出一些黑暗的想法将彼此弄得神经紧张之外没别的事可做。我们被认为是最坚定沉着的男子汉，至少他们是这样告诉我们的，他们应该说得没错因为世界还在这里。我的意思是，这不需要多麻烦——只要在同一处值勤，看守着同样三枚民兵洲际导弹的两个家伙在同一时间精神失常，在联动双锁里转动他们的钥匙，按下三个按钮……嘭！第三次世界大战！

这真是胡思乱想，那是我们不应该想的，否则我就要开始提防杰瑞米，而他也要开始提防我，然后我们之间的猜疑就会偏执狂一般不停地互相针对……但那不可能发生，我们太坚定沉着，太有责任心了。只要我们记住，在这里感觉有点神经紧张是有益身心健康的，我们就会没事。

但是电视机是个好主意。它让我们与外界保持联系，保持世界的真实感。我们很容易开始认为这里的导弹控制中心是唯一真实的世界，而上面发生的一切都不重要……胡思乱想！

四骑士……不知怎么的这帮家伙给你把所有的幺蛾子都放出来了。我指的是那种感觉，只想着最好能释放所有的紧张，让这一切都结束。看着四骑士演出，你可以在不造成任何伤害的情况下随着它一起走，让它涌向你，然后穿透你。我想他们是疯了；他们是人类的疯狂在我们自身的体现，在这里我们曾经必须非常小心地守护着不要让这种疯狂发生。观看骑士们演出，让所有狂热发泄出来，就是要确保这里不会出现发疯的情况。我猜这就是为什么我们很多人不执勤的时候都穿带“干吧”字眼纽扣服饰的原因。高级军官不会介意，他们似乎明白这是戏谑内心不适感的玩笑，我们需要以此保持正常的工作状态。

现在，以那些螺旋形玩意儿开头的演出又开始了——接着是嗡嗡声——又来了。嗖！我又马上回到屏幕上，好像之前的广告从未出现过一样。

“我们都进入这里在一起……”

然后是主唱歌手的特写镜头，他直视着我，距离靠得跟杰瑞米一样近，甚至感觉更真实。这个形貌猥琐的家伙，眼睛后面似乎有什么东西在告诉我他知道一切污秽腐臭的地方在哪里。

低音贝斯开始在他身后弹响，某种电子哼鸣声令我牙关咬紧。他开始弹他的吉他，显得下流又卑鄙。他唱着那种酒吧里会引人起哄的怪声怪调：

“我捅了我的妈，我抢了我的爸……”

一段反反复复沉重的吉他和弦回应着嘲弄的歌词，这时一个巨大的曲十字符号（红色叠着黑色，黑色叠着红色）像裸露的血管一样在屏幕上搏动——

骑士那张脸，猥亵地笑着——

“将我妹妹在厕所门上戳……”

吉他伴奏着搏动的曲十字符——

“把一只小狗闷死在水泥搅拌机里……灼烧一只小猫只为了听它惨叫……”

屏幕上，只见一场大火在慢镜头中燃烧，声音变成了缓慢、刺耳、令人痛苦的哀号：

“哦，上帝，我让这炽热发红的火焰在我脑髓中燃烧……

“哦，是啊，我让这火燃烧……在我发着恶臭的脑髓中燃烧……

“要给我一盏喷灯……将裸肉在火焰上炙烤……”

那大火融入了一个尖叫着的东方女人的脸孔，她穿过一个燃烧着的村庄，费力地用手抓着背上扛着的凝固汽油弹。

“我收到了这信息……沸腾在我血液的气泡里……人只不过是燃烧的火……在一团肮脏的淤泥中——”

纽伦堡集会的电影片段：游行的队伍挥舞着火炬组成一个旋转的曲十字——

然后骑士主唱的形象叠加在扭曲着燃烧着的曲十字上：

“你不恨我吗，宝贝，你不觉得有什么在脑海中尖叫吗？”

“你不恨我吗，宝贝，感受我用黏液淹没你！”

画面只剩下骑士的脸在充满仇恨地嚎叫——

“哦，是的，我是一个妖怪，妈妈……”

长焦镜头里，人群围着平台，站起身来，挥舞手臂，无声地喊叫。然后一个快速放大显现出一个个千变万化的脸孔，眼睛狂热无比，嘴巴张开嚎叫——

“就叫我——”

骑士的面孔叠加在人群疯狂的脸上。

“人类！”

我看着杰瑞米。他在摆弄那把用链子挂在他脖子上的钥匙。他在流汗。我突然意识到自己也在流汗，我的钥匙正在我手上活泼泼地怦怦直跳……

倒计时 13 分钟……正在倒数……

这感觉太有趣了，舰长在“巴克菲什号”的导弹控制中心跟我们一起观看四骑士演出。我坐在我的控制台前面看着电视，舰长时时刻刻监视着我……我感觉到他知道我在经历着什么样的感受，而我不知道他经受的是什么……这让我内心的那团烈火带上了一种我不喜欢的虚伪感觉……

然后广告结束了，螺旋状的东西又出现了，嚯！它将我吸回到电视机里，我不再去担心舰长或者其他诸如此类的事情了……

只见螺旋变成黄—蓝色，红—绿色，然后开始旋转又旋转，越快又越快，变换色彩并旋转，旋转……一种康尼岛旋转木马的声音在它后面叮当作响，越来越快，越来越快，越来越快，旋转着，旋转着，旋转着，闪烁着红—绿色，黄—蓝色，旋转，旋转，旋转……

这巨大的嗡嗡声充盈着我的身体，旋转着，旋转着，旋转着……我的肌肉放松，四肢无力，旋转，旋转，旋转，全身无力，旋转，旋转，旋转，哦太好了，只是旋转，旋转……

而在闪闪烁烁螺旋转动着的色彩中心，一个无色的明亮光点，在正中心，不曾移动，不曾改变，而整个世界色彩缤纷地围着它不停旋转又旋转，哼鸣的声音来自旋转的颜色，那亮点正在哼唱它的歌曲给我听……

这亮点来自一道很长很长不停旋转着旋转着的隧道尽头。嗡嗡声开始变得更响了。亮点开始变得更大了。我正沿着隧道向它飘过去，旋转着，旋转着——

倒计时 11 分钟……正在倒数……

旋转，旋转，旋转着进入长长的，长长的隧道，隧道脉动着色彩，旋转着，旋转着，飘向隧道尽头的光圈……若最终到达那里会是多么美好，沉浸在美妙的嗡嗡声中让它填满我的身体，那我就会忘记我在地底下，在这个洞穴里，忘记我手里握着一把硬邦邦黄铜钥匙，只有杜克和我，在地下的一个洞穴里，那里盘旋着闪闪发亮的颜色，旋转着，旋转着，向着隧道尽头友好的光明，旋转，旋转……

倒计时 10 分钟……正在倒数

不停旋转的隧道尽头光圈越来越大，哼鸣声越来越响，我的感觉越来越好，而“巴克菲什号”的导弹控制中心越来越模糊不清，指挥的可怕重负变得越来越轻，旋转啊，旋转，我感觉真好我想大喊，旋转啊，旋转……

倒计时 9 分钟……正在倒数……

旋转啊，旋转……我在旋转，杰瑞米在旋转，地底下的洞穴在旋转，隧道尽头的光圈旋转着越来越近，而我——我终于穿过去了！一个充满黄色光辉的地方。浅黄金属光。然后是浅蓝金属光。黄色。蓝色。黄色。蓝色。黄—蓝—黄—蓝—黄—蓝—黄……

纯色的光在搏动……纯净的声音在吟唱。只剩下对字母的感觉，在搏动间我无法阅读的字母，非黄亦非蓝——太急速，太微弱，我无法看清，但是重要，非常重要……

然后一个声音好像从我脑海中响起，仿佛它是我自己的声音：

“哦，哦，哦……我难道不是真想知道……哦，哦，哦……我难道不是真想知道——”

字词脉动着，在我读不懂的那些字词周围闪闪发光，几乎读不懂，难以读懂，几乎就要读懂……

“哦，哦，哦……伟大的上帝，我真的很想知道……”

奇形怪状无规则的形体笼罩了闪烁着蓝—黄—蓝色的宇宙，隐藏着我不得不去读的字……该死的，为何它们不能都散开，这样我就能发现我需要知道什么！

“告诉我，告诉我，告诉我，告诉我，告诉我……我必须知道，我必须知道，我必须知道……”

倒计时 7 分钟……正在倒数……

读不懂这些字！舰长为什么不让我读这些字？

我内心的声音在叫：“必须知道……必须知道……必须知道为什么它会让我如此难受……”为什么它不静下来让我读这些字？为什么这些字不能静止不动？或者只要放慢一点点？如果他们稍微放慢速度，我就能读懂它们，然后我就知道我该做什么……

倒计时 6 分钟……正在倒数……

我感觉到手掌上汗湿的钥匙……我看见杜克抚弄着自己的钥匙。必须知道！现在——透过脉动的蓝—黄—蓝光和我无法读出的字句，那字句在我脑后不断增加着可怕的压力——我可以看到四骑士。他们跪求着，呼喊着，抬头望着什么东西乞求着：“告诉我，告诉我，告诉我，告诉我……”

然后艳红色夹着橙色缓缓翻滚的巨浪充斥了整个世界，一个巨大的声音正欲诉说。但它无法连词成句。它结结巴巴地呻吟——

黄蓝—黄色闪光包围着词语，而我无法阅读——这同样的词语，我突然感觉到，那火的声音正拼尽力量要把语句形成——而四骑士跪着乞求："告诉我，告诉我，告诉我——"

友好温暖的火啊如此竭力地想要诉说——

"告诉我，告诉我，告诉我，告诉……"

倒计时 4 分钟……正在倒数……

那些词语是什么？那个命令是什么？我能感觉到我的部下在默默地恳求我告诉他们。毕竟我是他们的舰长，这是我的责任要将它查明！

"告诉我，告诉我，告诉我……"那些披着袍子的身形屈膝而跪，用那在我脑海中闪烁的脉动苦苦哀求，我几乎要将这词语看透……几乎……

"告诉我，告诉我，告诉我……"我对温暖的橙色的火焰低声诉说，火焰如此努力但却不能将这词语表达。部下们也在窃窃私语："告诉我，告诉我……"

倒计时 3 分钟……正在倒数……

这个问题在我脑中燃烧着蓝色与黄色的火焰。火在试图告诉我什么？我读不懂的字是什么？

必须解锁这些字！必须找到关键！

一个关键……一把钥匙？钥匙！有一把锁锁住了这些字，它就在我面前！将这钥匙插进锁里……我看着杰瑞米。是不是有些什么理由，在很久很久以前，为什么杰瑞米会试图阻止我把钥匙插进锁里？

但是杰瑞米动也不动，当我将钥匙插进锁孔……

倒计时 2 分钟……正在倒数……

舰长为什么不告诉我命令是什么？火知道，但它无法述说。我的脑袋因脉动而疼痛，但我读不懂那些字。

“告诉我，告诉我，告诉我……”我恳求。

然后这时我明白了舰长也在寻问之中。

倒计时 90 秒……正在倒数……

“告诉我，告诉我，告诉我……”骑士们苦苦哀求。我读不懂的字是我脑海里的一团火。

杜克的钥匙插在我们面前的锁孔里。声音来自遥远的地方，他说：“我们必须一起干。”

当然了……我们的钥匙……我们的钥匙会解锁这字句！

我把钥匙插进锁里。一，二，三，我们一起将钥匙转动。控制台上的盖子啪的一声弹开。盖子下面有三个红色按钮。三个标志在控制台上的字体亮起红灯：准备攻击。

倒计时 60 秒……正在倒数……

部下们在等我下令。我不知道要发什么命令。一团壮丽的橙色火焰试图告诉我，但它无法将话语说清……身穿长袍的人影向着火焰祈祷……

然后透过黄—蓝色的闪烁，隐藏着我必须读出的文字，我看到一大群人围着一座高塔。人群全体起立无声地请求——

人群中心的高塔变成了橙色的火，它试图告诉我这字词到底是什么——

变成一个巨大的蘑菇形滚滚而起的烟雾和致盲的橙红色眩光…

倒计时 30 秒……正在倒数……

巨大的火柱试图告诉杰瑞米和我这字句是什么，我们必须做的是什么。人群对着火焰之云尖叫。黄—蓝色的闪光在蘑菇云后面越闪越快。我几乎能读出这些字句！我能看到里面有两个字！

倒计时 20 秒……正在倒数……

为什么舰长不告诉我们？我几乎能看见这些字！

然后我听到围着这美丽蘑菇云的人群在大喊：

“干吧！干吧！干吧！干吧！干吧！”

倒计时 10 秒……正在倒数……

“干吧！干吧！干吧！干吧！干吧！干吧！干吧！干吧！”

他们想让我做什么？杜克明白吗？

9

部下们等待着！命令是什么？他们俯身在发射控制装置上，等待着……发射控制装置……？

“干吧！干吧！干吧！干吧！干吧！”

8

“干吧！干吧！干吧！干吧！干吧！”人群尖叫着。

“杰瑞米！”我大喊，“我能读出这些字！”

7

我的双手在我的发射按钮上游移。“干吧！干吧！干吧！干吧！”这些字在说。

舰长他不明白吗？

6

“他们想让我们做什么，杰瑞米？”

5

蘑菇云为什么还不下命令？我的部下在等待！优秀的水手渴望行动。

然后一个巨大的声音从火柱发出：“干吧……干吧……干吧……”

4

“在这里我们唯有一事可做，杜克。”

3

“命令，兄弟们！行动！发射！”

2

遵命，遵命，遵命！杰瑞米——

1

我向我那一排发射按钮伸出手。控制台上全场军人都向他们的发射按钮伸出手。但我比他们快了太多！我肯定会是第一个！

0

强光闪耀

（黎茵　译）

科幻作家的来源与发展

科幻作家经常被问及为何选择撰写科幻小说，而他们的答案始终不变。作家源于读者。并非所有读者都会成为作家，但没有任何一个作家不是先爱上科幻阅读而后成为作家的。最近，一位诗人想出了一个测试方法，用以判定一个孩子能否成为作家：将孩子放进一间房间，里面放满球类、游戏、娃娃屋、五花八门的玩具，和一台打字机；如果孩子径直走向打字机，那这孩子日后或可成为作家。

科幻作家来源于科幻迷。诚然，他们最初的创作多是模仿性的：可能是巴勒斯的仿作、是海因莱因式衍生、是柯南式冒险、是范・沃格特式阴谋……但慢慢地，作家的个性会开始重塑最初的模仿式创作冲动，尽管他们的作品仍可能延续某种特定的模式，但作品情节和风格会变得足够与众不同，以达到出版标准。杂志和平装书中充斥着此类作品，概无例外也无可指摘。最终，一些作者会跳脱出原有模式的束缚。或是通过生活的启发，或是通过其他解放思想的要素影响，作家会发现他们有些特别的想法想要述说，并会找到一种特别的方式去表达它。

在这些普遍情况之外也有例外。一些作家是以原创性闯入图书界的——海因莱因、范·沃格特、斯特金之属皆是如此。另一些作家在摸索过后最终找到了自己独特的主题和表达方式——阿西莫夫、库特纳、布伦纳之属当归于此类。而罗伯特·西尔弗伯格或许是一举成名的作家中最富戏剧性的一个例子。

西尔弗伯格描述自己是“一个活出了青少年时代幻想的人。我16岁左右的时候就梦想成为知名科幻作家，拥有足够的财富，让自己能沉溺于喜欢的任意娱乐之中，我梦想美貌女子的爱慕，梦想周游各地，梦想能摆脱日常生活的压力和危机”。他很早就试图实现梦想。他的第一部短篇小说《戈尔贡行星》（“Gorgon Planet”）于1954年发表于苏格兰杂志《星云》上，当时，西尔弗伯格还是哥伦比亚大学（他于此取得英语学士学位）的低年级学生。他的第一部长篇小说《半人马座α星上的叛乱》（*Revolt on Alpha* C）发表于1955年。

在早期的一些常规小说和与兰德尔·加勒特（Randall Garrett）的一段合作取得成功后，西尔弗伯格得出结论：“快速撰写量产型程式化小说”要比“浪费大量热情与精力创作卖不出去的个性化作品”更易取得成功。他的勤奋高产是现象级的，即使是在科幻这样一个作家必须迅速写稿、卖稿才能聊以谋生的领域也尤为突出。不过一年出头，他便成了一个成功的畅销烂书作者，每周写五天，每天写25页，还能将作品尽数卖出。

几年之后，他大胆进入了科普创作领域，同样高产，经济收益甚至更胜从前。他于20世纪60年代初期回归科幻。他的科学书籍变得更为透彻、更让人满意，而小说则展现出更多的原创性。最终，他凭借一本题为《开天》（*Open the Sky*，1967）的书、一部名为《荆棘》（*Thorns*，1967）的长篇小说、一篇题为《霍克斯比尔车站》[1]（“Hawksbill Station”）和另一篇题为《夜翼》（“Nightwings”）的短篇小说，出色地完成了“从高产雇佣文人到具有文学技巧和感受性的原创作家”的第一阶段转变。

这样的转变极少发生，几乎从未如此富有戏剧性。就连他的创作方法都发生了革命性变化：如今所有故事都要经过重写，每个句子都要在草稿纸上反复雕琢，直到足够精妙才得以投入叙事。

他的科幻依然被大量印刷，奖项也如期而至：《夜翼》获得 1968 年雨果奖，《乘客》（“Passengers”）获得 1969 年星云奖，《变化之时》（*A Time of Changes*）获得 1971 年星云奖最佳长篇，《来自梵蒂冈的好消息》（“Good News from the Vatican”）获得 1971 年星云奖最佳短篇，《伴死而生》（“Born with the Dead”）获得 1974 年星云奖。其他长篇小说还包括：《时间的面具》（1968）、《迷宫里的人》（1969）、《上线》（1969）、《玻璃塔》（1970）、《内部世界》（1971）、《人子》（1971）、《由内而亡》（1972）、《颅骨之书》（1972）、《随机之人》（1975）、《炉中的沙德拉》（1976）。他也出过几本短篇小说集，同时是一位高产的选集编辑。1967 年至 1968 年间，他担任美国科幻奇幻作家协会主席，并主编该协会最为畅销的选集《科幻名人堂》。

尽管西尔弗伯格在转变文风、更重文学技巧后创作出的小说都卓越非凡，但却流失了许多读者，星云奖与雨果奖的获奖比例变化或可证明此点[2]。他较近期的作品似乎大多包含科幻素材的再创作，他回溯传统科幻概念，探寻它们在现实生活如何作用，会对人类产生怎样的影响。在如此细究之下，科幻小说中的严酷现实变成了隐喻，变成了奇遇，变成了人生挫折。以《由内而亡》（*Dying Inside*）为

1. 故事中霍克斯比尔车站是设置在前寒武纪的流刑地，站名来自书中主要人物艾德蒙·霍克斯比尔（Edmond Hawksbill），这个名字也有玳瑁龟的意思。
2. 西尔弗伯格在 20 世纪 70 年代前所获多为雨果奖，70 年代后则以星云奖居多，前者由读者投票，后者由组委会评选。

例，这部令人钦佩的小说描述了主人公遭遇的一系列困境，此人拥有心灵感应能力，却只知利用能力替大学生代写学期报告；它被公认为主流文学小说，主人公逐渐减弱的超能力被视为人到中年的隐喻。不幸的是，这部小说并未获得主流文学评论家的青睐，科幻读者也没能从中找到熟悉的价值。

西尔弗伯格的晚期作品如宝石般精雕细琢，但也艰涩而疏离。在与萨缪尔·R. 德雷尼的对谈中他曾提到，他在 1975 年停止写作是因为当时的他感到无话可说，而他所写的东西越来越难令自己和读者感到满意。似乎是为了印证这一结论，再次回归写作时，他带来一部题为《瓦伦丁君王的城堡》的长篇史诗冒险小说，这部小说在成书之前便以 15 页提纲的形式预售出了 12.75 万美元的价格，这是当时金额最大的一笔预付款。后来，一些畅销书作者的预付收入飙升至 100 万美元甚至更多。西尔弗伯格撰写了一系列广受欢迎的“马吉坡”（Majipoor）系列[1]小说，以及一些其他的长篇小说，诸如获得星云奖的《驶向拜占庭》（1985）、《吉卜赛之星》（1986）、《秘密分享者》（1988）、《吉尔伽美什王》（1984）与《生者之地》（1989）。他的“新的春天”三部曲（New Springtime trilogy）以《凛冬尽头》（*At Winter's End*，1988）为始。

《太阳舞》（“Sundance”）初载于 1969 年 6 月号的《奇幻与科幻杂志》上。

（穆童、憬怡　译）

1.《瓦伦丁君王的成堡》即属于该系列。

太阳舞

[美国]罗伯特·西尔弗伯格

今天，你消灭了大约五万只A防区的饕餮。此刻，你正在度过一个不安的夜晚。黎明时分，你和赫恩顿向东飞去，沐浴着身后金绿色的霞光，沿着汉河把神经毒药丸撒到方圆一千公顷的土地上。之后，你们又飞到河对岸的草原，那儿的饕餮早已被消灭殆尽。于是，你们把午餐摆在地毯般茂密柔软的草地上，第一个殖民地就将建立在这里。赫恩顿摘了一些鲜嫩的花儿，你则享受了半个小时的恬淡幻觉。随后，你走向直升机，准备开始下午的后续喷洒作业。赫恩顿突然说："汤姆，假如我们最后发现饕餮不是有害动物，你会怎么想？比方说吧，假如发现它们也是人，有自己的语言、习俗、历史等等一切？"

你想到了自己的祖先过去的遭遇。

"它们不是。"你说。

"假设它们是。假设那些饕餮……"

"它们不是，别扯了。"

赫恩顿这人的心理就是有些残忍，不然也不会问出这种问题。他喜欢攻击别人的弱点，这让他觉得很好玩。结果呢，他那些看似随便的话整个晚上都在你的心头回荡。假如那些饕餮……假如那些饕餮……假如……假如……

你只睡了一会儿，还做了梦，梦中的你游过了一条条血河。

真是愚蠢。简直就是脑子烧坏了。你知道尽快消灭饕餮这件事有多重要，必须得赶在定居者们到来前完成。饕餮就是动物，而且是有害的动物，所谓的生态破坏者指的就是它们，释氧植物吞噬者，所以必须把它们都消灭掉。只留一小部分用于动物学研究，其余的必须都灭掉。令人厌恶的存在必须被消灭，这只是例行公事，历来如此。还是别用道德问题把我们的工作给搞复杂了，你告诉自己。还是别梦到什么血河的好。

饕餮甚至都没有血液，更别提什么会血流成河了。它们所有的，呃，只是一种类似于淋巴液的东西。这种液体遍布各个组织，沿着交界面传递营养物质。代谢废物也以同样的渗透方式排泄出去。就过程而言，这套系统和你们自己的循环系统在结构上是类似的，只不过没有连着一个总泵的血管网。生命物质只是从它们的体内慢慢渗过，就好像变形虫、海绵或者其他低等生物一样。不过从神经系统、消化机制、肢体和器官构造等方面来看，它们又绝对算得上是高等生物。真怪，你想着。外星生物之所以是外星生物，就是因为它们和我们不一样，你这么告诉自己，这话你对自己早已说过不知多少遍了。

对于你和你的同伴们来说，它们在生物学意义上的最美之处就在于，它们的生物学特性可以让你们干净利落地把它们消灭掉。

你们飞过青葱的草场，投下神经毒药丸。饕餮发现药丸，吞进体内。不出一个小时，毒物就会浸透它们身体的每一个部分。生命停止，紧接着就是细胞物质的快速裂解。养分刚一阻断，饕餮就实实在在地一个分子接着一个分子崩溃碎裂。那些淋巴液类似物的工作机制和酸相似，会导致全身性的细胞溶解，不管肉体还是骨头都会被溶掉。顺便说一句，它们的骨头也都是软骨。不出两个小时，地上就只剩下一摊液体。四个小时之后，你就什么都找不到了。考虑到你们计划在这里消灭掉的饕餮足有几百上千万只，尸体会自行溶解真是一个不错的特性。不然的话这里就要变成堆满尸体的停尸房了！

假如饕餮……

该死的赫恩顿。你都有点想明天一大早就去做个记忆剪辑了。把他那些愚蠢的猜测都从你的脑子里剪掉。要是你敢的话，要是你真敢的话。

真到了早上他却没敢。他怕记忆剪辑，他还是宁愿靠自己来摆脱这新发现的罪恶感。那些饕餮都是没有心智的食草动物，他对自己解释，它们都是人类扩张主义的不幸牺牲品，不过还没有到需要费心保护的地步。它们的灭绝也不是什么悲剧，只不过有些可惜。既然地球人要占据这颗星球，饕餮就只能让位。他告诉自己，19 世纪对美洲大草原上印第安人的屠戮，还有同一片草原上对北美野牛的屠杀，这两者是有区别的。屠杀雷鸣般奔跑的大群牲畜，最多就是感觉到一丝惆怅；屠杀那些长着棕毛的高贵野兽，最多就是感觉到一点遗憾，是的。但同样的事情发生在苏族印第安人身上，人们感觉到的可就不是一丝惆怅一点遗憾，而是出离愤怒了。这当中是有区别的。把你的强烈情感都留给那些合适的缘由吧。

他走出营地边缘的气泡舱，来到营地中央。石板路湿漉漉地闪着光，晨雾还没有消散，树枝低垂着，长长的锯齿形叶片上缀满了露珠。他停下脚步，蹲下，观察一只类似于蜘蛛的动物编织它那不对称的网。与此同时，一只带有精致的绿松石色斑纹的小型两栖动物正尽可能低调地从长满苔藓的地面上爬过。但还不够低调，他轻轻抓起那只小动物，放在手背上。小家伙的鳃惊恐地扑闪着，整个身子的两侧都颤抖了起来。小家伙的体色缓慢而巧妙地改变着，渐渐接近了他手背的古铜色，这伪装极为出色。他把手放低，小家伙急忙逃进了一个水坑。他继续向前走。

他刚 40 岁，身高比探险队绝大多数成员都要矮，但肩膀宽阔，胸膛厚实，一头蓬乱的深色头发，鼻子大而扁平。他是个生物学家。这是他换过的第三个职业，因为之前的人类学家和地产商生涯都以失败而告终。他叫汤姆·图·李本斯。他结过两次婚，但没有小孩。他的曾祖父死于酗酒；他的祖父吸食致幻剂成瘾；他的父亲则强迫症似的流连于廉价的记忆剪辑站。汤姆·图·李本斯很清楚，他正在背弃这个家族的传统，不过也可能是他还没发现自己特有的自毁模式。

他在主楼里遇到了赫恩顿、茱莉亚、艾伦、舒尔茨、常、迈克尔森和尼克尔斯。他们几个正在吃早餐，其他人则已经去工作了。艾伦起身走到他身旁，亲吻了他，柔软的黄色短发弄得他的脸颊痒痒的。“我爱你。”艾伦轻声说。她刚在迈克尔森的气泡舱里过了一夜。“我也爱你。”汤姆一边告诉她，一边飞快地在她那小而洁白的双乳间满怀爱意地划过一条竖线。他朝迈克尔森眨了眨眼，迈克尔森点点头，用两指指尖轻触嘴唇，向二人抛出一个飞吻。这里的每个人都是好朋友，汤姆·图·李本斯想。

“今天谁去投放药丸？”他问。

“迈克和常。”茱莉亚说，“C 防区。”

舒尔茨说：“再过十一天，整个半岛就能清理干净了。到时候我们就可以进入内陆了。”

“前提条件是我们的药丸供应跟得上。”常指出。

“你昨晚睡得好吗，汤姆？”赫恩顿问。

“不好。”汤姆说。他坐下来，点击了自己的早餐申请单。西面，雾霭已经渐渐遮住了山峦。他隐隐有些不安。来到这个星球已经九周，刚来不久就赶上了这里唯一的季节变化，从旱季转入雾季。这雾还将持续好几个月。在草原再次干旱之前，饕餮会被消灭干净，定居者将陆续到达。他接住滑槽滑出的早餐，艾伦坐在了他的旁边。她的年龄刚到他年龄的一半，这也是她的第一次远航。她是团队的记录保管员，不过对记忆剪辑也很在行。“你好像有烦心事。”艾伦对他说，“有什么需要帮忙的吗？”

“没有，谢谢了。”

“你闷闷不乐的样子特招人烦。”

“这是种族特质。”汤姆·图·李本斯说。

“我非常怀疑。”

“实际情况是，我的自我人格重建效果可能正在变弱，创伤指数就要爆表，现在的我只是行尸走肉罢了，你懂的。”

艾伦笑起来很美。她只穿了一件喷涂式半遮衣，皮肤看起来很温润。黎明的时候，她和迈克尔森刚刚一起游过泳。汤姆·图·李本斯一直在考虑，要不要等这次任务结束后就向她求婚。房地产生意失败后，他的婚姻就也终结了。治疗师建议他把离婚也当作是自我人格重建的一个部分。有时候，他也会想，不知道泰瑞现在去了哪儿，和谁在一起。

艾伦说：“要我看你挺稳定的，汤姆。”

“谢谢。”汤姆说。她还年轻，还不懂。

“如果只是一点小抑郁，我随便一下就能帮你剪辑掉。”

“谢了。”汤姆说，“不用。”

“我忘了，你不喜欢记忆剪辑。”

“我父亲——”

“怎么了？”

“他在五十年的岁月里把自己剪辑得只剩下一根游丝。”汤姆·图·李本斯说，“他剪辑掉了自己的祖先，自己的传承，自己的宗教，自己的妻子，自己的孩子，最后连自己的名字都剪辑掉了。之后他就整天这么坐着，一脸的笑。所以谢谢了，不用剪辑。”

“你今天在哪里工作？”艾伦问。

“就在围场里，做几个测试。”

“需要人陪吗？我今天一早上都休息。”

“谢谢，不用了。”汤姆立刻回答。艾伦一脸受伤的表情。为了补救自己无意间流露出的绝情，汤姆轻轻触摸了一下艾伦的手臂，说：“今天下午吧，怎么样？我们可以好好谈谈，行吗？”

“好的。”艾伦说。她笑了笑，还摆了个飞吻的口型。

早餐后，汤姆去了围场。围场位于基地东侧，占地几千公顷，外围每隔八十米就安装了一台神经场投射器。这种围栏作为防止围场里两百多只饕餮逃逸的工具非常有效。即使等到其他地方的所有饕餮都被消灭的时候，这个研究组的样本仍会被保留下来。围场的西南角是实验室的气泡舱，代谢实验、心理实验、生理实验和生态实验都在那里进行。围场内有一条沿对角线方向流淌的小溪，东部边界处还有一片长着草甸的低矮丘陵。几片茂密的稀树草原将五丛密集生长的刀锋树分隔开来。草丛遮蔽下生长着释氧植物，它们的植株几乎完全被淹没在草丛中，只有起到光合作用的穗状花序每隔一段距离就冒出来，足有三四米高，还有齐胸高的柠檬色呼吸体，正是这些呼吸体释放出的气体让整个草原弥漫着甜蜜醉人的气息。整个草场上饕餮三五成群，津津有味地啃噬着呼吸体。

汤姆·图·李本斯注意到溪流对面的那群饕餮，于是就走了过去。他被藏在草甸里的一棵释氧植物绊了一下，不过很灵巧地保持住了平衡。他抓住呼吸体布满褶皱的开口，深吸了一口。绝望感消失了。他靠近那些饕餮。饕餮都是些体形硕大行动迟缓的球形生物，身覆浓密的橘红色粗毛。碟形的眼睛从狭窄而富有弹性的嘴唇上方突出来。它们的腿很细，上面覆盖着鳞片，就像鸡腿一样。它们的手臂很短，紧贴在身体两侧。看到他，饕餮们一副见怪不怪很漠然的样子。“早啊，弟兄们！”这次他用这句话来问候它们，尽管他自己也不知道是为什么。

今天我注意到一件奇怪的事。有可能只是因为我在野外吸了太多氧；也有可能是我被赫恩顿植入的暗示给影响了；或者可能是我的家族受虐症发作。不过就在我观察围场里的饕餮的时候，我忽然觉得——这是我头一次有这种想法——它们的行为似乎有智慧的成分，它们似乎正在进行一些仪式化的活动。

我观察了它们三个小时。在这段时间里，它们从草甸中扒出了大概六七根释氧植物的苗子。每一次开始咀嚼前，它们都要进行一套程式化的活动。它们：

在植株周围松散地围成一个圈。

看太阳。

看向旁边的同伴，顺着圈从左看到右。

只有在完成上述三项后，它们才会发出一阵嘶鸣声。

再次看太阳。

围上去，开始吃。

要说这不是在做感恩祈祷，不是在赞颂恩典，那这还能是什么呢？而要是它们在精神上已经先进到可以赞颂恩典，那我们这不是在进行种族大屠杀吗？黑猩猩会赞颂恩典吗？上帝啊，即使是对付黑猩猩我们也没有用过灭绝饕餮这样的方式！当然，黑猩猩不会打扰人类种庄稼，某种形式的共存也是可能的，而饕餮和人类的农业专家就是不能在同一颗星球上共存。再说，这里还有一个道德上的问题。对于饕餮的灭绝工作是建立在一个假定上的，那就是饕餮的智力水平只与牡蛎差不多，最多也就是到绵羊的水平。我们问心无愧，因为我们使用的毒药药性发作很快，而且无痛，而且饕餮很配合地死后即溶，为我们省去了焚烧几百万具尸体的烦恼。不过要是它们会祈祷的话——

我还不打算跟其他人提起这些。我需要更多、更硬、更客观的证据。录像、录音、内存条，到时候我们再看。要是我证明了我们正在灭绝一个智慧种族呢？我的家族对种族灭绝就有些了解，毕竟，几个世纪之前我们也是种族灭绝的受害者。我很怀疑自己能不能让眼下正在进行的这些工作全部终止。不过至少我自己可以退出行动，返回地球，煽动公众抗议。

但愿这一切只是我的想象。

我可没有胡思乱想。它们确实围成了一圈；它们确实在看太阳；它们确实发出了嘶鸣和祷告。它们只是些长着鸡腿的果冻丸子，但它们会对食物表示感谢。此刻，那些大大的圆眼珠看我时似乎也带上了责难的眼神。我们豢养的这群饕餮知道周围正在发生什么，知道我们是从天上下来消灭它们的种族的，唯有它们这一群才能幸免。它们无法反抗，甚至都无法表示自己的不满，但它们知道。而且它们恨我们。上帝啊，我们自从到这里后已经杀掉了两百万饕餮。毫不夸张地说，我的双手已经沾满了鲜血。我该怎么办呢？又能怎么办？

我必须得谨慎行事，不然一定会落得个被麻醉后做记忆剪辑的下场。

不能让他们觉得我是个怪人，是个骗子，是个煽风点火的家伙。我不能自己跳出来大声疾呼！得找到盟友。赫恩顿首先算一个。他肯定会站在真理的一边，那天投放药丸时就是他启发的我。当时我还以为他只是跟平常一样故意使坏呢！

今晚我就跟他谈。

汤姆·图·李本斯说："我最近一直在想你那天说的话。关于饕餮的。也许我们对它们的心理学研究还不够深入，我是说，如果它们真的有智慧——"

赫恩顿眨了眨眼。他的个子很高，一头油亮的黑发，胡子很浓，颧骨很高，"谁说它们有智慧啊，汤姆？"

"你说的啊。就在汉河那头，你说——"

"我只是随便假设一下，起个话头而已。"

"不，我觉得不止，你是真的相信的。"

赫恩顿一脸困扰的表情，"汤姆，我不知道你到底想说什么，不过还是别说了。要是我真有那么一刻觉得我们是在屠杀智慧生物，我肯定飞一样跑去找剪辑师，速度快到能引发内爆波。"

"那你当时为什么要跟我提那话茬？"汤姆·图·李本斯问。

"就是闲聊嘛。"

"通过引发别人的负罪感来给自己找乐子？你就是个混蛋，赫恩顿。我说真的。"

"呃，你看，汤姆，我又不知道你会对一个假设性的说法这么上心——"赫恩顿摇摇头，"饕餮可不是智慧生物，这显而易见。不然我们也不会去执行消灭它们的命令。"

"显而易见。"汤姆·图·李本斯说。

艾伦说："不，我不知道汤姆有什么企图。不过我很确信他需要休息一下。距离他的人格重建才过去一年半，当时他整个人可都垮掉了。"

迈克尔森查看了一下图表，"他已经连续三次拒绝轮到他的药丸投放任务了。说什么研究太忙抽不出时间。真见鬼，给他顶班可以，但他好像是在躲奸溜滑，这让我很不爽。”

“他在搞什么研究？”尼克尔斯很好奇。

“反正不是生物学研究。”茱莉亚说，“他一天到晚都和围场里的饕餮在一起，但我没见他对它们做什么测试，他只是在观察它们。”

“还跟它们说话。”常也注意到了。

“对，还有说话。”茱莉亚说。

“都说什么？”尼克尔斯问。

“谁知道呢。”

所有人的视线都转移到了艾伦身上，“你跟他最要好。”迈克尔森说，“就不能让他先别搞那些了吗？”

“首先，我得知道他到底在搞什么。”艾伦回答，“他一个字都没跟我说。”

你知道自己必须要小心谨慎，因为他们的人数远多过你，而且他们对你精神健康的担忧可能会招致毁灭性后果。他们已经发现你被某些事情困扰，艾伦也在试图打探引发这困扰的根由。昨天晚上你躺在她的怀里时她盘问了你，旁敲侧击、拐弯抹角，但你知道她想要问的是什么。月亮升起时她建议你和她去围场散散步，去看看那些熟睡的饕餮。你婉言谢绝，但她看得出，你已经完全迷上了那些生物。

你已经完成了对你自己的探究——低调谨慎，你希望是这样。你也很清楚地知道，自己无力拯救饕餮。不可撤销的委任已被下达。这简直就是 1876 年的再现；它们就是野牛，它们就是苏族人，它们必须被消灭，因为铁路就要修过来了。要是你大声疾呼，你的朋友们肯定会安慰你，让你镇静下来，然后剪辑你的记忆，因为他们看不到你所看到的。要是你回地球去宣传鼓动，人们肯定会嘲笑你，建议你再做一次人格重建。你什么都做不了，什么都做不了。

你救不了它们，但你也许可以记下一切。

你来到草原上，和饕餮一起生活，和它们交朋友，学习它们的生活方式。全都记录下来，完整记录它们的文化，至少不要让这一部分也一起丢失。你懂人类学田野调查的技术，就像过去使用这技术研究人类自己一样，你现在用在了饕餮身上。

他找到迈克尔森，"能给我几周时间吗？"他问。

"给几周时间，汤姆？你什么意思？"

"我有些田野调查的工作要做，需要暂时离开基地，研究野外的饕餮。"

"围场里那些怎么了？"

"这是研究野外种群的最后机会了，迈克，我必须要去。"

"一个人，还是跟艾伦一起？"

"一个人。"

迈克尔森慢慢点了点头："好吧，汤姆。你想干什么就去吧。我不会拦你的。"

我在草原金绿色的太阳下跳舞。饕餮们聚拢了过来。我脱光衣服，汗水让我的皮肤散发着微光，我的心在猛跳。我在用脚和它们交谈，而它们也听得懂。

它们懂。

它们有种柔声语言。它们有神祇，它们懂得爱情，懂得敬畏，懂得欢喜，它们有自己的礼仪，它们有自己的名字，它们有自己的历史，这一切我深信不疑。

我在茂密的草地上跳舞。

我该怎样与它们沟通？用我的脚，用我的手，用我的哼鸣声，用我的汗水。它们聚拢过来，成百上千，我跳着舞。我不能停下，它们围绕着我，发出它们的声音。我就是传导新奇力量的导管。真该让我的曾祖父看看现在的我！坐在他那怀俄明州老房子的门廊里，手里端着烈酒，脑壳里装着正在腐烂的大脑——看看我啊，老家伙！快来看汤姆·图·李本斯的舞蹈！我在用双脚和这些新奇的生物交谈，沐浴着颜色不对的太阳。我在跳舞，在跳舞。

“听我说。”我说，“我是你们的朋友，只有我，你们可信任。相信我，告诉我，教会我。让我保存你们的生活方式，因为很快，毁灭就会降临。”

我跳着舞，太阳冉冉升起，饕餮的咕哝声绵绵不绝。

酋长就在那边。我向它跳去，后退，又向前，鞠躬，指指太阳，我想象着生活在那个火球里的生命，我模仿着这些族人的声音，我跪下，我起来，我跳舞。汤姆·图·李本斯在为你们跳舞。

我重新唤回祖先们那已经遗忘的技艺，感觉能量就在我的体内流动。就好像他们在还有野牛的那个时代里跳舞，我现在也在跳舞，就在叉河的对岸。

我跳着，饕餮们也跳了起来，慢慢地，不太确定地，它们向我走来，它们转换着重心，抬起一条腿，又一条腿，转起了圈。“对，就这样！”我叫道，“跳啊！”

我们一起跳舞，直跳到日上中天。

它们的眼中已没有责难。我只看到温暖，看到亲情。我是它们的兄弟，是它们的红皮肤族人，是跟它们一起跳舞的人。在我看来，它们也不再显得笨拙，它们的动作中自有一种稚拙的优雅。它们在跳舞，在跳舞，它们在我的身边欢跃，越来越近、越来越近，越来越近！

我们跳得如圣徒般狂热。

它们唱了起来，那是一首迷蒙的欢乐赞美诗。它们向前挥动着手臂，张开它们的小爪子。它们在左右脚间移动着重心，动作整齐划一。左脚向前，右脚，左脚，右脚。跳吧，兄弟们。跳吧，跳吧，跳吧！它们紧挨着我，它们的身体在颤抖，他们散发着甜蜜的气息。它们轻轻推着我穿过原野，来到一片生长茂密未被踩踏过的草甸。我们继续跳着舞，边跳边寻找释氧植物，不一会儿就在草甸下找到几簇植株。它们做过祈祷，用笨拙的小手臂抓住植株，从光合花序中分离出呼吸体。痛苦的植株释放出大股氧气，我飘飘欲仙，又唱又笑。饕餮们啃食着柠檬色的多孔花球，然后又啃食花茎。它们把植株推到我面前，这是一种宗教仪式，我明白了。与我取之，与我共食，与我同处，此为躯体，此为骨血，取之，共食，同处。我弯下腰，将一个柠檬色的花球放到嘴边。我没有咬，而是啃食，就跟它们一样。我的牙扯下了花球的表皮，汁液喷射到口中，氧气充满鼻腔。饕餮们唱起赞颂的圣歌。为了这一刻，我应该全身都涂上油彩，用我的祖先们所用的油彩，还有羽毛，用那本该属于我的宗教象征物来面对它们的宗教。取之，共食，同处，释氧植物的汁液在我的血管里流淌。我拥抱我的兄弟。我唱歌，我的声音刚一出口就变成了一道如新制钢铁般闪耀着光芒的弧线，于是我降低音调，弧线变成了失去光泽的银子。饕餮们紧靠在一起，它们的体香仿佛是火红色的。它们轻柔的叫声仿佛飘散的蒸汽。太阳很热，阳光就是微微起伏的高音，接近我的听觉极限，呼呼！呼呼！呼呼！茂密的草坪在对我哼唱，声音低沉而浑厚，风将点点火焰抛撒过草原。我又吞食了一棵释氧植物，接着又是一棵。我的兄弟们大笑着、高叫着。它们跟我讲述它们的神灵，温暖之神、食物之神、欢乐之神、死亡之神、圣洁之神、谬误之神，还有其他的神。它们给我讲述诸王的名讳，我听着它们的声音，就像绿色的泥土撒向洁净的天空。它们向我解释它们的神圣仪式，我必须得记下来，我告诫自己，因为这一切一旦消失就再也找不回来。我继续跳舞，它们继续跳舞。山丘的颜色变得越来越粗粝，就像腐蚀性气体。取之，共食，同处。

跳舞。它们是这般的温良！

忽然，我听到了直升机的声音。

直升机在头顶上方的高空盘旋，我看不到是谁在驾驶。“不，”我叫道，“别过来！别对这些人下手！听我说！我是汤姆·图·李本斯！你们听不到吗？我正在做田野调查！你们没有权力——”

我的声音让飞旋的蓝色苔地边缘蹿出了红色的火花。火花飘升起来又被一阵冷风吹散。

我大喊，我大叫，我怒号。我跳舞，我挥舞拳头。直升机旋翼下用来投放药丸的折叠机械臂伸展开来。闪亮的喷头旋转着伸出，神经毒药丸如雨点般洒向草甸，每一个都在天空中留下一道炽烈的尾迹。直升机的响声变成了一张毛绒毯，一直延伸到地平线上，我的尖叫声都被淹没在了毯子里。

饕餮们离开我的身旁，扒开草皮，仔细寻找着药丸。我继续跳着舞，跃入它们当中，将药丸从它们的手中打落，扔进小溪，踩成粉末。饕餮们向我发出了怒气冲冲的咆哮，又转身去寻找其他药丸。直升机转身飞走，只留下一道浑厚油腻的尾音。我的兄弟们急切地吞噬着药丸。

一切都无法避免。

它们在极乐中歪倒在地，一动不动。偶尔有一两条肢体抽动一下，不一会儿，就一点动静都没有了。它们开始分解，成千上万的饕餮溶化在草原上，失去了球形的形体，变成一坨坨没有形状的东西，逐渐扁平，然后渗进地里。分子间的结合力不再有效。原生质开始衰亡。它们萎灭、消失。我在草原上一个小时接一个小时地走着。此刻的我吸进氧气，此刻的我啃食柠檬色的花球。沉重的钟声中，太阳开始下落。乌云在东边吹起铜号，不断加强的风卷成碳色鬃毛旋涡。寂静降临，夜幕低垂，我跳着舞，独自一人。

直升机又来了，他们找到了你。他们拽你上去，你并没有反抗。你已经超越了苦痛。你平静地向他们解释了你所做的一切，你所学到的一切，以及为什么消灭这些人是错的。你向他们描述你所吃的那种植物，描述植物对你感官的影响。听你讲到那神奇美好的通感：风的质地、云的声音、阳光的音韵，他们微笑着点点头，告诉你别担心，一切都会很快好起来的。他们用一个冰凉的东西触到了你的前臂，冰凉到散发出嗖嗖声，冰凉到散发出嗡嗡声，解除致幻剂毒性的药物流入你的血管，狂喜迅速退去，剩下的只有疲乏和伤感。

他说："我们从不吸取教训，不是吗？我们把我们所有的恐怖输出到各个星球。消灭亚美尼亚人，消灭犹太人，消灭塔斯马尼亚人，消灭印第安人，所有挡路的人都被我们消灭，然后我们又到了这儿，做着同样可怕的杀戮勾当。你们之前没和我一起在那儿。你们没有和它们一起跳舞。你们没有看到饕餮的文化是多么纷繁复杂。我来给你们讲讲它们的部族文化，非常复杂：首先来说，光婚姻关系就有七个层次，更别提异族通婚因素还需要——"

艾伦轻声说："汤姆，亲爱的，没人会伤害那些饕餮的。""还有它们的宗教。"汤姆仍继续道，"九个神，每个都是主神的一个方面。圣洁与谬误都是被崇拜的对象。它们有圣歌，有祈祷，有神学。而我们，谬误之神的使者——"

"我们并没有要灭绝它们。"迈克尔森说，"难道你不明白吗，汤姆？这都是你的幻想。你受到了致幻剂的影响，我们正在帮你排毒，再过一小会儿你就没事了。你的判断力也会恢复的。"

"幻想？"汤姆痛苦地说，"致幻剂引发的梦境？我就站在草原上，我看到你们投放药丸了。我也看到了它们的死亡，看到它们溶化。那可不是我的梦。"

"我们该怎样才能说服你呢？"常真挚地问，"怎样才能让你相信？要我们带你飞越饕餮的土地看看那里有多少数百万计的饕餮吗？”

“可又有多少百万被杀掉了呢？”他反问道。

他们坚持说他错了。艾伦再一次告诉他，没人想要伤害饕餮，“我们是科考队，汤姆。我们到这里是来研究它们的。伤害智慧生命违反我们所坚持的所有准则。”

“你们承认它们是智慧生物？”

“当然了，这一点从来都没有异议。

“那为什么要投放药丸？”他问，“为什么要屠杀它们？”

“这两样都不是事实，汤姆。”艾伦说。她用冰凉的双手握住汤姆的手，“相信我们，相信我们。”

汤姆痛苦地说：“想要我相信你们，为什么你们不把活儿都干好呢？把剪辑器拿出来，用在我身上，你们不能指望单靠说的就让我无视自己亲眼所见的证据。”

“你一直都在致幻剂的影响之下。”迈克尔森说。

“我从没用过致幻剂！除了刚才在草甸上吃的那些，在我跳舞的时候——那可是在我目睹了持续一周又一周的屠杀之后。你打算告诉我那是一种追溯性妄想吗？”

“不，汤姆。”舒尔茨说，“你之前一直都处在幻觉当中，这是你所接受的治疗的一部分，你的人格重建治疗。你来这里就是要做人格编制。”

“不可能。”汤姆说。

艾伦亲吻了他滚烫的额头，“这都是为了让你和人类达成和解，明白吗？你的祖先在19世纪时颠沛流离，你对此充满怨恨。你无法原谅这个工业社会，因为他们驱逐了苏族人。你被可怕的仇恨蒙蔽了双眼。你的治疗师认为，要是能让你参与一场虚拟的现代种族灭绝，要是能让你认识到这一切都是必要的，你的怨恨就会被消除，你也能在这个社会重新获得一席之地，作为——”

他一把将她推开，“别说蠢话了！哪怕你对人格重建治疗只有一点点的了解，那你也应该知道，没有哪个像样的治疗师会肤浅到这种地步。人格重建中没有一对一的关联作用。不，别碰我，走开。走开。”

他才不会相信他们说的话，这根本不是什么致幻剂引发的梦幻。这不是幻想，他告诉自己，更不是什么治疗。他站起来，走了出去。他们没有跟上来。他上了一架直升机，去寻找他的兄弟们。

我又开始跳舞。今天的太阳热多了。聚集的饕餮也更多。今天我涂了油彩，今天我也戴了羽毛。汗水让我的身体闪闪发光。它们和我一起跳，它们身上有一种我以前从没有见过的癫狂。我们用脚踩踏着被踏倒的草甸。我们用手去抓太阳。我们唱歌，我们呼号，我们大叫。我们一直跳舞，直到倒地不起。

才没有什么幻想。这些人都是真是的，它们都有智慧，它们的命运都已注定，这我知道。

我们跳舞，尽管一切都已注定，我们还是要跳舞。

我的曾祖父来了，和我们一起跳舞。他也是真实的。他有老鹰一样的鼻子，不像我的鼻子一般扁平。他戴着巨大的头饰，棕色皮肤下的肌肉就像股股绳索般凹凸有致。他唱歌，他呼号，他大叫。

家族里的其他成员也加入了我们。

我们一起吃释氧植物，我们拥抱饕餮，我们知道，我们所有人都知道，被人猎杀是怎样的滋味。

云有音韵，风有质感，太阳的温暖带着色彩。

我们跳舞，我们跳舞，我们的肢体不知疲倦。

太阳越来越大，填满了整个天空，我的眼前再没有饕餮，只有我的家人，我先辈的先辈，跨越几个世纪，成千上万的闪亮肌肤，成千上万的鹰钩鼻，我们一起吃植物，我们找出尖利的棍棒，刺入我们的肉体，甜腻的血液流出，在太阳的火焰下干涸。而我们在跳舞，在跳舞，有些人疲惫倒地，我们还跳舞，草原是一片头饰起伏的海洋，一片羽毛的海洋，我们还跳舞，我的心发出雷鸣，我的膝盖变成流水，太阳的火焰吞没了我，而我还在跳舞，我摔倒在地，我继续跳舞，我摔倒在地，我摔倒，摔倒，摔倒。

他们再次找到你，把你带了回来。他们把冰凉的针管挨上你的手臂，祛除你血管里释氧植物的致幻剂，他们还给你注射了别的什么药物，让你好好休息。你在休息，你心如止水。艾伦亲吻了你，你抚摸着她温软的肌肤。然后其他人走了进来，和你说话。他们说了些安慰的话，但你并没有在听，因为你在探寻现实。这探寻并不容易，就好像是要跌入层层暗门，寻找那唯一一个地板上没有铰链的房间。这颗星球上发生的一切都是对你的治疗，你告诉自己，是设计好了的，为了让一个遭受苦难的原住民甘心接受白人的征服。这里并没有什么东西真的被灭绝。你拒绝接受这一切，但又在跌入一层后意识到这肯定是对你那些朋友的治疗。他们背负着数百年来逐渐积累的罪恶感来到这里寻求解脱。你在这里就是为了减轻他们的负担，把他们的罪恶转移到自己身上并给予他们宽恕。你又跌入一层，发现那些饕餮只不过是些威胁当地生态的动物，需要被清除。你在它们身上看到的文化都是你的幻觉，都是旧时的牵绊激起的热望。你想要收回对这种必要的灭绝行动的抗议，结果又跌入一层，发现除了在你的头脑之外根本就没有什么灭绝行动，而这一切都是因为你对那些针对你祖先们的罪行着了魔，这一切扰乱了你的心志。你坐了起来，想要向你那些朋友道歉，他们都是无辜的科学家，而你却说他们是杀人犯。结果你又跌入一层。

（王小亮　译）

明喻式科幻

作家们想出了许多策略，借以处理故事中出现的虚构情节。例如，如果作家告诉读者，这个故事在现实世界中不可能发生——他们可以生造某种事物、生物或是力量，按照理性预期不可能曾经存在于世，将来也永远不可能出现——那这故事便是奇幻，此时读者会放弃以惯用标准去判断故事情节的现实性和实际意义。另一方面，如果作家告诉读者，尽管这个故事从未发生过，但它是可能发生的，这时读者便可能将故事情节与现实做出对比，他们理解故事时，会始终保持着理性思考，并以原封不动的日常经验与之作比。这是区分科幻与奇幻的方式之一。

不过，无论是科幻还是奇幻，故事本身必须有关此时此刻。如果它与当下无关——如果这个故事的人物形象单调，行为缺位，如果这个故事全然不去描述人类的希望与恐惧——它就不会有读者；它可能不值一读。即使是奇幻故事也要与现实做出对比。

科幻小说与现实的对比更为直接。科幻故事源于现实；读者有兴趣知道，他们生活的世界是怎么变成故事中的世界的。艾萨克·阿西莫夫曾言道，科幻为读者提供两类故事："象棋"和"象棋谜局"。"象棋"是合理推论型的："如果顺此情节发展下去……"，此类故事展示的是顺着当今世界可见趋势发展下去的未来世界；而"象棋谜局"是"假设"类故事，此类故事中的情境衍生自一些不曾预想的情况。《太空商人》（*The Space Merchants*）是一部"象棋"小说，而《日暮》则是一盘"象棋谜局"。

两类故事中都含有对现在的暗示。合理推论型的"象棋"讨论的是：如果人类不做点什么改变当下发生的事，世界将会迎来充满混乱的可怕终结。这类故事是警示性的，偶尔也是激励性的。但即使是纯粹推理型的"象棋谜局"也会给予读者一些与当下困境有关的启示。以《日暮》为例，这个故事离人们的生活经验太远，若不是因为反映了人们在面对无形和未知时的态度，就很难打动人心。故事设定出一个情境，让你去试想自己会如何面对，在此过程中，你对人性和人类所处的环境便产生了一些新的认知。

哈尔·克莱门特的《重力使命》（*Mission of Gravity*）效果与此相仿。表面上看，这是一部关于外星生物的小说，他们形如毛虫，所在星球两极地区的重力是地球的几百倍，赤道地区却只有两到三倍。读者能与这些外星人产生共鸣，是因为他们面对特定情境的反应与人类相同，于是读者很快便将他们视为人类。但如果读者没有被引导去思考地球引力（以及自然环境中其他因习以为常而从未考虑过的物理因素）如何控制了自己的生理和心理状态，小说就失去了大部分价值。正是这种明喻的能力让科幻拥有了与众不同的力量，这种文类能让读者质疑他们之前从未质疑过的问题，让他们重新评估人类的生存状况。

明喻式科幻的最佳范例或许要数厄休拉·K. 勒古恩的《黑暗的左手》。故事主人公是一个雌雄同体的人种，他们生活在名为格森的星球上。一个由若干世界组成的松散联邦派出一位人类使节到访格森，邀请他们加入联邦。这位使节不仅要解决政治问题，还要尽力克服困难去理解这种外星人的“人性”，他们大多数时间都呈现出无性状态，然而每月都有一次或变男或变女，具体性别视情况而定。

格森文明与地球文明的差异会引导读者去思考这样一个事实：地球上的人类分为男女两性，这事实上影响了两性间的一切关系，包括政治结构、经济、教育、艺术、神话，以及其他一切。实际上，勒古恩自述该小说是她探讨女性解放问题的独特方式。作为星云、雨果双料获奖作品，《黑暗的左手》可能也完美展现了概念与文学技巧的结合，它将主题、人物塑造、戏剧性和文体风格融会贯通为一部艺术作品。它的成功令人想起雷蒙德·钱德勒谈及《马耳他之鹰》[1]时的溢美之词：“‘根据假设’，一部能取得如此成就的艺术作品是无所不能的。”[2]

勒古恩于1966年发表了自己的首部科幻作品，长篇小说《罗坎南的世界》(*Rocannon's World*)，自那以后便获得无数殊荣；同年，她还发表了《流亡者之星》(*Planets of Exile*)，之后是1967年的《幻想之城》(*City of Illusions*)和1971年的《天钧》(*The Lathe of Heaven*)。身为著名人类学家和知名作家之女，勒古恩于拉德克利夫学院[3]取得学士学位，并于哥伦比亚大学取得法国与意大利文艺复兴时期的文学硕士学位。她的部分早期作品属于奇幻，她曾撰写过一部青少年系列奇幻读物，名为“地海传奇”三部曲，其中最后一部[4]获得美国国家图书奖。她于1973年凭《世界的词语是森林》(“The Word for World is Forest”)获得雨果奖，并于1974年以《那

---

1. 美国作家达许·汉密特所著的推理小说。
2. 语出钱德勒评论文《简单的谋杀艺术》(“The Simple Art of Murder”)。
3. 位于马萨诸塞州剑桥的女子文理学院，现并入哈佛大学。
4. 指《地海彼岸》(*The Farthest Shore*)。

些离开奥梅拉斯的人》(“The Ones Who Walk Away from Omelas”)再获该奖。《革命前日》(“The Day Before the Revolution”)获得1974年星云奖最佳短篇,《一无所有》(*The Dispossessed*)同时获得星云奖与雨果奖最佳长篇奖。在转投隐喻式奇幻小说与半历史小说后,勒古恩又试探性地以一部多体裁的人类学长篇科幻小说《总要回家》(*Always Coming Home*, 1985)重回科幻领域,并就势撰写了“地海传奇”系列的第四部作品《地海孤雏》[1](*Tehama: The Last Book of Earthsea*, 1990),此后,她又撰写了《内海渔人》(*A Fisherman of the Inland Sea*, 1994)与《四种宽恕之道》(*Four Ways to Forgiveness*, 1995)两部作品,为“海恩宇宙”(Hainish Cycle)作结[2]。

勒古恩也为科幻评论做出了杰出贡献(这为她赢得了1989年的美国科幻研究学会朝圣奖),他的评论文章被汇编为《夜的语言:奇幻与科幻论集》(*The Language of the Night: Essays on Fantasy and Science Fiction*)与《在世界尽头起舞:有关词语、女性与地域》(*Dancing at the End of the World: Thoughts on Words, Women, Places*)。

(穆童、憬怡　译)

1. 原文副标题为“地海传奇最终章”,但该系列于2000年后又出新作,完整版为六部曲作品,皆有中译。

2. 中文旧译习惯用“伊库盟系列”(Ekumen)指代海恩宇宙,该世界观下的作品包括《黑暗的左手》等十部长篇小说和《革命前日》等十三篇短篇小说。本文中提及的小说作品除“地海传奇”系列与《天钧》、《那些离开奥梅拉斯的人》、《总要回家》外,皆属海恩宇宙。

黑暗的左手（节选）

[美国] 厄休拉·K. 勒古恩

第一章　埃尔亨朗的庆典

格森星-01-01101-934-2号即时传递档案抄本——首位驻海恩星系93号轨道格森星或冬星机动使金利·艾发往奥鲁尔固定站的报告，爱库曼纪年1490—1497年。资料来源：海恩星球档案馆。

我打算以讲故事的方式陈述报告，因为在我的故乡，从小别人就教我，事实其实是想象的产物。事实能否取信于人，取决于讲述的方式：这就像我们那儿海里出产的一种奇特的有机珠宝，佩戴在这位女士身上光彩夺目，到另外一位女士身上则会变得暗淡无光，最后化为尘土。事实并不比珍珠更可靠、更连贯、更完整、更真实，两者同样脆弱易感。

这个故事并不全是关于我的，讲述者也不止我一个。事实上，到底这是关于谁的故事，我自己也说不好；兴许，你的判断会更准确。不过这是一个完整的故事，假使有些时候出现了另外一个声音，讲述了另外一种事实，你大可按照自己的喜好来选择取舍；不过，所有这些事实都同样真实，都从属于同一个完整的故事。

故事得从1491年的第四十四天说起，这个时间相当于冬星卡亥德王国的图瓦月奥德哈尔哈哈德日，也就是元年春天第三个月的第二十二天。这里的每一年都叫作元年，而过去未来那些年代的称呼则会在每个元日发生变化，因为人们是以不变的现在为基础往后或者往前数的。这么着，我现在是在卡亥德王国的首都埃尔亨朗，时间是元年的春天。我已经陷于生命危险之中，自己却浑然未觉。

我走在一支游行队伍当中，紧跟在戈斯瓦乐手后头，身后就是国王。天上下着雨。

这是一座风暴肆虐的石头城，乌云笼罩着阴森的城堡，雨点洒落在幽深的街道。阴暗的城市中，一条金色的脉管正在缓缓地蜿蜒流动。

最先出场的是埃尔亨朗城的商人、权贵和工匠。他们衣着华丽，表情热切而又沉着，在雨中悠然漫步，如鱼得水。他们一列一列地走过，步调却并不一致。这支游行队伍里没有士兵，连假扮的士兵都没有。

他们之后是来自卡亥德王国各个领地及联合领地的领主、市长及代表。这部分人要么单独一人，要么五人、四十五人或是四百人一组，形成了一支色彩斑斓的庞大队列，伴着金属喇叭、中空骨木管吹奏的乐声，以及电子长笛那单调纯净的轻快曲调向前行进。各个领地式样各异的旗帜，以及装点沿途的黄色三角旗被雨水淋得稀里哗啦一团糟，每组人风格各异的音乐也在彼此冲撞。各式各样的曲调混杂交织，在幽深的石头街道上回荡。

这之后是一群变戏法的人，手里拿着一个个锃亮的金球。他们把金球高高抛起，划出一道道闪亮的弧线，接住之后又继续往上抛，幻化出一道道闪亮的魔术喷泉。突然间，就跟他们真的抓住了光线似的，金球闪出玻璃般的耀眼光芒：太阳钻出了云层。

接下来是四十名演奏戈斯瓦的黄衣男子。戈斯瓦是只有在国王出席的场合才会演奏的乐器，它的声音可笑而阴郁，就像有人在低吼。四十支戈斯瓦一齐奏出的声响足以把人震疯，把埃尔亨朗的城堡震倒，也足以震落大风天云层里的最后一滴雨水。既然这就是皇室的庆典音乐，毫无疑问，卡亥德王国的历任国王就是一帮疯子。

再接下来就是皇家队列了：警卫、本城及皇宫的达官显贵、众议员、参议员、大臣、大使、王国的贵族，他们没有排成整齐的队列，步调也不一致，走路的姿态却高贵异常。阿加文十五世也在其中，他身着白色束腰外套、衬衣和马裤，金黄色皮绑腿和黄色尖顶帽。一枚黄金戒指是他全身上下唯一一样饰物，也是他地位的象征。这支队列之后就是御辇，由八名壮汉抬着，上头草草点缀着一些黄宝石。御辇是远古时期的象征性遗物，几百年来，并没有哪个国王乘坐过。御辇旁边是八名护卫，身上都佩带着“劫掠枪”。这些枪支来自更为蛮荒的年代，里头却也不是空的，装填着许多软铁做的小珠。国王后头跟着死神，死神后头跟着技校生、大学生和各行业学徒。再有就是王室成员，那是一长溜的小孩子和年轻人，穿着白红金绿各色衣服；在整个游行队伍的最后，是几辆缓缓行驶着的深色汽车。

即将竣工的盖特河拱桥附近有一座新近用木材搭成的平台，皇家队列的人——我也走在其中——都聚集到了台上。此次游行就是这座拱桥的落成庆典，拱桥的落成则标志着埃尔亨朗新公路及内河港工程的全面竣工。这项大工程耗时五年，疏浚了河道，修建了房屋和道路，阿加文十五世因之可以在卡亥德王国名垂青史。我们挤挤挨挨地站在平台上，身上的衣服又湿又重。雨已经停了，太阳照在我们身上。冬星的阳光明亮又灿烂，同时也变幻不定。我对站在自己左边的那个人说道：“好热啊，真是太热了。”

站在我左边的那个人——一个身材矮胖、皮肤黝黑的卡亥德人，顶着一头油腻的头发。他穿着一件厚重的金绿色相间的皮外套和一件厚重的白色衬衣，还有一条厚重的马裤。他脖子上挂着一条沉重的银链子，链环有手掌那么宽——一边拼命地出着汗，一边答道：“是很热。”

我们拥挤在平台上，周围是市民们一张张仰起的脸庞，就像整整一河滩圆圆的褐色鹅卵石。鹅卵石中间闪着云母的光芒，那是几千双专注的眼睛。

国王踩着一块原木踏板从平台走到拱桥的顶部，拱桥尚未合龙的两根方柱俯瞰着人群、码头和河流。在他往上爬的时候，人群骚动起来，开始不停地大叫：“阿加文！”他没有做出任何回应，人们也没指望他会有回应。戈斯瓦乐手们奏出了最后一记声若雷鸣、极不和谐的巨响，随后就停了下来。全场一片沉寂，阳光照射着城市、河流、人群和国王。下方的泥瓦匠已经事先启动了一个电动绞盘。国王走向高处的时候，拱桥的拱顶石也被高高地吊了起来，随后被安放在了两根方柱之间的缺口中。虽然这块大石重达数吨，安放时却几乎没有发出一点声响。两根方柱合而为一，一道拱桥就此造就。一名泥瓦匠拿着泥刀和木桶，站在脚手架上等候国王；其他工人全部顺着绳梯滑了下去，活像一群跳蚤。国王和那名泥瓦匠跪倒在踏板上，跪倒在太阳与河水之间的高处。接着，国王拿过泥铲，开始往楔石的接缝处抹灰泥。他不是简单地摆摆样子就把泥铲还给泥瓦匠，而是有条不紊地干了起来。他用的灰泥带一点点桃红色，跟其他地方抹的灰泥颜色不同。我看着国王辛勤劳作了五到十分钟，然后问左边那个人：“你们的拱顶石上抹的都是红色灰泥吗？”我这样问是因为，在河的上游高耸着一座美丽的老桥，那座老桥的拱顶石周围也是同样颜色的灰泥。

那个男人——我得交代一下那人是男的，因为前面我都说过“他”和“他的”了——一边擦着黝黑额头上的汗水，一边答道：“远古时期，拱顶石都是用骨头粉和血混合而成的灰泥来固定的，是人的骨头和血。你知道，没有了这种血脉的联结，拱桥就会塌。现在我们用的是动物的血。”

他就这样不时地跟我说着话，很坦率，不过还是很小心、爱说反话，似乎他一直都有这样的意识：我是从一个外星人的角度来进行观察和判断的。这是一件很不寻常的事情，因为他来自如此与世隔绝的一个种族，又是如此位高权重。在这个国家里，他是最有权势的人之一；我不是很确定历史上出现过的那些称谓——元老、首相、议员——哪个最适合描述他的职务；他的卡亥德语头衔意思是“国王的耳朵”。他是一个领地的领主，也是这个王国的贵族，总之是一位能够呼风唤雨的人物。他名叫西勒姆·哈斯·雷姆·伊阿·伊斯特拉凡。

国王似乎已经干完活了，我不由得一阵欢欣雀跃；可他却沿着拱顶下方那蛛网般的踏板走到拱顶石的另外一边——拱顶石当然是有两个边的——接着又忙活了起来。在卡亥德王国，着急是没有用处的。卡亥德人当然谈不上冷静，但非常执着、非常顽固，也非得抹好接缝的灰泥。瑟斯大堤上的人群心满意足地看着国王忙活，我却觉得很烦躁、很热。以前我从没有在冬星觉得热过，以后也不会。总而言之，我没有心思去欣赏眼前的盛况。我穿的这身适用于冰原世纪的衣服，可不适合在太阳底下站着。里三层外三层的衣服——机织植物纤维、人造纤维、皮毛、皮革——组成了一套抵御严寒的厚重盔甲，盔甲里头的我现在已经变成了一片晒蔫的萝卜叶子。为了转移自己的注意力，我转头去看聚集在平台周围的人群和其他游行队列。那些领地和部落的旗帜在阳光下纹丝不动，色彩鲜明。我没话找话地问伊斯特拉凡这个是什么旗、那个又是什么旗。现场一共有好几百面旗帜，有些旗帜还属于佩灵风暴边界和科尔姆大陆等偏远地区的那些领地、家族以及部落。不过对于我问到的那些，他都能如数家珍，一一道上名来。

“我本人就来自科尔姆大陆。”当我赞美他的博学时，他说，“毕竟，了解各个领地就是我的使命所在。它们都是卡亥德王国的属地。统治这片土地就是统治这些领主，只不过这个目标从未得到实现罢了。你听过这样的说法吗？卡亥德并非一个国家，而只是一个内讧不断的家庭！”我没有听过这种说法，而且怀疑这是伊斯特拉凡自己杜撰出来的，这句话明显带有他的印记。

这时，另一位科尤雷米成员奋力挤过人群，来到伊斯特拉凡身边，跟他交谈起来——科尤雷米相当于卡亥德王国的上议院，伊斯特拉凡是该机构的领袖。来人是国王的堂弟佩米尔·哈吉·雷姆·伊阿·泰博。他说话时声音压得很低，姿态略显傲慢，还不时笑一笑。伊斯特拉凡不住地往下淌汗，像阳光底下的一块冰，而他的反应也像冰一样圆滑冷静。他大声回应着泰博的喃喃低语，语气中带着一种随意的优雅，相形之下，对方简直就像个傻瓜。我一边看着国王抹灰泥一边听着他俩的谈话，不过除了两人彼此间的敌意，什么也没听出来。不管怎样，这事儿跟我无关，我只是对这些人的行为举止很感兴趣。这些人以古老的方式统治着这个国家，掌管着另外两千万人的命运。在爱库曼人手中，权力已经成了一样极其微妙复杂的东西，只有头脑精妙的人才能看出其中的端倪；而在这里，其微妙程度还很有限，一切还都相当明了。比如伊斯特拉凡，他认为一个人的权力就是其自身存在的外延；他做的任何手势都不会没有意义，他说的每句话也都会有人听从。他知道这一点，而这样的意识又使他比大多数人都更显得真实，让他拥有一种存在的分量、一种实在感和一种人性的光辉。成功就这样接踵而来。我不信任伊斯特拉凡，他做事情的动机永远是含混不清的；我不喜欢他，但能感觉到他的威严并做出相应的回应，一如面对阳光的暖意。

在我想着这个的时候，现实世界中的太阳却被重新聚拢的云层盖住了。很快上游就下起了一阵暴雨，敲打着大堤上的人群，天空也阴暗了下来。国王走下踏板时，最后一道闪电一晃而过，映出了他白色的身形和大拱桥的轮廓，在风暴肆虐、阴霾满布的南方天空衬托之下显得益发鲜明。乌云四合，一阵冷风在港口—皇宫大街上呼啸而过，河流变成一片黑暗，大堤上的树木瑟瑟发抖。游行就此结束。半个时辰后，雪下了起来。

国王的汽车开上了港口—皇宫大街，人群开始散去，就像在缓慢潮水中翻滚的一块鹅卵石。伊斯特拉凡又一次转过头，对我说："今天可否共进晚餐，艾先生？"我接受了他的邀请，心中的惊奇多过喜悦。过去六到八个月，伊斯特拉凡帮了我很多忙，但我没有料到，也没有指望他会这么好心请我去他家。哈吉·雷姆·伊阿·泰博跟我们的距离还是很近，能听到我们的谈话，而且我觉得他就是在故意偷听。我被他这种女里女气、鬼鬼祟祟的做派弄得很不爽，于是走下平台，稍稍蜷缩起身子，散漫地走着，好让自己混迹在人群中。我比普通的格森人高不了多少，不过身处人群中时，区别就显而易见了。看啊，就是那个人，那个特使。当然那本来就是我职责的一部分，可是随着时间的推移，这部分职责变得越来越困难而不是轻松。我越来越渴望自己能隐姓埋名，能跟其他人没有两样。我热切地盼望着，自己能变得跟其他人一样。

顺着酒厂街走过两个街区之后，我拐到一旁，向自己的住处走去，身边的人群已经逐渐散去，突然，我看到泰博就走在我身边。

“一次完美的典礼。”国王的堂弟微笑着冲我说。他虽然并不是很年长，黄色的面庞上却已布满了细密的皱纹。说话间，他那长而洁净的黄色牙齿忽隐忽现。

“预示着新港口的兴旺发达。”我说。

“是的。”更多牙齿露了出来。

“安放拱顶石的仪式给人印象最深。”

“是的。那种仪式是从远古时期流传下来的。不过，伊斯特拉凡勋爵肯定已经跟您说过这些了吧。”

“伊斯特拉凡勋爵的确非常热情。”我尽量用了平淡的语气，但事与愿违，我跟泰博说的每句话似乎都语含双关。

“哦，他是非常热情。”泰博说，“众所周知，伊斯特拉凡勋爵对待外来的人尤其友善。”他又笑了笑，现在每一颗牙齿似乎都含有深意，有双重、多重，甚至三十二种含义。

“像我这样怪异的外来人也没几个的，泰博勋爵。别人的好意我都感怀于心。”

“是的，是的！感恩是一种高贵、稀有的情感，诗人们对其赞誉备至。在埃尔亨朗更是稀有异常，毫无疑问，因为它是不可行的。我们现在身处一个艰苦的年代、一个不知感恩的年代。跟我们祖父祖母的时代已经不同了，是吧？”

“我无法置评，先生，不过我在其他星球上也听到过类似的哀叹。”

泰博盯着我看了一会儿，似乎想看看我是否已经疯了，然后又露出了那些长长的黄色牙齿。

“啊，是的！是的！我都忘了，你是从另一个星球来的。当然，你是不会忘记这个事实的。不过毫无疑问，如果可以忘掉这一点，你现在在埃尔亨朗的日子就可以更沉稳、更简单、更安全了，嗯？是的！我的车就在这里，我让他们在这里等着。我原本想开车送你回公岛，不过请你谅解，我必须先行一步了，因为我得马上赶去皇宫。俗话说，小人物就得按时到场，嗯？就是这样！”国王的堂弟钻进他那辆小小的黑色电动车，回头看了看我，满嘴牙齿都龇了出来，眼睛则隐藏在了一圈皱纹当中。

我走回自己的公岛。公岛的前花园里，最后一点雪已经融化，花园完全裸露在了外面。位于地面以上十英尺的冬天时进出的门户已经被封了几个月了，要等到秋季来临、大雪再次下起的时候才会重新开启。屋子两边都是结着冰的泥泞，花园里，各种作物都在飞快生长，生机勃勃，一派温和的春日气息。一对年轻情侣站在屋子旁说话，他们正处在克慕期的第一个阶段。两人赤脚站在泥地里，右手紧握在一起，紧紧盯着对方，一任大片的柔软雪花在身边飞舞。冬日里的春天。

我在自己的公岛用了餐，雷姆尼钟楼上的大钟敲四点的时候，我来到了埃尔亨朗宫。

雪还在下，是温和的春雪，比刚刚过去的解冻期里那种没完没了的雨要舒服多了。四周一片苍茫，很安静，我在埃尔亨朗宫里摸索着往前走，中间只迷了一次路。埃尔亨朗宫是一座城中城，围在墙里的是一大片宫殿、城堡、花园、庭院、回廊、廊桥、地道、小树林和地牢，那是几世纪中达到极致的偏执狂的产物。凌驾于这一切之上的是王室官邸那高峻阴森、装饰繁复的红色墙垣。官邸虽然一直有人使用，在其中居住的却只有国王一人，其他的人——仆役、工作人员、领主、大臣、议员、护卫，一应人等——全都住在埃尔亨朗宫围墙里的其他宫殿、城堡、要塞、兵营或者住宅里头。伊斯特拉凡住在红角宫，能住在这里表明他最受国王的恩宠。这座宅邸建于 440 年前，是埃姆朗三世为自己最宠幸的妃子哈尔梅斯修建的，这位妃子的美貌至今还为人所津津乐道。哈尔梅斯后来被内陆集团所雇的杀手绑架、毁容，最终被折磨成了傻子。埃姆朗三世随后便对这个不幸的国家实施报复，一直到四十年后去世时，他的仇恨依然没有平复，因此，他被称为“不幸的埃姆朗”。这个悲剧已经很久远了，那种恐怖的感觉已消失无踪，只是在这幢房子的石头和阴影里，似乎隐隐还有背叛和忧伤的气息。房子前有一个带围墙的小小花园，园中有一个塞莱姆树荫翳之下的池子，池中岩石嶙峋。借着窗子射出的微光，我看到雪花还有树上掉下的线状白色孢子囊，飘飘洒洒地落入黑色的水面。伊斯特拉凡站在门口等我，一边看着悄然下落、似乎永无停歇的雪和种子。那么冷的天，他居然没戴帽子也没穿外套。他平静地跟我打了招呼，带我进屋。屋里没有别的客人。

我心里有些疑惑，不过我们马上就坐到了餐桌上，而用餐的时候是不谈公事的；更何况，我的注意力马上便被餐桌上的菜肴吸引了。菜肴极其美味，即便是最常见的面包果也不同凡响，我从心底里赞叹这位厨师的手艺。晚餐之后，我们坐到炉火边，喝起了热啤酒。在这个星球上，常常是一杯酒还没来得及喝完就结冰了，所以，喝酒时你得在餐桌上随便找样东西来把冰块敲开。可想而知，热啤酒该有多受人欢迎。

餐桌上的伊斯特拉凡谈笑风生；现在，他跟我隔着火炉而坐，却变得沉默寡言了。来冬星已经快两年了，我还是不能设身处地地看待这个星球上的人，远远不能。我曾经努力过，不过每次我都会下意识地将对方先看作一个男人，然后又看成一个女人，将他依照我所在的种群进行归类，而这样的归类对他们来说是毫无意义的。因此，现在我一边吮吸着热气腾腾的酸啤酒，一边在想，伊斯特拉凡在饭桌上的表现女里女气，很有魅力也很擅长社交，但是缺乏实质，华而不实，同时又太过精明。我不喜欢他、不相信他，也许正是因为这种温柔逢迎的女性特质吧？将这个人看作一个女人实在不可思议——这个人现在就在我身边，森森然坐在火炉边那个阴暗的角落里，有权有势，喜欢冷嘲热讽——但我每次想到他是个男人，心里就会有一种虚假的感觉、一种面对伪装的感觉：究竟是他在伪装，还是我自己在他面前伪装呢？他说话的声音很温和，也算响亮，但不深沉，不像是男人的声音，可也不像女人的声音……等等，这个声音现在在说什么？

“很抱歉，”他说，“我不得不一再延迟邀你来舍下做客的快乐。拖了这么久，至少有一点好处，那就是我们之间不再存在谁罩着谁的问题了。”

听闻此言，我一时间迷惑不解。到目前为止，他一直是我在宫廷里的保护人，这一点毫无疑问。难道他的意思是说，因为他安排了我明天觐见国王，我就可以平步青云、跟他平起平坐了吗？“我不明白你的意思。”我说。

听闻此言他没有作声，显然也很困惑。“呃，你知道，”最后他终于说，“现在……你应该明白，我以后不会在国王面前帮你说话了。”

听他的语气，似乎不好意思的人不是他，而应该是我。显然他这次邀请我来是有深意的，而我却茫然无觉，懵懵懂懂地接受了。不过我的失误是礼节上的，他的失误却是道义层面的。我最先的反应就是，我一直以来都不信任伊斯特拉凡是对的。他这个人不仅仅圆滑、强势，而且不讲信用。我来到埃尔亨朗之后的这段时间里，是他跟我交流，回答我的问题，派医生和工程师对我的身体和我的飞船进行调校，把我介绍给我需要认识的人，慢慢改变我在人们心目中的形象：头一年我被人认为是一个超乎想象的怪物，现在则成了一名神秘的特使，并且很快就要得到国王的认可。而现在，将我抬举到如此危险的地位之后，他却突然冷酷地宣称，他不会继续支持我了。

“你此前所做的一切，让我完全依赖于你——”

“那是欠妥的做法。”

“你的意思是，你虽然安排了这次接见，却没有在国王面前帮我说话，而这是你——”我及时把“保证过的”这几个字咽了回去。

“我不能。”

我非常愤怒，眼前的他身上却既无怒气，也无歉意。

“可以告诉我原因吗？”

过了一会儿，他说：“可以。”然后又是一阵踌躇。这时我开始想，一个毫无用处也没有自卫能力的外星人，是不该跟一个王国的首相盘问原因的。毕竟，我对这个王国政府的权力根基以及运转方式并不了解，而且也许永远无法了解。毫无疑问，这一切的根由都是希弗格雷瑟——它涵盖着声望、脸面、时机以及不损尊严的人情世故，卡亥德乃至格森星球所有文化中都有这一无法言表却至关重要的社会权威法则。如果真是如此，这样的根由也是我无法理解的。

“今天的典礼上国王跟我说的话你听到了吗？”

“没有。”

伊斯特拉凡倾过身子，拎起焐在热灰里的啤酒罐，把我的杯子加满。他没有再说什么，于是我又补充了一句：“我没听到国王跟你讲话。”

“我也没有。”他说。

我这才明白，自己又漏了另一个信号。这家伙说话这么迂回，真是女里女气。我一边在心里诅咒，一边说：“伊斯特拉凡勋爵，你的意思是你已经不再受宠于国王了，对吗？”

我想他当时应该是生气了，不过他并没有表现出来，只是说了一句：“我的话里没有任何意思，艾先生。”

“上帝呀，我倒希望有！”

他好奇地看着我：“好吧，那就这么说吧。宫廷里有这么一些人，用你的话说就是受宠于国王，他们不喜欢你在这里，也不赞成你的使命。”

于是你就急不可待想加入他们，出卖我来拯救自己的脸面，我心想，不过这话没必要说出来。伊斯特拉凡是一名大臣、一个政客，我居然会信任他，真是个傻瓜。即便是在一个两性人的社会，政客通常也算不上一个完整的人。他邀请我赴宴的事实表明，他认为自己可以轻而易举地背叛我，而我也会同样轻松地接受。显然，保全体面要比诚实守信重要得多。于是我勉勉强强地说：“很抱歉，你对我的好意给你带来了麻烦。”这么说可真是以德报怨啊。自己在道义上占了上风，我不由得感到一阵快意。这样的快意也没能维持多久，因为对方实在太深不可测了。

他靠回椅背上，炉火映红了他的膝盖、他那双细腻强壮的小手以及手里握着的银杯子，不过他的脸部却隐藏在了阴暗之中：这张肤色黝黑的脸总是隐藏在厚重低垂的发际线、浓密的眉毛和眼睫毛的阴影中，总是一脸温和的阴郁表情。猫、海豹或水獭的脸，你能看懂吗？在我看来，有些格森人就像这些动物，当你对他们说话时，他们那双深沉明亮的眼睛连一点变化都没有。

“我自己遇到了一点麻烦，”他答道，“是因为一项法案，跟你毫无关联，艾先生。你知道，卡亥德和欧格瑞恩在萨西诺斯附近北瀑布高地的边界问题上一直有争端。阿加文的祖父曾宣称西诺斯山谷是卡亥德的领土，对此欧格瑞恩共生区一直不予承认。这一争端引发了许多问题，而且还越来越棘手。我一直在帮助居住在山谷里的一些卡亥德农民，让他们往东穿越旧边界回归祖国，按我看，奥戈塔人已经在那里生活了好几千年，如果把山谷完全留给他们，争端也许就会自然平息。几年前，我在北瀑布管理处待过，认识了一些当地的农民。我不想看到他们在劫掠中被杀，也不希望他们被遣送到欧格瑞恩的志愿农场里去。为什么不消除争端的源头呢？……可是，我这个想法算不上爱国，事实上可以说怯懦，而且直接伤害了国王本人的希弗格雷瑟。”

我对他话里的讽刺意味毫无兴趣，也不想理会卡亥德同欧格瑞恩边界之争的来龙去脉。我的思绪又回到了我们眼前的问题上。不管我信不信任他，他对我还是有一些用处的。“很抱歉，”我说，“不过，如果让几个农民的问题扰乱了我的使命，那确实太遗憾了。跟区区几英里的国界线比起来，还是我们的事情更为紧要。”

“是的，紧要得多。不过，爱库曼人既然远在几百光年之外，耐心等我们一阵子也没什么关系。”

“爱库曼的常驻使节都是非常有耐心的人，先生。他们可以等上一百年或是五百年，等卡亥德和格森星上的其他国家仔细考虑，权衡自己是否要加入其他人类。我这么说仅仅出于我本人的愿望，以及我本人的失望。按我看，你也支持我的想法——”

“你没想错。呃，冰冻三尺，非一日之寒……”他嘴里自然蹦出了那些陈词滥调，他的脑子却在别处。他陷入了沉思。我猜，他正在他那个权力游戏的棋盘上，将我跟其他小兵卒一起挪来挪去呢。“你来到我的国家，”最后他说，“在一个奇怪的时间。一切都在改变，我们正处于一个新的转折点。我曾以为，你的到来、你的使命，也许可以让我们不致走错，可以给我们一个全新的选择。不过，前提是有适当的时间以及适当的地点。这一切都是非常不确定的，艾先生。”

他这种泛泛而论让我很不耐烦：“你的意思是，现在并不是一个适当的时间。你是要建议我取消这次觐见吗？”

我们讲的是卡亥德语，我失口说出的这番话因此显得更加粗鲁唐突，不过伊斯特拉凡既没有笑，也没有咧嘴。“恐怕只有国王才有这个特权。”他的口气很温和。

“哦，上帝，是的。我不是这个意思。”我双手捧着脑袋，待了一会儿。我是在非常开放、行事随心所欲的地球社会长大的，因此永远无法领会在卡亥德人心目中无比重要的那种礼仪、那种不动声色的态度。我知道国王的概念，地球的历史上也有过无数的国王，对于特权却没有切身的体会——没有这方面的敏感。我拿起啤酒杯，猛喝了一口热乎乎的液体：“好吧，我本可以仰仗你，打算跟国王说些事情，现在我决定少说为妙。”

“很好。”

“此话怎讲？”我问。

“呃，艾先生，你很聪明，当然我也不蠢。不过你看，我们两个都不是国王……我猜，按常理来说，你会告诉阿加文，你来此地的使命是促成格森星跟爱库曼的联合。按常理来说，他事先应该已经知道了，因为，你知道，我已经告诉他了。我在他面前极力想促成你这件事，努力让他对你感兴趣。可那是很糟糕的做法，时机也不对。我自己太过投入，却忘记了一个事实，那就是：他是一个国王，有国王的那一套，不会按常理出牌。在他看来，我跟他说的一切只意味着他的权力受到了威胁，他的王国不过是一粒微小的尘土，在那些统治着几百个星球的人面前，他的王权渺小得可笑。”

“可是，爱库曼联盟不是在统治他人，只是在进行协调。联盟的权力属于所有成员国以及所有成员星球。跟爱库曼联合，卡亥德王国不会再受到任何威胁，还会变得前所未有的重要。”

有好一会儿，伊斯特拉凡都没有作声，只是坐在那里看着炉火。他手里的啤酒杯，还有肩上那条宽阔的银链子绶带，都一闪一闪地映射着火光。我们所在的这座老房子一片寂静。晚餐时倒是有个仆人随侍在旁，不过卡亥德人没有奴隶制度和人身束缚，仆人提供的仅仅是服务，人则是自由的，因此到现在这个时间，所有仆人都已经下班回自己家了。像伊斯特拉凡这样的人身边应该是有警卫的，因为暗杀事件在卡亥德时有发生，不过我没有看到警卫，也没有听到动静。屋里只有我们两个。

屋里只有我，伴着一个陌生人，在一座黑暗宫殿的高墙之内，在一个冰雪覆盖的奇怪城市，在一个处于冰河时代中期的外星球。

我忽然觉得，我来到冬星之后的言辞，包括今晚所说的一切，都显得那么愚不可及、那么难以置信。我怎么能指望这个人或其他任何一个人相信我说的故事呢？这些故事讲的可是位于遥远外太空的另一些世界、另一些人类以及一个面目模糊的善人政府。这些全是胡说八道。我乘坐一艘奇怪的飞船来到卡亥德，我的外表在很多方面都不同于格森人，这些都需要解释，而我自己的解释本身就很荒谬。在当时，我自己也并不相信他们……“我相信你。”这个陌生人、这个单独跟我一起的外星人说。觉得自己是外星人的想法是那样强烈，我不由得抬眼看着对方，眼神里充满困惑。“我估计阿加文也相信你说的话，可他并不信任你，一部分原因是他不再信任我了。我犯下了大错，因为我太疏忽了。我把你推入了一个危险的境地，不能再请求你的信任。我忘了国王的含义，忘了在国王眼中，他就是卡亥德。我还忘了爱国的含义，忘了国王本人必然就是一位完美的爱国者。请允许我问个问题，艾先生，根据你自己的体验，爱国主义到底是什么？”

“不知道。”我答道，一时间被他突然压过来的强大气势所震慑，“我想我并不知道。如果你说的爱国主义是指对祖国的热爱，那我是知道的，但你指的好像并不是这个。”

“我所说的爱国主义并不是热爱，我指的是恐惧，对他人的恐惧。它的表现形式是政治的而不是诗意的：仇恨、敌对、侵略。这种恐惧就在我们内心深处，年复一年，越积越多。我们在这条路上走得太远了。而你所来的世界在几百年前便已超越了国家的界限，因此你很难理解我现在所说的一切。你为我们展示了一条新路——”说到这里他突然打住了，片刻之后才接着说了下去，语气恢复到了那种节制平静、彬彬有礼的状态，“正是因为恐惧，现在我才拒绝在国王面前帮助你实现你的目标。不过艾先生，我并不是恐惧我自己的命运，也不是出于爱国的考虑。说到底，格森星上还有别的国家啊。”

我不知道他到底要向我说明什么，但确信他的真实意图并不像他说的那么简单。在这座阴冷的城市里，我遭遇过许多心理阴暗、不怀好意、高深莫测的人，而他就是其中最为阴暗的一个。我不会去玩他那个迷宫游戏的。他说完后我没有作答，片刻之后他又往下说，语气相当审慎：“如果我没理解错的话，你们爱库曼人关注的是全人类的共同利益。这么说吧，欧格瑞恩人就曾经为了共同利益牺牲过自身利益，卡亥德却几乎从未有过这样的举动。欧格瑞恩共生区那帮人精神还算正常，只是不够聪明，卡亥德国王却疯狂又愚蠢。”

显然，伊斯特拉凡这个人一点也不忠心。我的话语中有了一点点厌恶：“如果事实如此，那么为他效力一定很费劲。”

“我不敢肯定，自己究竟有没有为国王效过力，”国王的首相说道，“有没有想过要效力都是个问题。我不是任何人的仆役。每个人都应当对自己负责——”

雷姆尼钟楼上的钟敲了六下，夜深了，这正好给了我一个离开的借口。我们来到门厅，我穿外套时他说：“我暂时没机会了，因为我想你马上就要离开埃尔亨朗了——”他为什么会这么想呢？“——不过我相信，以后我还可以向你请教。我想了解的事有很多，特别是你们的心灵语言，你还没怎么跟我解释过呢。”

他的好奇似乎完全是发自内心的。有权势的人惯有的那种厚颜无耻他身上也有。当然，他答应要帮助我的那些承诺曾经也似乎是发自内心的。我说是的，当然，只要他愿意，随时都可以。我们整个晚上的谈话就此告一段落。他带我穿过花园，地面上覆着一层薄薄的雪，头顶是格森星的月球，大大的，放射着暗淡的红褐色光芒。走到外面，我开始打战，因为气温已经远远低于冰点了。他很有礼貌地问：“你很冷吗？”语气中还带着惊奇。当然，对他来说，这不过是一个温和的春夜而已。

我很疲倦，情绪也极其低落：“来到这个星球以后，我一直觉得很冷。”

“在你们的语言中，这个星球的名字是什么？”

“格森。”

“你们没给它取个新名字吗？”

“有的，第一批调查员称其为冬星。”

说这话时，我们已经来到了花园的门口。往外看去，宫殿各处的地面和屋顶在雪中混成阴暗的一团，只有高高低低的黄金窗框四处闪着暗淡的光。我抬头看着那个窄窄的拱门，想着这块楔石的灰泥里是不是也加了骨头和鲜血。伊斯特拉凡跟我道别，转身离去；在见面和告别时，他从来不会过分多礼。我趁着月色，踩着那层薄雪往家里走，穿过宫殿安静的庭院和小径，又穿过城市里那些幽深的街道。我身上很冷，心里很沮丧，充满遭人背叛之后的孤独和恐惧。

（陶雪蕾　译）

问题与争议

当其他任何类型的通俗小说都不敢越雷池一步时，科幻小说已经具备了讨论争议问题的能力与意愿，许多年来，科幻一直将之引以为傲：此类议题包括种族、政治、宗教、习俗、性——也即上流社会的一切禁忌话题。科幻小说攻击过麦卡锡主义[1],提出过民主政治的替代方案，揭示过种族主义的悲剧性，质疑过宗教信仰，探索过新的婚姻模式和性模式。

在当今这个文学自由的氛围里再去回顾当初，那些打破禁忌的尝试未免显得温和平淡，而人们总是容易忘记当时的情况是怎样的。今天看来，时髦的观点甚至是去嘲笑科幻小说的装腔作势；是（像某些马克思主义批评家做过的那样）指出美国作家预设的未来都未跳出资本主义框架，即使他们也批评过资本主义的缺陷和毫无节制；是呼吁人们关注杂志禁忌，这些禁忌反对直观描述生理机能和性，甚至是自然的性，而与之相对的是越来越难定义的“非自然的性”。

1. 20 世纪 50 年代初盛行于美国的反共产主义的法西斯主义。

不过，就连此种禁忌都能通过变换环境加以规避，科幻小说可以将类似的情境设置到过去、未来，或是另一颗行星上。

科幻小说之所以能讨论这些问题，不仅因为它是一种以概念为中心的文学，也因为它能将热门议题放置到冷藏间环境里，尽可能减少人们对争议话题的膝跳式反应。怀着传教态度的作者发现，如果他们能将读者诱骗进争议领域而又不使人察觉，就可以更容易地劝人改换信仰：举例而言，作者可以向读者展示坐汽车的人如何歧视步行的人，人类如何歧视蝾螈，地球人如何歧视火星人，或是天狼星人如何歧视地球人。突然间，读者就被迫重估形式，被迫判断二者之间哪一方是正义的，判断自己要站在哪一边，抑或两边都是错误的。

不过，作家有时更愿意抛弃遁词，直面问题。1951 年，弗雷德里克·布朗与麦克·雷诺兹（Mack Reynolds）在发表于《银河科幻》杂志上的短篇小说《黑暗间奏》（“Dark Interlude”）中就是这样做的：一名搁浅在当下的时间旅行者原本受到万众喜爱，其中包括一个来自南方乡下家庭的姑娘，直到他透露，在他所处的未来世界里，人类全都跨种族交配，他的金色肌肤就是某些黑人基因的象征；他便遭遇了私刑处死。

即使是禁忌题材也能设法找到出版途径：在 1952 年的短篇小说《爱人》以跨物种恋情大获成功后，菲利普·何塞·法默又刻画了许多与仇外情绪（xenophobia）有关的故事；西奥多·斯特金探索过的性关系种类太多，以至于这成了他的个人标志；早在 1938 年，莱斯特·德尔·雷伊就在短篇小说《海伦·奥洛伊》（Helen O’Loy）中极尽浪漫地描述了一个男人和一个机器人之间的婚姻；而《明日世界》[1]

1. 美国科幻杂志，后被《如果》合并。

（*Worlds of Tomorrow*）刊载了布赖恩·奥尔迪斯的小说《黑暗光年》（"The Dark Light-Years"），故事中的一个外星种族对待排泄的态度恰与人类对待进食相同。

当代科幻小说中最易引发争议的问题莫过于女性解放。一些作家会用相对传统、迂回的方式处理这个问题，正如厄休拉·勒古恩在《黑暗的左手》中所做的一样。

但这种微妙的做法经常被指责为懦弱，而现如今的科幻会更直观地面对此类问题。爱丽丝·谢尔顿最初开始发表科幻小说时，使用的笔名是小詹姆斯·提普奇，她还以拉库娜·谢尔顿（Raccoona Sheldon）之名撰写了一些故事，她发表过一系列反映女性受压迫的作品，包括《男人看不到的女人》、《螺旋蝇方案》、《休斯敦、休斯敦，能听到吗？》与《你们的脸！哦我的姐妹！你们的脸充满光芒！》。

对男性主导地位最猛烈的抨击或许来自乔安娜·拉斯。拉斯生于纽约的布朗克斯，并在这里长大成人，她于康奈尔大学取得英文学士学位，并在耶鲁大学戏剧学院取得了剧本创作向的艺术硕士学位。在加入剧院工作之后，她开始尝试创作科幻；她发表的第一部短篇小说《习惯也无法腐蚀》[1]（"Nor Custom Stale"）刊载于1959年的《奇幻与科幻杂志》上。她的第一部长篇小说《天堂野餐》（*Picnic on Paradise*，1968）塑造了一个生动的女性人物艾利克斯，并获得了星云奖提名；当年的星云奖最佳长篇小说桂冠被另一部以女性为主角的小说摘得，即阿列克谢·潘申（Alexei Panshin）的《成年仪式》（*Rite of Passage*）。

---

1. 标题典出莎士比亚《安东尼与克丽奥佩特拉》第2幕第2场，原文是爱诺巴勃斯形容克丽奥佩特拉的语句"年龄不能使她衰老，习惯也腐蚀不了她的变化无穷的伎俩"（Age cannot wither her，nor custom stale Her infinite variety）。

拉斯的第二部长篇小说《混乱终结》(*And Chaos Died*，1970)同样获得了星云奖提名。同时，她还在康奈尔大学教授英文和创意写作，后来她又转职到宾厄姆顿的纽约州立大学、科罗拉多大学和华盛顿大学。她的小说《女男人》[1](*The Female Man*, 1975)或许是表达其性别观念的最有力作品，不过，她又继续为此议题撰写了作品《我们行将……》(*We Who Are About To ...*，1977)和《她们俩》(*The Two of Them*，1978)。此外，她还有一些短篇小说集，如《桑给巴尔的猫》(*The Zanzibar Cat*，1983)和《非(凡)人》[2][*Extra (ordinary) People*，1984]，其中包括她的雨果奖获奖中篇《灵魂》("Souls")。她还撰写过一些极富价值的文学批评和论文，这为她赢得了1988年的美国科幻研究学会朝圣奖。

《骤变来临》("When It Changed")又是一个关于女性社会的故事，这部小说初载于《又见危险幻象》，并获得了星云奖。

(穆童、憬怡　译)

---

1. 小说讲述了四个生活在不同时空的女性的故事，她们穿梭到彼此的世界中，各个世界对两性的不同看法瓦解了她们个人固有的性别观念，四人的相遇重塑了她们，令她们对身为女性的意义产生了新的思考。

2. 题目"Extra (ordinary) People"借括号语带三关，括号外Extra People表示多余的人，括号内Ordinary People表示普通的人，合在一起Extraordinary People表示非凡的人。中文难以一一对应，从权翻译为"非(凡)人"。

骤变来临

[美国]乔安娜·拉斯

凯蒂开起车来像个疯子。我们一定是以超过每小时一百二十公里的高速拐过了那些弯。不过，她很能干，特别能干，我见过她在一天之内就把整部车子拆掉然后又重新组装起来。在我的出生地维尔勒威，道路几乎全让大型农用机械占满了，我可不敢在极端速度下强换五挡变速，自打生下来我就没那样干过，但即便是午夜时分在那些拐弯处飞驰而过，在我们地区被轧得烂糟糟的乡村道路上，凯蒂这样开车我都没觉得有什么可怕的。然而，我的妻子有件事儿挺古怪：她不愿意持枪。她甚至会到北纬四十八度以上的森林地带徒步旅行，一次去上几天，却连枪都不带。那才真的叫我提心吊胆呢。

凯蒂和我有三个孩子，一个是她的，两个是我的。尤瑞科，我的大女儿，在后座上睡着了，正做着 12 岁女孩的爱与战争之梦：离家出海，到北境打猎，梦想着奇异美妙的地方奇异美妙的人，尽是那些你刚满 12 岁、各种腺体开始萌动的时候能够想得出来的奇妙念头。不久后的某一天，像所有那个年龄的孩子那样，她会消失几个星期，然后带着满身污垢和一脸骄傲回来，人生头一回用刀宰了狮子，或者头一回用枪射杀了熊，身后拖着某种狰狞可怖的野兽尸体，这野兽要是伤了我女儿，我绝不会饶了它。尤瑞科说，凯蒂开车总是让她昏昏入睡。

作为已经历过三次决斗的人，我担心的事情实在太多太多。我在变老。我这样告诉妻子。

“你 34 岁。”她说。那回答简洁到了沉默是金的境界。她打开仪表盘上的灯——还有三公里路程，路况越来越糟。这里远在偏僻的乡间。亮绿色的树木纷纷闪入大灯前方和车身周围。我探下身来，往旁边伸手摸到运载板拴在门上的地方，取下我的步枪，小心翼翼地放在膝上。尤瑞科在后面翻了翻身。她的身高像我，但眼睛像凯蒂，相貌也像凯蒂。车子的引擎几乎没有噪音，凯蒂说，你都能听到后座传来的呼吸声。消息发过来的时候，尤基[1]正独自一人待在车上，激动万分地破译她的莫尔斯电码（把一个宽频电报收发机安装在汽车内燃机旁边真是蠢透了，不过在维尔勒威大多数还在用蒸汽机呢）。我的这个这又瘦又高、打扮花哨的孩子，她飞一般冲出车外，兴奋得高声大叫，她当然非要跟来不可了。自从殖民地成立以来，自从它被抛弃以后，我们对这种情形一直都有思想准备，不过这不是一回事。这真是糟透了。

“男人！”尤基当时尖叫着从车门上蹦出来，“他们回来了！真正的地球男人！”

我们在靠近他们着陆点的农舍厨房里与他们进行了会面。窗户敞开着，夜间的空气温暖舒适。在外面停车的时候，我们从各种各样的交通工具旁经过——蒸汽拖拉机、卡车、一辆内燃机平板拖车，甚至还有一辆自行车。莉迪亚，本区的生物学家，刚才克服了一下北方人的沉默寡言去采集血样和尿样，这时正坐在厨房的一个角落

1. 尤基（Yuki）为尤瑞科（Yuriko）的昵称或简称。

里，对化验出来的结果惊讶得大摇其头。她甚至强迫自己（她块头很大，长得非常漂亮，性格腼腆，总是不知所措地红着脸）去钻研那些古语书籍——而我在睡梦里都能说这种古语。我做梦的时候真说过。莉迪亚跟我们待在一起感到不自在。我们是南方人，性格太张扬。我数了数厨房里面有二十人，全是北大陆的决策人物。菲莉丝·斯贝特，我想她是乘滑翔机来的。尤基是屋里唯一的孩子。

然后我看到了他们四个人。

他们比我们高大。他们更高大而且更强壮。有两人比我高，我已经算是极其高大了，赤脚站着都有一米八。他们显然是属于我们这个物种，但就是感觉不对劲，无法描述的不对劲，由于当时以我所见未能了解，而且到现在也未能完全了解那些外星人的体形轮廓，我无法主动去触碰他们，尽管那个讲俄语的家伙——他们那是什么怪嗓音啊——想要“握手”，我猜测这是过去流传下来的一种习俗。我只能说他们是长着人脸的猿类。他似乎在示好，但我却不寒而栗地一直退缩到厨房的尽头——然后我带着歉意笑了——然后为了树立一个好榜样（星际友好，我是这么想）最后还是“握手”了。一只又硬又沉的手。他们像驮马一样壮实。声音浑浊又低沉。尤瑞科已经夹在大人中间偷偷溜了进来，正盯着那些男人看，嘴巴张得老大。

他——这类词已经六百年没在我们的语言中出现过了——转过他的头来，用蹩脚的俄语说：

“那是谁？”

“我的女儿，”我说，并补充道（挺荒谬的是，为了注重礼节，我们有时也会干些蠢事），“我的女儿，尤瑞科·简妮特森[1]。我们使用

1. 尤瑞科是简妮特（Janet）的女儿，其姓氏为简妮特森（Janetson），原文有简妮特之子的意思，因此下文中出现维尔勒威人认为这是随父姓，而地球人认为是随母姓的说法，本文中其他人的姓氏也有类似特点。维尔勒威人的姓氏体系在乔安娜·拉斯的长篇小说《女男人》中亦有提及。

父系姓氏。但你会说这是母系姓氏。”

他不由自主地笑了。尤基嚷道，“我还以为他们长得很好看！”她对自己受到这种对待大失所望。菲莉丝·赫尔加森·斯贝特，总有一天我会宰了她的，她从房间的另一头向我投来阴冷、带着指责的恶毒眼光，那表情仿佛在说：“小心你说的话。你知道我的厉害。”我确实没有什么正儿八经的地位，但是倘若总统女士仍然认为工业间谍行为无伤大雅的话，她将会跟我和她自己的下属之间都闹出大麻烦来。战争和战争的流言，正如我们祖先的一本书中所说的那样。我把尤基的话翻译成那男人的蹩脚俄语，俄语很久以前曾是我们的通用语，那男人又笑了。

“你们的人都在哪里呢？”他扯起话题。

我又翻译一遍，环顾房间里众人的脸孔。莉迪亚满脸尴尬（她总是那样），斯贝特心怀叵测地眯起眼睛，凯蒂脸色刷白。

“这里是维尔勒威。”我说。

他看上去仍然懵懵懂懂。

“维尔勒威，”我说，“你记得吗？你们有相关记载吗？维尔勒威曾经发生过一场瘟疫。”

他看上去有点感兴趣。房间后头那几张脸朝这边转了过来，我一眼瞥见了地方行业议会代表。明天早上，每一个城镇委员会，每一个地区决策委员会，定然要为此事召开全体会议。

“瘟疫？”他说，“那太不幸了。”

“是的，”我说，“极为不幸。在一代人中我们失去了半数人口。”

他似乎受到了触动。

“维尔勒威还算是侥幸的，”我说，“我们有很大的初始基因库，我们都因极高智能入选，我们拥有高端技术并且维持着大量人口，其中每个成年人都是两三个不同方面的专家。这里土壤肥沃。气候无比舒适。现在我们共有三千万人口。工业已经开始像滚雪球一样发展——你明白吗？——再过七十年，我们将会有几个名副其实的城市，很多工业中心，专职的行业，专职的无线电报员，专职的机械师，再过七十年，我们就不需要人人都花费一生中四分之三的时间在农场里耕作了。”我试图去解释这种生活多么艰辛，艺术家们要到晚年才有可能全职进行艺术创作，只有极少数人，极其少数的人是自由的，例如凯蒂和我。我也试着概述了一下我们的政府，两个议院——一个以行业为基础，一个以地域为基础。我告诉他，地区决策委员会负责处理各城镇无法解决的大问题。而人口控制不属于政治议题，目前还不是，不过假以时日，它将成为政治议题。目前正是我们发展史上一个错综复杂的时期，得给我们时间。没有必要为了疯狂推进工业化而牺牲生活的质量。让我们按照自己的步伐发展吧。给我们时间。

“所有人都去哪里了？”那个偏执狂说。

那一刻我意识到，他指的不是人，他指的是男人，他所赋予这个字眼的意义，在维尔勒威已经不存在了六个世纪之久。

“他们死了，”我说，“三十代人之前就死了。”

我估计我们是把他吓坏了。他深吸了一口气。像是在椅子里坐不住似的，他将手放在胸前，环视了我们一圈，目光极为怪异，混杂着惊惧和同情。然后他郑重而恳切地说：

“这是一个巨大的悲剧。”

我等他继续说，不太明白他的意思。

“是的，”他说，带着诡谲的笑容又再深吸一口气，那种大人对小孩似的笑脸，让你觉得他正藏着什么好东西，并且马上就要兴高采烈地亮出来了，“这是一个巨大的悲剧。但已经成为过去。”他用莫名其妙的恭维目光又对我们环视了一圈。仿佛我们都是有缺陷的人。

“你们竟然都适应了。”他说。

“适应什么？”我说。他看上去很尴尬。他看上去很蠢。最后他说：“在我们那个地方，女人不会穿得这么朴素。”

“像你一样？”我说，“像新娘一样？”这些男人从头到脚都是银闪闪的穿戴。我从未见过如此花哨的东西。他似乎要回答，随后显然是改变了主意，他又对我笑了笑。他带着一种古怪的激动——好像我们是某种幼稚同时又妙不可言的东西，好像他给我们带来了天大的恩惠——他的呼吸带着颤抖，说道：“好了，我们到这里来了。”

我望着斯贝特，斯贝特望着莉迪亚，莉迪亚望着阿玛利娅，她是本地城镇委员会的头儿，阿玛利娅不晓得是在望着谁。我的喉咙发烫。我受不了当地的啤酒，农民们开怀痛饮，好像她们的胃里衬了层铱金似的，不过我还是从阿玛利娅（我们停车时看到的那辆自行车就是她的）手里接过了啤酒，并且全都咽了下去。这需要花好些时间。我说：“是的，你们来了。”我微笑着（感觉自己像个傻子），心里实在纳闷男性地球人的思维是否跟女性地球人的思维大相径庭，但这应该不会吧，否则这个种族早就该灭绝了。无线广播网已经把消息传遍了整个行星，我们又来了一个会讲俄语的人，是从瓦尔纳飞过来的。那个男人拿出他妻子的照片给我们传看，她看起来就像某些神秘异教的女祭司，这时候我决定退出这场谈话。他提出要问尤基几个问题，因此我不顾她的强烈反对将她塞进了后屋一个房间，然后走到前面走廊。我离开的时候，莉迪亚正在解释孤雌生殖（方法很简单，任何人都能学会）和我们所做的卵细胞融合之间的差别。那正是凯蒂的宝宝为何会长得像我的原因。莉迪亚接着讲到安斯基技术流程和凯蒂·安斯基，她是一位全能博学的天才，也是我家凯瑟琳娜祖上不知多少代的祖先。

外屋里有台莫尔斯电码收发机在隐约传出对话的声音：两个报

务员占着线路一直在调笑聊天。

走廊上有个男人。这是另一个身材高大的男人。我暗暗观察了他好几分钟——有必要时我可以悄无声色地移动，当我不再隐藏而故意让他看见我的时候，他停止了对挂在他脖子上那个小机器的通话。然后他不慌不忙地说话了，一口纯正的俄语："你知道吗？地球上已经重新确立了男女平等。"

"你是真正管事的那一个，"我说，"是吧？另外那个只是幌子。"弄清楚情况让我大大松了口气。他友好地向我点点头。

"作为人类，我们不太聪明，"他说，"在过去的几个世纪里，已经造成了太多的遗传损伤。辐射污染，有毒药物。我们可以利用维尔勒威的基因资源，简妮特。"陌生人怎会对陌生人直呼其名。

"我们可以给你多得足够把你淹没的细胞，"我说，"你们自己培育吧。"

他笑了。"那不是我们想要采用的方式。"在他身后，我看到凯蒂出现在纱门透出的长方形亮光里。他继续说着，声音低沉，温文有礼，我想他并没有嘲笑我的意思，而是带着成竹在胸的自信，富埒陶白、能力非凡之人特有的那种自信，这样的人从来不会低人一等或者粗鄙无礼。这种感觉甚为奇怪，因为在此之前，我都会说那就是对我本人最为贴切的写照。

"我跟你谈话，简妮特，"他说，"是因为我料想你比这里的任何人更有群众威信。你像我一样清楚，孤雌生殖文化带有各种各样固有的缺陷，我们不愿意——倘若能够避免的话——我们并不打算利用你们来做这类事情。请你原谅，我本不该说'利用'这个字眼。不过，你一定明白，这种社会体系是违背自然的。"

"人性是违背自然的。"凯蒂说。她把我的步枪夹在左臂下。她那披着如丝秀发的头顶还没到我锁骨位置那么高，但是她的性格却像钢铁一样坚韧顽强。他不再站在原地，脸上露出那种奇怪的带着恭维的笑容（刚才在他同伴脸上我已见过这种笑容，但他还是头一回），步枪滑入凯蒂的手中被她紧紧握住，仿佛她已用它射击了一辈子。

“我同意，”那男人说，“人性是违背自然的。我应该懂得这一点。我的牙齿里有金属，这里也有金属钉。”他摸摸自己的肩膀。“海豹是一雄多雌动物，”他补充道，“人亦如此；猿类是雌雄滥交的，人亦如此；鸽子是一雌一雄单配的，人亦如此；甚至还有独身者和同性恋者。我相信还有同性恋的奶牛。但是维尔勒威仍然缺少了什么。”他干笑一声。我就当他有点神经质。

“我什么也不缺，”凯蒂说，“除了生命不是永久的。”

“你们是——？”男人一边说，一边对我又对她点着头。

“妻子与妻子，”凯蒂说，“我们结婚了。”又是一声干笑。

“很好的经济型搭配，”他说，“有利于工作和照顾孩子。如果你们的生育繁衍都需要按照这种模式的话，这也是有利于随机选择遗传特征的极好搭配。但是凯瑟琳娜·麦凯拉森，你要想想，是不是可以为你的女儿们提供更好的保障。我相信本能，甚至是男人的本能，我很难想象你们两人——一个机械师，是吗？还有你，我猜你是个警察头目——你们从没感觉到缺失了什么。当然，你们在理智上很清楚。这里只有半个物种。男人必须回到维尔勒威来。”

凯蒂一声不吭。

“我倒认为，凯瑟琳娜·麦凯拉森，”那男人用温和的口气说，“在所有人当中，你会从这样的改变中得到最大的好处。”他从凯蒂的步枪旁走过，走进门口的长方形亮光里。我想就在这时他注意到了我的疤痕，除非光线从这侧射来，否则很难看得出来：一条从太阳穴延伸到下巴的细线。多数人甚至不知道我有这么一条疤痕。

“你在哪儿受的伤？”他问。我回答的时候不由自主咧嘴一笑。

“在我最后一次决斗的时候。”我们站在那里互相瞪视了好几秒钟（这很荒唐，但却是真的），直至他走进屋去并在身后关上了纱门。凯蒂咬牙切齿地说：“你这该死的傻瓜，难道你不知道咱们受侮辱了吗？”她端起步枪就要隔着纱门向他射击，但在她开枪之前我冲到她身旁撞偏了步枪。枪在走廊地板上打穿了一个洞。凯蒂浑身发抖。她不停地喃喃道：“我过去从来不碰枪，因为我知道我会杀人。我知道我会杀人。”第一个男人——我首先跟他谈话的那个男人——仍然在屋里喋喋不休，谈论着进行一场伟大的运动以便开拓殖民地并重新发掘地球已丧失的一切。他强调了维尔勒威将会得到的好处：贸易、文化交流、教育等等。他，也说，地球上已经重新确立了男女平等。

凯蒂无疑是对的，我们该做的就是他们站哪儿就在哪儿把他们毙掉。男人们就要到维尔勒威来了。当一种文化握着大枪杆子，而另一种文化却没有，其结果就有了相当的可预测性。也许无论如何男人终究会来到这里。我愿意去想象一百年后，我的曾孙们会把他们抵挡在外，或者跟他们打成平手，但哪怕那样也没多少成功机会。我将一辈子记住我头一回见到的那四个男人，他们肌肉发达强壮如牛，使我感到——哪怕只有一瞬间——感到自己十分渺小。凯蒂说，这是神经质反应。我记得那天夜里发生的一切。我记得尤基在车子里兴奋不已，我记得我们回到家时凯蒂的哭泣，仿佛她的心都要碎了，我记得她跟我做爱，像往常一样有点儿霸道，却令我酣畅欣慰之至。我记得凯蒂睡着以后我在屋里焦虑不安地徘徊，她的一条赤裸的胳膊伸了出来，映着大厅里照来的灯光。由于总是那样开车和调试她的机器，她的前臂肌肉像金属棒一般结实。有些时候我会梦见凯蒂的胳膊。我记得自己走着走着就走进了婴儿房，抱起我妻子的宝宝，打了个盹儿，怀里的婴儿让我感受到令人难忘的奇妙温暖，最后我转回厨房，发现尤瑞科正在为自己弄一顿夜宵快餐。我女儿的胃口不亚于丹麦种大狗。

“尤基，”我说，“你认为你会爱上一个男人吗？”她嘲笑着大叫起来。“爱上一只十英尺长的癞蛤蟆！”我那狡猾的孩子说。

但是男人就要到维尔勒威来了。最近我常常彻夜难眠，对将要涉足我们星球的男人感到不安，为我的两个女儿和贝塔·凯瑟琳娜森担忧，为凯蒂、我以及我们的生活即将发生改变忧心忡忡。我们祖先留下的记载书写的是一个漫长凄苦的历程，我想现在我应该感到高兴，但是一个人无法抛弃坚持了六个世纪，或者甚至（如同我最近才发现的那样）无法抛弃坚持了三十四年的信念。有时我会嘲笑那四个男人整晚上都藏着掖着不敢贸然说出口的那个问题，看着我们这一堆女人，穿着工装裤的乡巴佬，穿着帆布裤子和朴素衬衫的农民：你们当中谁扮演男人的角色？仿佛我们非得复制他们的错误不可！我对地球上已经恢复男女平等深表怀疑。我不愿想到自己会遭人嘲笑，不愿想到凯蒂要屈从示弱，也不愿想到尤基会觉得被人忽视或愚蠢无知，更不愿想到我其余的孩子会被剥夺完美的人性或者变成陌路人。恐怕我今日所取得的个人成就——或者是我自诩的个人成就——很快就要江河日下，最终变成被人类淡忘的某段奇谭，就像你读书的时候发现里面隐藏的奇闻怪事，偶尔让人哂笑一下，只因为这些故事如此异乎寻常，离奇有趣却无人铭记，引人入胜却毫不实用。这样深切的痛苦我实在无以言表。你一定认为，对于一个经历过三次决斗、每次决斗都杀死了对方的女人来说，陷入这样的恐惧是荒谬透顶的。然而眼下即将到来的这场决斗规模如此之大，我不认为自己有这个胆量去参与。浮士德说过：*Verweile doch, du bist so schoen!*[1] 维持原状吧。莫要改变。

---

1. 此句为德语，意思是：停留片刻，你是如此之美！

有时候在夜里，我会想起这个星球最初的名字，早被我们的第一代祖先改换了，那些不同寻常的女人，我猜想，对于她们来说，这星球真正的名字，在男人们死去之后已成为不愿提及的伤痛。看这一切要如此彻底地反转过来，真是又可笑又可悲啊。而这，也终将过去。所有美好的事物都会有尽头。

夺走我的生命吧，但不要夺去我生命的意义。

停——留——片——刻。

（黎茵　译）

艺术科幻

当与科幻小说相提并论之时，“艺术”一词叫人难以启齿。就连科幻作家自己也不时认为这种说法很虚夸。许多作家更愿意将自己当作说书人，为的是“争取赚到乔的啤酒钱”[1]，这个出自海因莱因的说法，波尔·安德森也经常引用。在某种程度上，新浪潮作家所反对的正是这种态度。用哈伦·埃利森的话来讲，新浪潮作家并不羞于将自己当作真正的艺术家。

科幻小说在写作上当然可以具有艺术性。但真正的艺术是另一回事。艺术小说的外部特征是文体意识、重写人物和个性化叙述。因此，一个拥有许多类型文学表征的故事就显得不太具备“艺术性”。每个作家都会将个人风格代入作品之中，但作为类型文学的科幻小说会将作家的个人特征置于科幻的普遍特征之下。

更为根本的是，类型文学范畴内的科幻小说总是有个主旨；这

1. 海因莱因的原话完整版是：“我们是在争取赚到乔的啤酒钱。如果一个潜在读者认为一箱六罐装的啤酒比作家最新最好的作品更具娱乐价值，那作家就得——至少可以这么打比方——饿肚子了。”意在强调科幻小说当以趣味性和娱乐性为先。

类小说对待其主题的方式是分析性的，无论这主题是人类、社会还是宇宙的命运；它有话要说。而艺术小说首先是描述性的；很难说艺术小说是“为了”表达某种主题；它只会告诉读者，人类就是这个样子，生活就是这个样子。艺术小说也经常是悲观的，这主要是因为撰写基调悲观的艺术小说更为容易；创作乐观的艺术小说并非全无可能，但很难真正成功。因此，无论艺术小说的作者对人类的现状与未来是喜是忧，在他们创作的作品之中，主人公经常无法解决问题，或是根本得不到解决问题的机会。如果这听起来像是主流的艺术小说，那就对了。

那为什么还要将艺术小说写成科幻？一个现实的答案是：科幻小说在过去更易出版，如今也仍是如此，几乎所有其他类型的短篇小说都已失去市场。如果一部艺术小说能被套入科幻的形式之中，哪怕其实际表达效果跟历史小说或当代小说没有区别，也可能获得后者在传统框架内无法接触到的读者。不过，将艺术小说写成科幻的唯一正当理由是，这部小说就只能这么写。

事实上，许多艺术小说都是奇幻故事或类奇幻故事。奇幻小说很少拥有明确的主旨，作家可以尽情展现个人特征，尽情在文体上进行大胆尝试，尽情描写人物，尽情展示悲观主义情绪。即便看似现实主义的艺术小说，实际上也不会比作家的内心世界更具现实性，而作者的个人特征越强，故事的奇幻色彩也就越浓。

尽管如此，科幻艺术小说几乎从科幻这一类型成立伊始就存在。霍桑、爱伦·坡、奥布莱恩经常撰写此类小说。威尔斯的《水晶蛋》《盲人国》和一些早期作品符合艺术小说的标准，在他的职业生涯前期，约瑟夫·康拉德与亨利·詹姆斯将其誉为艺术家，而威尔斯本人也是在一番挣扎之后才最终将自己与记者、教师和政治宣传家这类角色联系到一起。戴维·H. 凯勒医生写的故事可以被称为艺术小说。雷·布拉德伯里是该领域内被外界誉为艺术家的第一位作家。亨利·库特纳和 C. L. 穆尔以刘易斯·帕吉特和劳伦斯·奥唐内尔为笔名发表的许多故事都堪称“非如此写不可的艺术小说”。

20 世纪 60 年代，有一群作家的作品自然而然地被纳入艺术小说的框架之中，这些人包括：英国的奥尔迪斯、布伦纳、巴拉德等人；美国的德雷尼、埃利森、迪施、萨利斯、斯宾拉德、沃尔夫以及泽拉兹尼。他们的登场，或说是成长恰与新浪潮运动同时涌现。由于新浪潮的创作重心也落在艺术小说之上，这些新兴作家中的大多数都被贴上了新浪潮的标签，无论这是否符合作家本人的意愿。

罗杰·泽拉兹尼堪称个中典型。他在西储大学获得学士学位后，又于哥伦比亚大学取得了伊丽莎白一世和詹姆士一世时期的戏剧研究硕士学位，随后，他在美国社会保障署获得了一份工作，并开始利用闲暇时间进行自由撰稿。他的成功十分迅猛：他于 1962 年发表了两部短篇小说，又在 1963 年发表了 12 篇小说。其 1963 年作品《致传道书的玫瑰》(“A Rose for Ecclesiastes”) 是美国科幻奇幻作家协会会员票选入《科幻名人堂》的唯一一部 60 年代小说。1965 年，即星云奖设立的第一年，他以《造梦之人》(“He who shapes”) 和《脸上的门，口中的灯》(“The Doors of His Face，the Lamps of His Mouth”) 获得了两项星云奖。

随后他开始专攻取材于各类宗教的长篇小说，并于 1966 年以《不朽》(*This Immortal*)，又名《……叫我康拉德》(*... And Call Me Conrad*) 斩获雨果奖，1968 年又以《光明王》(*Lord of Light*) 再获雨果奖。1967 年，他凭借短篇小说《绞刑师归来》(“Home Is the Hangman”) 同时获得雨果奖与星云奖。他的其他小说还包括：由《造梦之人》扩写而成的《造梦师》(*The Dream Master*，1966)；《小街的毁灭》(*Damnation Alley*，1969)，这部小说后来被改编成一部一无是处的电影；《死之岛》（*Isle of the Dead*，1969）；《沙中门》（*Doorways in the Sand*，1976）。20 世纪 70 年代后，泽拉兹尼将心力尽数转移到以《安珀九王子》为首的大部头系列奇幻作品[1]之上，这是他最广为人知的作品，但他的最佳创作仍要数早期那些科幻故事和长篇小说。

他的作品《心所引擎》（"The Engine at Heartspring's Center"）进入了 1975 年的星云奖最终轮评选。

（穆童、憬怡　译）

---

1. 即"安珀志"系列。

心所引擎

［美国］罗杰·泽拉兹尼

让我为你讲讲那个名为博克的生物吧。它生在一个将死的太阳中心。它被当作一块时间污染物，从昔日 / 未来的长河中抛掷到如今。它由泥和铝、塑料和海水中某些进化的蒸馏物组合而成。它一直悬吊在周遭环境的脐带上摇摇晃晃，直到过了大约一生之后，才被自己的意志切断，坠落在某个世界的沙洲之上，此处的一切都行将灭亡。它是一个人的残片，落在一处度假区的海边，这里已经成为安乐死的殖民地，因此不复往日繁华。

任选上述一项你都可能是对的。

这天，他在水边行走，用身上那支金属叉棍拨弄着昨夜的风暴遗迹：一些闪闪发亮的岩屑，怪姐妹[1]的手工商店里用得着，值得上一顿饭或是一块红丹粉，能给他更光滑的那半边身体抛个光；紫色的海藻，能做上一碗咸咸的杂烩汤，他已经慢慢爱上那味道了；还有一颗搭扣，一颗纽扣，一枚贝壳和一枚赌场里的白筹码。

海风劲吹，海浪翻飞。苍穹是一道蓝灰色的墙，了无瑕疵，没

1.“怪姐妹”原文是“weird sisters”，首字母大写时指代莎士比亚《麦克白》中的三女巫，亦即希腊神话中的命运三女神。

有一点商贸活动或是鸟儿留下的痕迹。他涉过白色的沙滩，身上的机械嗡嗡作响地发出咔嗒声，留下一条锯齿状的条带和一串脚印。这里离叉尾冰鸟的栖息地很近，这些鸟儿迁徙途中在此停留了几日——最多也就一个星期。如今它们走了，但海滩上仍然点缀着它们锈色的鸟粪。在那里，他又见到了那个女孩儿，这是三天里的第三次了。她曾试图同他搭话，留住他。出于若干原因，他未曾理会。但这次她不是独自一个人。

她正试图站起来，沙地上的痕迹显示她曾遭到追逐，又跌倒了。她穿的还是之前那件红裙子，只是已经破损，染上了脏污。她那一头黑发——短短的，留着厚刘海儿——稍微有些凌乱，就长度而言已经足够乱了。大约三十英尺之外有个来自中心的年轻人正在向她接近。他身后飘着一部极罕见的调度机——约有半个人高，飘浮的位置距地面也有半个人高，它的形状像个保龄球，银色的，球头是平面，嵌了照明，三面裙板形似芭蕾舞裙，薄如锡纸，闪闪发光，正有节奏地上下摆动，丝毫不受风力影响。

不知是听见了他的声音，还是用余光瞥见了他，她从追捕者的方向掉头望向他，说了声“救救我”，然后她叫了一个名字。

他停顿良久，但这段停顿对她而言难以察觉。随后，他走到她身边再次停下。

追捕者和盘旋的机器也停了下来。

“出了什么事？”他问道，他的声音平滑，低沉，有些悦耳。

“他们要抓我。”她说。

“所以？”

“我不想去。”

“哦。你还没准备好？”

“是的，我还没准备好。”

“那就容易了。这只是一场误会。”

他转向对面那两位。

“你们误会了。”他说，“她还没准备好。”

“这不干你的事，博克，”追捕者回道，“中心已经做出决定了。”

“那中心就不得不重新审查一次了。她说她还没准备好。”

“别多管闲事，博克。”

追捕者走上前来，机器也跟上了。

博克抬起双臂，一只是血肉之躯，另一只由其他物质构成。

“不。”他说。

“让开，”追捕者说，“你在妨碍公务。”

博克慢慢朝他们走去。机器上的灯光开始闪动。它的裙板脱落了。一阵嗞嗞声后，它跌落在沙地里，熄火不动了。追捕者当下站住，往回撤了一步。

“我要把这事上报——”

“走开。”博克说。

那人点点头，弯腰抬起机器，带着它转身朝沙滩走去，再没回头。博克放下了自己的胳膊。

“好了，”他对那女孩儿说，“你有更多的时间了。”

然后他便走了，继续去摆弄那些贝壳和浮木。

她跟上了他。

“他们还会回来的。”她说。

“当然。”

“到时我怎么办？”

“也许到时你就准备好了。”

她摇了摇头，将自己的手放到他属于人的那半边躯体上。

“不，”她说，“我到时也不会准备好的。”

“现在的你怎么会知道将来的事呢？”

“我犯了一个错误，”她说，“我根本就不该来这儿。”

他停下步子望向她。

“那真是不幸，”他说，“我能做的也只是劝你去跟中心的治疗师谈一谈，他们会找出个法子，说服你相信安详比忧惧更胜一筹。”

“他们就没能说服你。”她说。

“我不一样。我的情况没有可比性。”

“我不想死。”

“那他们就不能带你走。合适的心理状态是先决条件。这是写在合约里的——第七条。”

“他们也会犯错。你以为他们不会犯错吗？他们也同别人一样会被火化。”

“他们是最为审慎的。他们对我就很公平。”

“那只是因为你事实上永生不死。那些机器会在你面前断线短路。除非你自己情愿，否则没有人能碰你。难道他们不曾在你没准备好的情况下试图对你执行安乐死吗？”

“那只是一个误会。”

“就像我这个误会一样？”

“我对这个说法存疑。”

他从她身边走开，顺着沙滩继续往前走。

“查尔斯·艾略特·博克曼。”她叫道。

又是那个名字。

他再次停下，用他的叉棍在沙地上画格子，直划拉出一幅图案来。

随后，他问道：“你为什么要说那个词？”

“那是你的名字，不是吗？”

“不，”他说，“那人死在了深空里，他的飞船跃迁到了错误的坐标上，跳出时太过靠近了一个已经变成新星的恒星。”

“他是个英雄，为了给其他人准备救生艇，他把自己的一半躯体牺牲在了大火里。而他还是活了下来。”

“也许他的一些残片活了下来。仅此而已。”

“那其实是一次暗杀行动，对吗？”

“谁知道呢？昔日的政治不值得为之浪费纸张，无论是其承诺还是威胁。”

“他不只是个寻常政客，他曾是一个政治家，一个人道主义者。他是极少数中的一人，当他卸任时，爱戴他的人比憎恶他的人多。”

他轻笑出声。

“你很善良。但就算事实如此，盖棺论定的仍然是憎恶他的少数人。我个人认为他差不多是个恶棍。不过，我很高兴你提到这事时用了过去时态。”

“他们把你拼补得这么好，让你得以永生。因为你该得到最好的。”

“也许我早已得到最好的了。你想要我做什么？”

“你来这里寻死，然后又改变了主意——”

“这么说不准确。我只是一直没能以任何形式达到第七条所要求的状态。安详的状态——”

“我也一直不能。但我没有你的能力，没法让中心明白这个事实。”

“如果我同你一起去跟他们说，或许……”

“不，”她说，“他们只会在你在场时假装同意。他们管我们这类人叫假病偷生者，处置我们这种平头百姓可比对待你随意多了。如果没有自己的防具，我可不能像你那样相信他们。”

“那你想叫我做什么——姑娘？”

“诺拉。叫我诺拉。保护我。这就是我想要的。你就住在附近，让我去跟你住在一块儿吧。叫他们离我远点儿。”

他拨弄着适才画好的图案，开始把它们涂掉。

“你确定这就是你想要的？”

“是的。是的，我确定。”

“好。那你可以跟我一起来。”

于是，诺拉住进了博克的海边小屋。在接下来的几个星期里，中心派出的代表不时来访，博克总是喝令他们立刻离开，他们也果然依言行事。最后，他们不再来了。

白日里，她同他在岸边漫步，帮他收集浮木，因为她喜欢在晚上点起火堆；而他尽管早已不辨冷热，却也很快就以自己的方式享受起了篝火。

他们散步时，他总会拨弄那堆被海浪卷上来的潮湿垃圾，还要翻动石头，看看底下寄居着什么。

“神呐！你究竟想在这儿找些什么？”她屏着气息直往后退。

“我不知道，”他咯咯笑道，“一块石头？一片叶子？一扇门？类似这种好东西。”

“我们去看看潮水坑里有什么吧。起码比这些东西干净点儿。”

“好。”

尽管他进食更多是出于习惯和体验风味，而非必需，但她的规律性进餐需求和精湛厨艺却使他带着一种近于仪式性的快乐去期盼这些用餐场合。后来，在某次晚餐过后，她第一次为他拂拭金属躯体。这个过程原本可能是怪诞而尴尬的。但事实上，他们既没感到怪诞也未觉尴尬。他们坐在火堆前，干爽，温暖，对视，安静。她心不在焉地捡起他丢在地板上的抹布，顺手从他能反射火光的那半边身体上抹去了一块灰尘。再后来，她又这样做了一次。又过了很久，她再一次替他拭身，这次她全神贯注，在上床前为他细细擦拭了整个反光的表面，叫它一尘不染。

一天她问他："既然你不想死，为什么要买单程票到这儿来，还签下安乐死合约？"

"可我当时确实想死。"他说。

"后来发生了令你改变主意的事？那是什么？"

"我在这里发现的快乐超越了求死的欲望。"

"能跟我说说是怎么一回事吗？"

"当然。我发现这里是极少数能让我感到快乐的情境之一——也许是唯一的一个。这个地方本身就带有那种特质：启程，朝着一个安详的结局，一个喜乐的去处。在这里沉思令我快乐，活在行将消逝的尽头，并知晓这是一件好事。"

"但这并没能让你快乐到主动接受中心的治疗？"

"没有，我在这种状态里找到了一个生的理由，而非死的理由。这可能是一种扭曲的满足。那就当我是扭曲的好了。你呢？"

"我只是犯了个错误，如此而已。"

"我记得他们对你的检查会非常仔细。他们在我身上犯错的唯一原因就是，他们没能预见有人会在这种情境里获得求生的灵感。你的情况会不会也跟我类似呢？"

"我不知道。也许……"

在天气晴好的白日，他们会在金色的温暖日光下休憩，他们玩着小游戏，时而谈论飞过的鸟儿，时而谈论他们的水坑里那些悠游的、流动的、散叶的、漂浮的、开花的东西。她从不谈论自己的事，不透露将她带到这儿来的是爱，是恨，是绝望，是厌倦还是苦涩。相反，她谈论他们在晴日里一起经历的寻常事；若是恶劣天气将他们关在屋里，她就看火，睡觉，或是帮他擦拭甲胄。过了很久，她才开始哼曲儿唱歌，她哼唱小段的流行歌曲，或是古老的歌谣。每当这时，她若感到他的视线落在她身上，就会戛然终止，着手去做其他的事情。

一天晚上，篝火快要燃尽，她坐在那里擦拭他身上的金属板，这时，她以一种缓慢的、相当缓慢的语调柔声说道："我相信我是爱上你了。"

他没有说话，也没有动，似乎根本没有听到。

良久之后，她说："我觉得这感觉几乎很怪异，发现我自己在这种情况下——在这里——产生了这种感情……"

"是的。"一段时间之后，他说道。

过了好长时间，她放下抹布，抓起他的手——属于人的那一只手——她感到他的手也抓住了她。

"你可以吗？"又过了半天，她问道。

"可以。但我会弄坏你的，小姑娘。"

她的手抚过他的金属板，碰到他的血肉之躯，在肉体与金属间徘徊往复。她将双唇按在他能凹陷的那半边脸颊上。

"我们会找出办法的。"她说。不必说，他们找出了办法。

在之后的日子里，她的歌唱得愈发频繁，更加快乐，也不会在他看她时戛然而止了。有时，他从即使是他也需要的浅层睡眠中醒转，透过眼部装置中的小缝，窥见她或坐或卧地望着他，笑意盈盈。有时他会叹息，为空气拂过身边、流进体内而感到纯粹的快乐，他感到久违的安宁和享受，此前，这种感觉被他画地为牢，束之高阁，在那里，除了疯狂、梦境和徒然的渴望之外别无他物。有时，他甚至发现自己无端吹起口哨来。

一天他们坐在岸边，太阳几乎看不见了，星光乍现，渐深的夜色在一抹坠落的火丝旁晕染开来，她放下他的手，指了指前方。

"一条船。"她说。

“是的。”他说着重新挽上她的手。

“载满了人。”

“我猜是有一些。”

“真令人伤感。”

“这一定是他们自己想要的，或者是他们以为自己想要的。”

“还是令人伤感。”

“是的。今晚。今晚是一个伤感的夜晚。”

“明天呢？”

“我敢说明天也一样。”

“你原先的快乐去哪儿了？你的快乐不是来自优雅的结局、安详的消逝吗？”

“这些天我脑子里不太想着那些了。被别的东西占据了。”

他们仰望星辰，直到夜色深沉，星光漫天，寒意袭人。随后她说道：“我们以后会成什么样子呢？”

“成什么样子？”他说，“如果你喜欢现在的样子，我们就没有必要改变。如果你不喜欢，告诉我是哪里不好。”

“没有哪里不好，”她说，“你要是这么问，我什么也说不出来。这只是一种小小的忧虑——就像俗语说的，一只猫在挠我的心。”

“我会亲自去挠你的心。”他说着抱起她来，好像她毫无重量。他笑着把她抱回了小屋。

又过了很久，他从一场仿佛被下了迷药一般的酣眠中醒转过来，或者说是被她的哭声吵醒过来。他感到自己的时间感被扭曲了，因为她的影像在一段似乎异常漫长的时段后才浮现出来，她的哭声也显得遥远又抽离，很不自然。

“这——是——怎么回事？”他问。就在这一刻，他意识到那阵淡淡的刺痛，那是肱二头肌遭到针刺的后效。

“我不——不想要你醒过来，”她说，“求你接着睡吧。”

“你是中心的人，对吗？”

她转过脸去。

“没关系。”他说。

“睡吧，求你。不要错过——”

“——第七条要求的状态，”他把话说完，“你们总是遵守合约，对不对？”

“不光是这样的——对我来说不是的。”

“你那晚说的话是真心吗？”

“我慢慢变得真心了。”

“你现在当然会这么说了。第七条——”

“你这混蛋！”她说着扇了他一巴掌。

他开始轻笑，但当他看见她身边桌上的皮下注射器时，笑声止住了。那里并排放着两个用过的安瓿瓶。

“你没给我打两针。”他说。她转过了脸。“过来，”他站了起来，“我们得把你送到中心，让他们把你体内的毒物中和掉，排出体外去。”

她摇了摇头。

“太晚了。抱住我。如果你想为我做点儿什么，就抱住我。”他用整个胳膊拥住她，他们就这么相拥着躺在那里，任凭风吹浪打，潮起潮落，将他们的轮廓打磨得愈发完美精致。

我想——

让我为你讲讲那个名为博克的生物吧。他生在一个将死的恒星中心。他由一个人的残片和许多其他东西的碎片组合而成。如果那些东西坏了，人的残片就将它们关闭、修好。如果那人坏了，那些东西就把他关闭，修好。它被制作得如此精巧，本可永生不死。但如果它的一部分果真死去，其他部分也不必停止运转，因为它依然能设法完成整个生物曾经做过的动作。它是一个物件，落在某个靠海的地方，它在水边行走，用金属叉棍拨弄海浪冲上来的其他物件。那块人的残片，或说是属于人的残片的其中一块，死了。

任选上述一项吧。

（韶光　译）

不确定的未来

科幻作家是蹩脚的预言家。当被问及私人问题和专业问题时，他们表现得尤其靠不住，似乎有一条自然法则这样规定：预言若要成真，预言家必不能从中获益。因此，当科幻作家去预测科幻的未来时，结果大概率是错误的。要讨论科幻小说的未来发展方向，最好的方式或许是指出时下影响科幻的种种因素，让预言顺其自然地发生。

如今，那场名为新浪潮的运动再无新闻。这不是因为它被科幻彻底摒弃，而是由于它已被纳入科幻主流之中。文体上的新冒险如今被视作作家的权益，甚至是义务；他们的实验性创作甚至得以发表在《类比》杂志之上。

诚然，一些更为极端的文体家已经与科幻渐行渐远，甚至是迅猛脱离了科幻。在静静退出科幻领域去寻求更广阔天地和自有读者的作者中，J. G. 巴拉德是至为典型的例子；哈伦·埃利森与巴里·N. 马尔兹伯格（Barry N. Malzberg）则发表了正式的告别宣言；罗伯特·西尔弗伯格一度因私人原因放弃写作，其后重操旧业大概也是出于私人原因。若不是因为庞大而活跃的粉丝群体，这一切都可能悄无声息，而如今科幻迷声势之盛，甚至能把粉丝杂志做成盈利企业，科幻大会每周末都会召开，有时粉丝甚至能在几场大会中任意选择。世界科幻大会的参加者突破 5 000 人，渐成一桩大买卖。

到 20 世纪 60 年代末 70 年代初，滋养了科幻这一文类的杂志似乎活力不再。平装本支配了科幻领域，科幻书籍的发行量声势浩荡地碾压了西部小说，继而超过了神秘小说。面世的小说中几乎每八本里就有一本是科幻。不过，在本 · 博瓦接任《类比》主编（其继任者为斯坦利 · 施密特）后，该杂志的发行量曾小幅攀升；《艾萨克 · 阿西莫夫科幻杂志》创刊后发行量很快迎头赶上《类比》；《惊奇故事》在灾难边缘挣扎几年后被卖予新主人，并最终废刊；《银河科幻》在经历一系列主编更迭后，也被卖出并最终消亡；但《奇幻与科幻杂志》似乎状态良好；《阁楼》（*Penthouse*）杂志发行了新的光面纸科学 / 科幻杂志《万象》，它最初的目标发行量定在百万，并希求能在读者群上产生新突破，然而一段时间的长跑过后，杂志最终转为电子刊。同时，大量经桌面出版的小型杂志面市，同时出现的还有越来越多的电子期刊。

随着《星球大战》与《第三类接触》的票房大卖，科幻突然成了电影及电视的宠儿。大屏幕上充满了科幻，小荧屏也不遑多让，其中许多作品都是《星际迷航》原初系列的衍生品。

学院派对科幻的兴趣不减。高中与大学不断开设科幻入门课程，一些高级课程也加入了课表，一些研究生开始攻读科幻博士项目。专业期刊与组织日益壮大，学术研究和科幻教科书不断面世。

在科幻的史前时代，许多文类都曾控制文学的发展：史诗、游记、乌托邦故事……19 世纪至 20 世纪初，科幻小说的发展方向由作家决定：如玛丽 · 雪莱、爱伦 · 坡、凡尔纳、威尔斯、巴勒斯……

1926 年至 1960 年，出版商与编辑成了塑造科幻文类的关键人物：如根斯巴克、坎贝尔、鲍彻、戈尔德……如今，随着杂志失去主导力量，其他出版物影响渐大、效益渐好，个体作家再次成为科幻小说演化进程中的决定性因素。

老辈作家如弗雷德里克·波尔以《超人计划》与《通向宇宙之门》等作品证明了自己仍宝刀未老，但未来总是属于年轻一代。过去二十年里涌现了一大批新生作家。他们终将决定科幻要走向何方。

乔·霍尔德曼或许堪为新老两代作家融合的代表。他拥有物理学与天文学的学士学位，曾短暂编辑过《天文学》杂志，并已完成数学、计算机科学、统计学与艺术的研究生课程。他曾应征入伍，作为步兵和爆破专家参与越战，并在那里遭受重伤。康复期过后，他开始了全职作家生涯，此后，他参加了艾奥瓦作家写作营，并在艾奥瓦大学取得了英文硕士学位。他每年都会在麻省理工开展一个学期的科幻写作课程。

凭着科学背景和写作技巧，他创作了许多科学性强而又不失文学实验性的故事。他也曾撰写非虚构作品以及编辑文集。他的首部长篇科幻小说《千年战争》（*The Forever War*，1975）同时获得星云奖与雨果奖。他的第二部长篇科幻《意念之桥》（*Mindbridge*，1976）卖出了 10 万美元的平装本版权，创下当时的纪录；第三部长篇《忏悔我的罪孽》（*All My Sins Remembered*，1977）亦收获良好评价。他创作了核灾难三部曲《世界》（*Worlds*，1981），《分裂的世界》（*Worlds Apart*，1983），以及《足够的世界和时间》（*Worlds Enough and Time*，1992）；他还撰写了《购买时间》（*Buying Time*，1989），其后的《海明威骗局》（*The Hemingway Hoax*，1990）凭借杂志版[1]获得了星云奖

1. 该作品杂志版篇幅上短于小说版。

最佳中长篇。他的短篇小说《三百周年国庆》(“Tricentennial”)获1977年雨果奖，这个故事或许很适合拿来为本卷收尾；故事描述了一次凡尔纳式的穿越时空之旅，所乘工具则是威尔斯式的时间机器。它所探讨的不只是时空旅行者的命运，更是全人类的命运。而这正是科幻在过去一个世纪里所关注的问题。

（穆童、憬怡 译）

三百周年国庆

［美国］乔·霍尔德曼

1975年12月

科学家指出，太阳有可能是一个双星系统中的一颗。当然，它的伴星必须得又小又暗，而且距离几千天文单位之外，才能一直不被发现。

最终他们会找到伴星，只不过不是“一颗”而是“一对”，而且这些伴星会派上大用场。

2075年1月

即使按照21世纪华盛顿那种奢侈的标准，这间办公室也称得上富丽堂皇。康纳斯参议员酷爱古玩，整整一面墙都摆满了皮面精装书，一副大型黄铜望远镜表明了他科学同业公会联络员的角色，一张产自他老家那个州的编织工艺复杂的纳瓦霍地毯盖住了大半的镶花木地板。房间里还摆着一座大钟，挂着几幅油画和几张老地图。

电脑终端精心隐藏在笨重的柚木办公桌最上面的抽屉里。桌面上有一本吸墨纸，钢笔套装精确地摆在桌面正中央，旁边是一部足有百年历史的黑色贝尔传声电话机。电话铃响了。

他的秘书说，利文塞尔博士等候会见。“假装还在跟我通话。”参议员说，“30 秒后挂掉电话直接让他进来。”

他放下听筒，来到壁镜前，整了整领带和斗篷，然后用指甲刮平润唇膏涂抹的底线。他用一只手梳理了一下日渐稀疏的白色长发，再回到办公桌旁，把一只手放在了电话上。

笨重的大门轻声打开，一个瘦小的男人微微鞠了一躬，“大人。”

参议员伸出双手迎了上去，“哦，别扯了，查理。两只手都给我。”那人握住他的双手，只握了一下。“我什么时候在你面前成‘大人’了，你这家伙？”

“从上周起。”利文塞尔说，“同业公会会员们称呼你时用的词可比‘大人’糟多了。”

参议员点了两下头，“是上周。他们也确实是那样。真同情他们，不过这可是人民的意志。”

“当然。”利文塞尔好像念一个单词一样又连读了一遍：“人民意志。”

康纳斯走到书柜前，打开一面雕花板，“来点儿？”

“好啊，兄弟。”查理叹了口气，坐进沙发里，“来吧，雪利酒什么的都行。”

参议员端来酒，坐到查理身旁，“你早就该听我的，就该让广告同业公会的人来给你们写提案。”

“我们有好写手。”

“恕难赞同。只有不到百分之二的选民愿意费心去投票，其中绝大多数还赞成行政部门的主张。现在你又拿工程同业公会——”

“是你拿工程同业公会，而且——”

“他们用了广告同业公会。”康纳斯耸耸肩，“结果他们拿到了预算。”

“推销桥梁电厂穿梭机容易，推销纯科学难。”

“正因如此你才更应该——”

“是，当然。要求双份的钱，然后给广协那帮小子们一半。也许明年吧。我这次来要跟你谈的不是这个。”

“那是无线电那个？”

“对。报告你看了没？”

康纳斯看着酒杯里头。“查理，你知道我没时间——”

“总有人看过了吧。”

“那当然。我手下有个搞天文的小子挺不错的，他给了我一份浓缩版。非常有意思。”

“有个智慧文明就在 11 光年之外的地方——你的反应就是‘非常有意思’？”

“自然，也是个大突破嘛。”一阵尴尬的沉寂后，康纳斯继续道，“呃，你们有什么应对措施吗？”

“有两个。首先，我们正在想办法弄明白他们在说什么。这个很难。其次，我们想送一条信息回去。这个简单，而这里就需要你的帮助了。”

参议员点点头，看起来有几分谨慎。

“我先解释一下。我们之前也给这颗星球，天鹅座 61 号发送过信息。确切地说，那是个双星，有颗很暗的伴星。”

“和我们的一样。”

“类似吧。总之，他们没有回复。很显然，他们并没有在监听，因为他们也没有向外发送信息。”

“可我们收到——”

“我们收到的东西就相当于你在距离地球 11 光年远的地方能收到的东西。一堆乱七八糟的放送信号，而且还是 11 年前的。非常微弱，不过显然不是哪种天然信号源能够产生的。”

“要是那么说的话我们已经回复信息了呀。跟他们发送过来的类型一样。”

“确实如此，不过——”

“那这一切跟我又有什么关系？”

“兄弟，我们不想对他们轻声细语——我们要大声喊！引起他们的注意。”利文塞尔啜了一口他的酒，往后一靠，“为此，我们需要大量能源。”

“那当然。查理，能源就是金钱，你说的是多大量？”

“整个来说，我需要关闭死亡谷 12 个小时。”

参议员的嘴张成了一个大大的 O 形，“查理，你这也太狠了吧。再来一次大停电？还是故意的？”

“不会有什么大停电的。死亡谷有 14 个小时的应急能源储备。”

“那是在只满足一半负载的前提下。”参议员喝光杯中的酒，走回吧台，摇了摇头，“你先说你需要能源，然后又说你要切断能源。”他手握裹在麻布中的酒瓶走了回来，“这话说不通啊，伙计。”

“确切来说不是切断，是切换。”

“这是在猜谜语吗？”

“不是。你看。你也知道能源并不真的来自死亡谷电网。那里只是个中继站，是个储电器。能源实际上来自轨道——”

“这我都知道，查理，我有科学证书。”

“当然。所以其实我们用的是轨道上大型微波激光器射下来的高能能量束。能量足够整个北美正常运转，足够——”

“我说的就是这个意思。你不能说关就——”

“我们可以把它切换转向，将能量射向月球上的电网，把能源转接到月球背面的大型无线电抛面天线上，转化成无线电波，射向天鹅座 61 号，给他们一波足够把他们的内脏炸熟的冲击。”

“听起来可不像友邻会做的事。”

“其实没那么大能量啦——不过可比任何一个天然 21 厘米辐射波源强多了。”

“这不好说啊，伙计。”参议员揉了揉眼睛，做了个鬼脸，“也许我可以暗中操作一下，只告诉少数几个人实情。不过那也只能顶几分钟……话说回来你要 12 个小时干什么？”

“哦，那玩意儿不会像对准死亡谷那样自动对准月球。估计给那家伙转向重新对准就得 1 个小时。”

“因此，我们就不应光朝他们发射一堆无线电波。我们得准备 5 个小时的节目，首先建立一种交互语言，然后告诉他们我们的情况，最后问他们几个问题。整个节目播他个两遍。”

康纳斯重新倒满两人的酒杯，“2047 年的时候你多大，查理？”

“我 2045 年生的。”

“那你不记得大停电。死了一万多人……而你还跟我提议——”

“得了吧，老兄。明明是两码事。我们都知道现在那些储电器在起作用。再说，那些死掉的人多数都是因为汽车故障保险装置失灵。要是我们提前警告他们电力会下降，他们就会记得检查他们的保险装置，或者干脆避开户外躲起来。”

“那媒体呢？他们就得轮流播放了。你要来决定人民能看什么节目吗？”

“去他的媒体。他们可就要得到耶稣受难以来最大的新闻了。”

“也许吧。”康纳斯抽出一根烟，又将烟盒推给查理，“你不记得

2047 年时加州参议员们的遭遇了，是吧？”

“肯定不是什么好事，我猜。”

“确实不是什么好事。他们被弹劾了，还好没被人私刑处死。尽管真正的麻烦是在上面的轨道上。

“正如你所言：人们给加州交了能源税，就觉得能源都来自加州。一旦出了问题，他们就怪加州。我是加州的自由党参议员，查理。问我要月亮吧，兴许我还能做点什么。可别要我折腾死亡谷。”

“好啦，好啦。我又不是让你为我把电线连过去，兄弟。把它写到选票上就好啦。我们会想尽一切办法教育——”

“没用的。斯库拉探测器的投票你们都差点没拿下来——那玩意儿还不需要任何人出血，毕竟有 L-5 号埋单。”

“你就把它弄上选票吧。”

“我们再看吧。我这里有配额的，你也知道。而且三百周年国庆就要到了，见鬼的，人人都想上选票。”

“求你啦，伙计。这事儿可更重要，这事儿比什么都重要，你就弄到选票上吧。”

“也许能弄到附加条款里，不打包票。”

1992 年 3 月

摘自《传真与图片》，1992 年 3 月 12 日刊：

新发现的恒星摧毁古董太空探测器

1. 先驱者 10 号于 1973 年向地球发回第一批木星照片（见左上图、右上图）。

2. 1987 年离开太阳系，这是第一个飞离太阳系的人造物体。

3. 据 NSA 报告，昨天上午起，先驱者 10 号开始接收到越来越强的密集辐射，并于下午 3 时达到最大值，其后回落。该辐射来自太阳系外。

4. NSA 和夏威夷科学家表示，先驱者 10 号穿过了一个来自两颗未知恒星的同步加速辐射面。

A. 那两颗恒星是小"黑矮星"。

B. 两颗恒星彼此环绕一圈的周期为 40 秒，绕太阳一圈的周期为 35 万年。

C. 其中一颗恒星由反物质构成。反物质与正物质相遇会发生爆炸。夏威夷科学家观测到了一个暗淡的不可见光（红外线）环，每隔 20 秒闪烁一次。该光环来自两颗恒星的大气层相接触的地方。

D. 这两颗恒星具有很强的磁场，辐射由被甩出恒星的物质穿越磁场时产生。

E. 这两颗恒星与太阳的距离是地球与太阳间距离的 5 000 倍。与太阳系的其他星球相比，它们的轨道倾角也不对。

5. NSA 声称这两颗恒星对我们没有威胁。它们的距离太远，而且太阳系的任何部分都不会穿越辐射区。

6. 发现这两颗恒星的女性计划将它们命名为斯库拉和卡律布狄斯[1]。

7. 科学家声称，他们完全不清楚这两颗恒星的来历。相比之下太阳系内其他物体都合情合理。

1. 斯库拉是希腊神话中的女海妖，六头十二臂。与另一海妖卡律布狄斯分别驻守在位于意大利半岛和西西里岛之间的墨西拿海峡两侧。现实中的斯库拉是狭窄的海峡墨西拿海峡一侧的一块巨岩，对面著名的大漩涡被称作卡律布狄斯。

2075年2月

对接阶段开始时，查理想，这是分辨科学家和行李的好时机，那些看起来一脸紧张的就是科学家。

从表面上看，一切非常平静——根本没有飞船起飞时那种伤筋动骨的加速度。L-5号那闪闪发亮的透明圆桶外形只是慢慢地变得越来越大，然后转过来用一端对准他们。

问题在于，大到足够容纳4 000人的太空殖民地的惯性可比上帝要大。要是飞船撞上对接槽的速度太快，整艘飞船就会像手风琴一样被压扁。太空船制造时考虑的可是另一个方向的压力。

查理没订头等舱，但他们还是让他上了瞭望台所在的穹顶舱，完全是出于职业上的优待。除了他之外那上面只有两个人，都踩着维可牢魔术贴地毯，身体用安全带固定在一根栏杆上，手还紧握着另一根栏杆。

那是一对青年男女，很可能是新移民。男子正在兴奋地说着什么，女子却看着前方，并没有在听。她紧咬牙关，握着栏杆的手指关节都发白了。查理想要说点什么表示同情，但屏着呼吸时想要开口说话实在有点困难。

最后几米是最麻烦的。飞船船身曲线另一侧的情况完全看不到，转向喷气发动机不断地制造着一连串的小颠簸：向左，向右，向前，向后。如果飞船被压扁，穹顶舱会碎掉吗？或者直接被挤飞？

当然，所有一切都是电脑控制的。驾驶员只不过是直挺挺地坐在失重的汗水形成的迷雾中而已。

然后是那低沉的呜咽，那是飞船光滑的船身摩擦缓冲垫时发出的近乎于次声的震颤。查理等待着那响亮的撞击声，那声音将意味着他们还是太快了点：摩擦缓冲垫下松脆的合金板在碎裂时吸收了他们向前的动能，最后一搏的阵脚。

要是这都没办法让他们停下来，接下来会撞上的那堵两米厚的坚实钢壁也会让他们停下来。这种事发生过一次。不过这次没有。

“舱压平衡前请勿离开座位。”录音说，“感谢您乘坐我们的飞船。”

查理从飞船的端点爬了下来，回到客舱。他一路穿过人群，回到自己的座位，等待耳膜鼓涨的感觉。侧门打开后，他和其他乘客一起穿过管道来到电梯口。他们都站在天花板上。有人费劲在金属墙壁上刻了首打油诗：

困在电梯好几个小时，难受：
这破玩意儿钱还花了无数。
离心力什么的都没有：
L-5 号真可恶。

又经过 30 秒钟的失重，他们滑降到了地面上。月台上大概等着几十号人。

查理走了出去，周围一片橙花和新割过的草坪的香气。他到家了。

“查理！嘿，这边。”一个站在双座自行车旁的年轻人叫道。查理紧紧地握了握那人的双手，跳上后座，“去喝点儿吧。”

“你有没有——”

“先去喝点儿，然后再说。”他们沿着碎石路一路骑进了城里。

所谓的酒吧就是一个底下摆着桌椅的雨棚，位置正好俯瞰城中心的湖泊。那里没有酒保，你只需要到服务台，输入自己的信用号码，选择酒品或果汁，然后选定要不要加真空蒸馏的原浆酒精就好。他们聊了一会儿飞船焦虑症，然后话题就转向了：“你从康纳斯那里搞到了什么没？”

“几句话而已，意义不大。今晚的会上我会做一个详尽的报告。不过看起来，我们连选票都没能上去。”

“这不正是我们之前说过的结果吗？之前就应该按弗朗索瓦·贝当的主意办。”

“太冒险了。”贝当的计划是，告诉死亡谷他们得关掉激光系统进行维修，但是完全不跟那些“土拨鼠”提信号的事，直接回复就是了。“要是被他们发现，我们肯定会被告得满地找牙。”

年轻人摇摇头，“我永远都不会搞懂那些土拨鼠的。”

“也不用你搞懂。”查理本人就是个地球出生、地球上受教育的心理学家，“出生在这里的人都搞不懂的。”

“也许吧。”年轻人站了起来，“谢谢你请我喝酒。我得回去干活儿了。你知道会前要给比米斯博士回个电话的吧？”

“知道，她在海角空港给我留了信儿。”

“她有个惊喜要给你。”

“不是每次都有吗？你们这帮小丑，我不走就啥都不肯干。”

艾比盖尔·比米斯在电话里唯一肯说的一件事就是要查理去她那里吃晚饭。她要帮他为会议做准备。

“真好吃啊，艾比。地球上那些真正的食物我可吃不起。”

艾比笑着将盘子堆放进洗碗机，然后冲了两杯咖啡。坐下时她又笑了笑，她是一个矮壮的女性，一头白发，一片皱纹的海洋中，两只眼睛炯炯有神。

“你今晚心情不错啊。”

“没错儿。因为期望嘛。”

“约翰尼说你有惊喜。”

“那小子，他知道的连一半都不到。所以说你在参议员那没什么进展了？”

“是。结果比我预计的还差。到底要告诉我什么？”

“康纳斯是个热心肠的孩子。帮我们做了那么多。”

“别卖关子了，艾比，到底是什么？”

“他说的没错。把那帮土拨鼠的电视关掉20分钟他们都会再来一场大革命。”

“艾比……”

“我们会把信息送出去的。”

“当然。我也觉得我们会。使用月球背面的天线，用我们搞得到的最大功率。运气好的话——”

“不行，能量不够。”

查理舀了半勺糖在咖啡里搅了搅，“你这是要……和康纳斯对着干吗？”

“去他的康纳斯。我们根本就没打算用无线电。”

“那用可见光？红外线？”

“我们要亲自送，用代达罗斯号。”

查理刚把咖啡杯送到嘴边，这一下子洒掉了不少。

“给，纸巾。”

2040年6月

摘自《旧秩序简史》（自由人出版社，2040年版）：

……如果你觉得那是浪费，想想代达罗斯计划吧。

这是L-5号之后的第一个大型太空项目。L-5号最后没出问题，那是因为它讲求实际。至于“代达罗斯号”（这个名字来自希腊神话中一个会飞的神）——显而易见就是一个吃钱的无底洞。

这些 2016 年的科学家说服资产阶级为飞往另一颗恒星的旅行出了钱！这趟旅程将耗时一百多年——不过科学家们会在路上繁衍生息，并把他们的后代也教育成科学家（不管孩子们愿不愿意！）。

他们打算把所有的旧式氢弹都用作燃料——就好像觉得我们地球上以后就再也用不着这些能源了一样。万一 L-5 号决定他们不再喜欢我们，要把能量束关掉，那该怎么办？

“代达罗斯号”本该是一艘将近一公里长的太空船！飞船的绝大部分都是在太空中建造的，用的是月球上的物质，不过其中很多部分，最贵重的部分，可以想见，只能从地球发射过去。

他们差点就造好了，不过紧接着就发生了大分裂和人民革命。就这样让那些氢弹悬在我们头顶，人民是死也不会同意他们那么做的。

所以我们把氢弹都留在了赫尔辛基，太空狂人们也都回到了本来的工作岗位。每一年他们都会呈文请求使用那些氢弹，每一年都会被人民意志拒绝。

太空船还在上面，几万亿美元就这么在天上打了水漂。作为资产阶级愚行的纪念碑，这玩意儿比金字塔还可恶！

2075 年 2 月

“这么说斯库拉探测器只是个策略了，为了获得燃料——”

“哦，不，也不全是。”艾比盖尔将一个蓝色文件夹推给查理，“我们还是要去斯库拉的，弄上几百万吨变性反物质回来。再从卡律布狄斯收集同等数量的变性物质。”

“我们的计划不是搞一艘世代飞船，查理。氢燃料会帮我们飞到双星；到达后则会被用来给磁瓶供能，以便容纳真正的燃料。”

“物质湮灭。”查理说。

“是的。质量乘以光速的平方，精确到小数点后九位。我们的天鹅座 61 号之旅可不用花费几个世纪，只用九年就行，还是来回。”

“土拨鼠们是不会喜欢的。他们对于当初‘代达罗斯号’的所有恶感——”

“去他们的土拨鼠。我们会用他们宝贵的氢弹做成我们说过要做到的所有事：飞到斯库拉，弄些反物质，带回来。这还只是第一步。”

“你不打算告诉他们我们的计划吗？没什么大……”

艾比盖尔摇摇头，又笑了笑，这一次笑得有几分苦涩，“你没看今早《人民邮报》的社论，是吧？”

“我太忙了。”

“我也很忙，伙计，忙的顾不上那破玩意儿。不过我的一个员工给我送来了。”

“写的是代达罗斯号的事吗？”

“不是……写的是天鹅座 61 号。疯狂科学家们如何急着要让那些外星异形知道地球上也有生命。”

“他们会把我们做成人肉汉堡。”

“就是这一类的东西。”

山坡上大概坐着 3 000 多人。这是一座“天然”的圆形露天剧场，里面铺着月尘，种着地球上的草。剧场里喧闹异常，比米斯博士刚刚跟他们讲了天鹅座 61 号的考察计划。

经过大概第十次“请肃静”后，比米斯博士才终于能够继续讲话，“所以你们应该也明白为什么我们不能直接传送这次会议的信号。地球上会接收到。同样，目前 L–5 号上也没有土拨鼠的媒体。他们刚刚轮换回地球，替换他们的下一拨人乘坐的飞船正在海角维修。另外两艘飞船都在这儿。”

“所以，我在这里请求诸位——以及所有还坚守在工作岗位上的兄弟们——保守这个自伊莎贝拉典当她的珠宝以来最大的秘密。直到我们起飞离开。”

“下面，利文塞尔博士，我们的社会科学部主任将会和大家谈谈挑选船员的问题。”

查理厌恶公众演说。每当遇到这种场合，他都会觉得自己像是个殉道路上的基督徒。他在讲台上整了整潮湿的讲稿。

“呃，最基本的问题。”有 1 000 多人让他大点声，于是他又调整了一下麦克风。

“最基本的问题是，我们有足够容纳 1 000 多人的空间，但可能不到 4 个人里就有一个想去。”

一片赞同声响起。“我们也不想在选人的问题上太过专断……不过我已经起草了几条准则，比米斯博士也都同意。”

“首先，任何需要复杂医疗护理的人都不应该试图前往。基于同样的原因，年龄过大的人一般也不在考虑之列。”

艾比盖尔轻声说，“64 岁并不算太老，查理，我要去。”声音小到几乎听不见。一直到刚才她都没说过什么。

利文塞尔看着比米斯，继续道：“其次，L-5 号日常维护必需的人员都要留下。包括电站的人。”比米斯对他笑了笑。

“我们不想拆散配偶，至少，呃，不能拆散九年多……不过我们也不会带走孩子。”骚动平息后，他继续道，“这次任务，孩子只会成为累赘。所以要去的人只能为他们找好寄养父母。也许下一趟他们可以去。”

“因为我们不能带累赘。我们不知道在天鹅座 61 号等待着我们的将会是什么——1 000 人听起来不少，但其实并不多。尤其是考虑到我们需要截取所有人类知识和能力的断面。很有可能会出现的情况是，人们最后会发现，一个会唱牧歌的人要比一个等离子物理学家来得重要。我们无法提前知道。”

在场的 4 000 人确实成功保守了秘密，不过倒不是因为什么人性的力量，而是因为根植于内心深处的对地球和地球人的偏执妄念。

而康纳斯参议员的三百周年庆典最后也确实帮上了他们的忙。

尽管只存在“一个世界”，由“人民意志”统治，但有些地区的影响力就是比另一些地区要大，而且民族主义也根本没有灭绝。

这是其中一个因素。

另一个因素是土拨鼠们对于储存在赫尔辛基的那些热核炸弹的看法。全都是古董：绝大多数都有一百多年的历史，甚至更久。科学家们都说很安全，但你也知道那是怎么一回事。

技术层面上而言，核弹仍然属于那些上交核弹的国家。其中十分之九不是北美的就是俄国的，剩下的十分之一分别属于其他 42 个国家。每隔几年，这些国家就会聚到一起，为了怎么处理这些该死的东西而争得不可开交。每个人都想通过某种实用的方式把这些玩意儿处理掉，但没有一个人愿意为此而出资。

查理·利文塞尔的提议很简单。由 L-5 号来提供资金、原材料和人力，在挪威海的一处荒岩上拆解这些旧核弹，一次拆一枚，并将其改造为“代达罗斯号”可用的统一燃料罐。

斯库拉 / 卡律布狄斯探测器将在航行日程安排上对两个航天大国致敬。飞船将被重新命名为“约翰·F. 肯尼迪号”，并在美国的三百周年国庆时离开地球轨道，在前半程以一个 G 的加速度飞向双星系统，然后进行翻转，并以同样的速率减速。飞船会用磁力勺从斯库拉收集反物质。到 2077 年 5 月 1 日，飞船将再次更名为“列昂尼德·I. 勃列日涅夫号”，并开始返航。出于安全方面的考虑，反物质将被运送至靠近月球背面的研究站。L-5 号的科学家声称，物质 / 反物质湮灭产生的能量将会把地球变得如同天堂一般。

绝大多数人都对此表示怀疑，但对烟火表示期待。

2076 年 1 月

“见鬼去吧！”查理脸色铁青，“我——我不干，绝不！”

“你是唯一一个——”

“不对，艾比，这你很清楚。”查理在艾比盖尔的办公室隔间里来回踱步，“能让 L-5 号运转的人足有几十个。而且都比我强。”

“并不比你强，查理。”

查理停在艾比的办公桌前，探出身子，“得了吧，艾比。蒂尔才是留下来负责一切运转的唯一合乎逻辑人选。她不仅在自己的岗位上证明了自己，而且年龄也大了，不能——”

“这种屁话我可不想听。”

“那，艾比……”

“不，你听我说。‘代达罗斯号’开始建造时我还只是个婴儿，而我从女孩儿到女人的整个青春时代都献给了飞船的建造。

“我可以带你坐飞船过去，让你看看当年我亲手钉下的铆钉，那都是半个世纪前的事了。”

“那是我的——”

“这张票是我应得的，查理。”她的语气软了下来，“年龄是一方面，是的。这只是很多航程中的第一次——但等飞船返回来的时候，我就真的太老了。到时候你还正当年……而且拥有超过 20 年的协调员经历，我毫不怀疑他们会任命你为下一航程的舰长——”

“我不想当舰长，我也不想当协调员，我只想去！”

“你想去，另外 3 000 人也想去。”

“那剩下的那 1 000 不想去或者去不了的人里就没有一个能够胜任协调员工作的吗？我就可以给你列出——”

“重点不是这个。单说在地球上的影响力和人脉，整个 L–5 号上就没有一个人能跟你相比。而且也没有一个人像你这么了解土拨鼠。”

“你这是种族歧视，艾比。土拨鼠跟你我没什么区别。”

“只是其中某些而已。我可没见你一有机会就往地球那边跑……怎么，是喜欢这上边的风景吗？还是说你喜欢住在罐子里？”

查理一时答不上来。艾比继续道：“不管谁当协调员，都免不了要千方百计解释一番，尽力搞好 L–5 号和地球之间的关系。你一生都在致力于这项事业，查理。而且你在这里也广为人知，深受敬重。你才是唯一符合逻辑的人选。”

“我和你争的不是逻辑。”

“我知道。”两个人都没有提查理和其他人一起签署的那份文件，正是那份文件授予了比米斯博士在“代达罗斯 / 肯尼迪 / 勃列日涅夫号”船员选择问题上的最终决定权。“可别太恨我，查理。我得考虑怎么做对我的人民来说才是最好的。对我所有的人民。”

查理瞪着她看了好一会儿才转身离开。

2076 年 6 月

摘自《传真与图片》，2076 年 6 月 4 日刊：

太空农场下月启航前往双星

1. 即将于下月启程飞往斯库拉 / 卡律布狄斯双星的“约翰 · F. 肯

尼迪号”就像一个尾部安有核弹的缩小版 L–5 号（见左上、右上图）。

A. 航行 20 个月。飞船可以选择携带少数人员，并满载食物、空气和水，或者采取类似于 L–5 号的方式，在封闭生态圈内载满人员。

B. 他们本可以仅用几百人来运转农场、管理物料。但几乎所有太空怪人都想去，总之他们早就习惯这种生活了（尽管从来没有机会去什么地方）。

C. 等他们返回后，农场将会被用作 L–4 号的雏形，L–4 号就跟 L–5 号一样，不过一开始会更小些，并且位于月球的另一面（左下图）。

2. 关于三百周年国庆的其他传真图片请见封底。

2076 年 7 月

“约翰 · F. 肯尼迪号”发射那天，查理刚刚结束在地球上的一周工作。厌倦了不断被采访的他从海角航空港的媒体休息室溜了出来。他的白色门禁卡可以让他独自前往外面的起落跑道。

跑道尽头，正在添加燃料的午夜班次飞船在夕阳的余晖下散发着粉白色的光辉。柏油路面上散发的热量不住地摇晃扭曲着飞船的影像。软柏油的气味在他的脑子里总是和离别、慰藉联系在一起。

他走到跑道中央，看了下表。还有五分钟。他点燃一根香烟，然后又扔掉。他又在心里重新验算了一遍：飞船将从西南方向的低处升空。他抬起一只手，遮住阳光。每秒 150 枚核弹看上去将会是什么样子呢？媒体上，它们被称作燃料胶囊。而那些把它们小心组装轻轻运送到轨道上并安进燃料箱里的人就叫它们炸弹。比满月的亮度还要亮十倍，他们是这么说的。在 L–5 号上，不带滤光镜可别朝那个方向看。

没有丝毫的预兆，飞船突然就出现了，一道出奇耀眼的彩虹点亮在了地平线上。闪耀过几分钟后，亮度在烟雾中减弱了一些，飞船飞走了。

在美国的绝大多数地方，人们只有在两个多小时后飞船环绕地球一周时才能看到它。届时，黑夜将被照成白昼，飞船将与烟火争辉。在那之后，每隔两个多小时查理都将能再看到它一次。然后他也将登上返回 L-5 号的飞船，并将不必再拿已故政治家的名字来称呼它。

2076 年 9 月

“代达罗斯号”抵达旅程中间点、翻转方向、开始减速时，L-5 号上举办了一次平静的庆祝会。船员发来的进展报告形容整个航程“波澜不惊”。那时他们的速度已经接近了光速的十分之二。发送信息的激光束已经从蓝色光红移到了橙色。报告翻转方向成功的那条信息从“代达罗斯号”传送到 L-5 号花了两周时间。

他们宣称对航向进行了一次微调。随着他们的相位角增大，他们分析了斯库拉 / 卡律布狄斯双星的偏振光谱，基本确认双星系统是被星屑组成的平面环包围着的，就好像土星一样。于是他们决定“低角度进入”以避免碰撞。

2077 年 1 月

过去三周以来，“代达罗斯号”一直在往回传送斯库拉 / 卡律布狄斯双星的清晰照片。这让他们终于拥有了一张戏剧到足够土拨鼠们消费的照片。

查理将全息立方放在桌面上，用手指来回摆弄着，一脸惊叹的表情。

“太让人难以置信了。他们怎么做到的？”

“当然是剪辑合成的了。”在留下来的成年人中约翰尼算是最年轻的之一，因为心脏杂音、膝关节病变，也因为天体物理学家供过于求。

“双星系统的照片是用一组红外频闪快照——之类的东西——合成的。飞船环绕双星系统飞行时大概拍摄了一两万张吧，然后整理加工。”他用手指了指，但这并没有什么用，因为查理正在从另一个不同的角度看着全息立方。

“火焰层位于两颗星球的大气层相接触的地方，那是用紫外光拍摄的，这样更能显示出细节结构。

“星环的部分就简单了。可见光波段的长时曝光。背景上的星星也是这么来的。”

门上传来一声轻敲，一个助理探头进来，“能打扰一下吗，博士？”

“当然可以。”

“俄国劳动节委员会的人打电话过来，她想知道飞船是否已经改名为‘勃列日涅夫号’了。”

“已经改了。不过告诉她我们最后选定的是‘莱昂·托洛茨基号’。”

助理一脸严肃地点了点头，“好的。”说完就要关门。

“等一下！”查理揉了揉眼睛，“告诉她，呃……飞船在那边绕轨飞行时没有纪念名。返程启航前他们才会重新命名。”

“真是这样？”约翰尼问。

“我也不知道。谁在乎呢？再过几个月他们肯定就不愿用任何人的名字来给它命名了。”他和艾比已经制订了一套计划，用来保护L-5号不被土拨鼠的愤怒殃及——尽管计划还很不成熟：卫星上没有一个人事先知道飞船将飞往天鹅座61号。那是船员们在飞往斯库拉 / 卡律布狄斯双星的路上自己做的决定。他们在环绕双星飞行时改造了驱动系统，使之能够接受物质-反物质湮灭。L-5号将从“代达罗斯号”离开斯库拉 / 卡律布狄斯双星时传送的信息中首次获知这一叛变计划。等到信息到达地球时他们已经启程一个月了。

这个计划很容易识破，不过至少他们一直很小心，没有在L-5号上留下任何关于“代达罗斯号”真正使命的记录。不过确实有3 000人知道实情，而且任何一个称职的工程师或物理学家都能猜到。

艾比早就觉得，尽管最后他们多半会被识破，但那些土拨鼠肯定不可能连生23年的气——就算反物质之类的奇迹都没有打动到他们也不会……

再说，查理想，这也不再是他们需要担心的事了。

事实证明，“代达罗斯号”的船员还有更重大的事要担心。

2077年6月

俄国人举行了劳动节庆典——查理看了电视转播，并且在他们每次提到列昂尼德·I.列日涅夫号时都不由地皱下眉头。节后一切就都又回归了正轨。查理和其他3 000人一起焦急等待着“意料之外”的消息。消息是在六月初收到的，正如预期，从数据频道加扰传送。不过内容却不是他们所想的那样：

“艾比盖尔·比米斯致查理·利文塞尔。

“查理，我们遇到了麻烦。大块不明物体击中舰艏，飞船受损。物体击穿了主驱动器反射镜，损坏了一套传感器和一台姿态控制推进器。

“就目前所掌握的情况，形势还算稳定。我们仍然维持着略低于1G的加速度。不过无法掌握方向，也无法关闭主驱动器。

“绕轨运行时星环碎片并没有给我们造成什么麻烦，因为我们仍在罗氏极限的距离之内。正如你所知，我们在进入时利用了星环上自然形成的分界线。离开时我们使用了同样的方法，不过整个过程更慢、更复杂，因为我们的质量已经极大提升。我们肯定是撞上了某块外环边缘处的碎片。

“要是能够成功关闭驱动器，我们也许还有修复的可能。不过工作舱追不上飞船，在1G的加速度下这是不可能的。就算能行，那边的辐射也能在几秒钟内把操作员炸干。

“我们正在努力。如果你有什么主意，请告诉我们。我忽然想到，这次事故正好能帮你们解脱——我们本来要返航地球，但却遭到了重创。为了达到效果，我们会通过常规通讯频道再发一条信息。本条信息阅后即焚。

“通讯结束。”

效果非常完美，查理和L-5号都摆脱了干系，而且形势的这一戏剧性变化也将人们对太空旅行的兴趣激发到了20世纪60年代以来的新高度。

他们甚至还有了个英雄。一个志愿者乘坐加了层层护甲的工作舱用电缆吊着下去查看了情况。电缆断裂前，她发送回了损坏现场的清晰照片。

“代达罗斯号”：公元 2081 年

地球：公元 2101 年

由于难以被转换为“平易近人的英语”，本则新闻未被《传真与图片》采用，因为让该报大受欢迎的正是其平易的语言风格。

太空飞船掠过天鹅座 61 号——算是吧

（L-5 号 斯金格）

今日收到来自“代达罗斯号”太空船的消息，声称飞船刚刚从距离天鹅座 61 号不到 400 天文单位处掠过。这一距离约等于冥王星与太阳间距离的十倍。

事实上，飞船掠过天鹅座 61 号发生在大约 11 年前。这正是本消息传回地球所需的时间。

我们并不清楚飞船目前的确切位置。如果失控的驱动器仍未修复，那么他们现在应该已经越过天鹅座 61 号行星系约 11 光年（飞越双星系统时他们的速度就已经超过了光速的 99%）。

如果从飞船乘客的角度来看，情况还会更复杂。按照相对论，越接近光速，时间流逝越慢。所以对他们来说，在这 11 光年旅程中，时间只过去了 4 年。

L-5 号协调员查理·利文塞尔指出，飞船储备的反物质足够他们加速到银河系边缘。而到那时候，飞船船员也只老了 20 岁——不过我们要听到他们的消息就得等两万年了……

（撤掉这条新闻。后面还写了飞船在天鹅座 61 号人眼里会是什么样，以及为什么虽然那边的时间过得更慢但我们还能与他们保持交流，所有内容都一样蠢。）

“代达罗斯号”：公元 2083 年

地球：公元 2144 年

查理·利文塞尔在怨恨中过世，终年 99 岁。大约十年前人们才发现，他们一开始就打算让代达罗斯号成为星际飞船。那时几乎无人关注这一消息。少数关注的人也一致认为，一次性解决掉 1 000 名科学家是件好事，看看他们给我们惹下的乱子。

“代达罗斯号”：距离 67 光年，仍在加速中。

“代达罗斯号”：公元 2085 年

地球：公元 3578 年

经过超过 7 年的舰上研发——以及将近 1500 光年的飞行——他们终于想办法关闭了引擎。由于使用了精密遥测技术，修复工作没有造成新的人员伤亡。

如今，每个人的生命都是宝贵的。他们已经不再是探险家了：燃料已经消耗近半。他们都是殖民者，没有回程票。

他们成功的消息将在 15 个世纪后传回地球。至于届时是否会有红外天文望远镜监测接收这一消息，就只能靠猜测了。

“代达罗斯号”：公元 2093 年

地球：约公元 5000 年

减速过程中，他们研究了几个航路上的星系，发现其中一颗类日恒星旁有类地行星环绕运行，于是就朝那颗星球飞了过去。

在殖民者们开始着陆的那个季节，行星夜空中最亮丽的风景就是一片花朵般绽放的气态发光星云。天文学家将之命名为北美星云。

这事有点讽刺，因为这些来自 L-5 号的殖民者中没有一个人意识到——只要稍微加减个几年就是美国的三千周年国庆了。

三千周年时的美国本身已经江河日下。拍打海岸的海水中满是厌氧生物的绯红色甲壳。伟大的城市早已衰落，残存的遗迹几乎已被永不停歇的沙尘暴抹平。

没有准备烟火，因为根本没有观众，也没有组织者，细菌才不会在意这些。劳动节也无人理会。

太阳系内最后的人类居住在一个玻璃和金属制成的圆柱中，照料他们的自动机械，不再理会已经死亡的地球。他们崇拜天鹅座，却早已忘记这么做的理由。

（王小亮　译）